HEYNE <

Das Buch

Das rote Team greift an, das blaue Team verteidigt – so sind die Regeln in der Cybersecurity. Marty Hench ist ein alter Veteran des Silicon Valley, und er war schon immer Team Rot. Als IT-Experte und Ermittler hat er Konzerne, Oligarchen und Drogenkartelle verfolgt. Sein neuester Auftrag: gestohlene Security-Keys zurückholen, die ein Milliardenvermögen in Kryptowährung wert sind. Aber dann dreht sich der Spieß um, Marty wird vom Jäger zum Gejagten – und nichts hasst er mehr, als im Blauen Team spielen zu müssen. Doch diesmal ist es ein tödliches Spiel …

Weltbestsellerautor und Internetikone Cory Doctorow im Heyne Verlag:

Backup
For the Win
Pirate Cinema
Little Brother – Aufstand
Little Brother – Revolution
Little Brother – Sabotage
Wie man einen Toaster überlistet
Walkaway
Red Team Blues – Vom Jäger zum Gejagten

Der Autor

Cory Doctorow, 1971 in Toronto geboren, ist Schriftsteller, Journalist und Internetikone. Mit dem Blog boingboing.net und seinem Kampf für ein faires Copyright hat er weltweite Bekanntheit erlangt. Seine »Little Brother«-Romane wurden internationale Bestseller. Cory Doctorow ist verheiratet, hat eine Tochter und lebt in Los Angeles.

cory doctorow

red team blues

Roman

Aus dem Englischen
von Jürgen Langowski

Deutsche Erstausgabe

WILHELM HEYNE VERLAG
MÜNCHEN

Titel der amerikanischen Originalausgabe
RED TEAM BLUES

MIX
Papier | Fördert gute Waldnutzung
FSC® C104608
FSC
www.fsc.org

Penguin Random House Verlagsgruppe FSC® N001967

Deutsche Erstausgabe 02/2024
Redaktion: Joern Rauser

Umschlaggestaltung und -illustration: DAS ILLUSTRAT, München, unter Verwendung eines Motivs von khaleddesigner / Shutterstock
Satz: Schaber Datentechnik, Austria
Druck und Bindung: Nørhaven Book A/S, Viborg
Printed in Denmark

ISBN: 978-3-453-32314-8

diezukunft.de

Für Dan Kaminsky (1979–2021),
Hacker, Pen-Tester, Mensch

1

Eines Abends bekam ich auf einmal irre Lust, den ganzen Weg von San Diego bis hinauf nach Menlo Park zu fahren. Warum gerade Menlo Park? Weil es dort ein Lokal mit drei Michelin-Sternen und eine liebe alte Freundin ganz in der Nähe des Walmart-Parkplatzes gab, wo ich den *Unsalted Hash* abstellen und so viel trinken konnte, wie ich wollte, um danach zu Fuß zurückzukehren und ins Bett zu fallen.

Ich hatte vor Kurzem einen Job erledigt, der besser gelaufen war als erwartet – so gut, dass ich für den Rest des Jahres ausgesorgt hatte, wenn ich vorsichtig war. Allerdings wollte ich gar nicht vorsichtig sein. Aus diesem Alter war ich längst heraus. Ich wollte das Leben genießen. Ich würde auch wieder einen neuen Job finden. Aber jetzt wollte ich erst einmal feiern.

Um ehrlich zu sein, ich mochte überhaupt nicht über die Möglichkeit nachdenken, dass ich mit meinen siebenundsechzig Jahren vielleicht doch nicht so schnell eine neue Arbeit finden würde. Das Silicon Valley hasst alte Menschen, aber das ging schon in Ordnung, weil ich umgekehrt auch das Silicon Valley hasste. Jedenfalls in beruflicher Hinsicht.

Kurz vor Bakersfield lenkte ich den *Unsalted Hash* auf den Parkplatz einer Raststätte, um mir die Beine zu vertreten und einen Blick aufs Handy zu werfen. Nach einer Runde um die Picknicktische und den Verkaufsautomaten ging ich um meinen dummen, klobigen und luxuriösen Tourbus herum, überprüfte den Reifendruck und vergewisserte mich, dass die Gepäckfächer unversehrt und verriegelt waren. Anschließend stieg ich wieder ein, kontrollierte den Abwasserpegel und fand, dass er niedrig genug war, um meine Bordtoilette zu benutzen. Dann endlich, das Warten hatte mich viel Kraft gekostet, setzte ich mich auf einen pflaumenweichen Ledersessel und rief die neuen Nachrichten auf.

So erfuhr ich, dass Danny Lazer mich suchte. Er hatte es über die üblichen Kanäle probiert – ich sah einige Direktnachrichten von Leuten, bei denen ich mich manchmal meldete, wenn ich Arbeit brauchte –, und das verlieh diesem Abend einen gewissen Glanz, denn siebenundsechzig hin oder her, für jemanden mit meinen Fähigkeiten gab es immer irgendwas zu tun. Danny Lazer hatte offenbar ein Problem mit seinen Trustlesscoin-Schlüsseln, die angeblich auf den bestgehüteten kryptografischen Geheimnissen der Welt beruhten.

Also schickte ich ihm eine Nachricht. Eine Rast später, gleich hinter Gilroy, traf seine Antwort ein. Er wollte mich unbedingt sehen. Ob ich ihn zu Hause in Palo Alto anrufen könne?

Mein aufgeblasenes kleines Ego schwoll noch weiter an, weil er mich anscheinend dringend brauchte. Ich antwortete ihm, ich hätte mich am nächsten Abend schon zum Abendessen verabredet, würde mich aber am Morgen danach bei ihm melden. Ehrlich gesagt fühlte ich mich noch viel wichtiger, als ich einen so bedeutenden Mann wie Danny Lazer warten ließ, auch wenn es nur um einen Tag ging. Seine Antwort verriet mir, dass ihn die Verzögerung ärgerte. Ich kam mir selbst etwas zickig vor, aber das Gefühl war dann doch nicht so stark, dass ich die Verabredung zum Abendessen abgesagt hätte. Meine alte Freundin war eine unternehmungslustige Frau, und es war gut möglich, dass wir nach dem Abendessen noch ein bis drei Stunden bei ihr verbringen würden, ehe ich zum Walmart-Parkplatz zurückkehrte.

Das Essen war keine Enttäuschung, so wenig wie das Vergnügen und die Spiele danach. Es war ein schöner Ausklang nach einem sehr erfolgreich abgeschlossenen Auftrag und ein wundervolles Vorspiel für den nächsten Job, den mir einer der freundlichsten reichen Männer (oder einer der reichsten freundlichen Männer) im Silicon Valley in Aussicht gestellt hatte.

Danny war ein Einwohner des Silicon Valley vom alten Schlag. Ein Mann, der einen eigenen UUCP-Server aufgesetzt hatte, um die Verbreitung der *alt*-Hierarchie zu unterstützen. Einmal hatte er sogar Tim May geholfen, eine Ladung nicht lizenzierter Feuerwaffen von einer Waffenbörse in Nevada aus über die Staatsgrenze zu schmuggeln. Jahrzehntelang hatte er wie ein Mönch gelebt, Kryptografiecode geschrieben und sich deshalb mit der NSA herumgeschlagen. Außerdem hatte er auf das Haus seiner Eltern im Osten eine Hypothek aufgenommen, damit er selbst und zwei Programmierer in einem winzigen Büro ein Jahrzehnt lang im Geschäft bleiben konnten, während er und Galit in einem zehn Meter langen Campingbus lebten, dessen Motor einmal im Monat gewartet werden musste, damit sie von einem Parkplatz zum nächsten zockeln konnten.

Damals wettete man bereits darauf, dass das Internet eines Tages seine Unschuld verlieren würde und die Leute darauf bestehen könnten, voreinander und gegen die Regierung abgeschirmt zu sein. Bei jedem Boom und jeder Pleite setzte er weiter auf diese Wette, lebte von Ramen und abgelaufenen Müslipackungen von der Resterampe und weigerte sich, irgendwelche Firmenanteile abzugeben. Eine Ausnahme bildeten lediglich die vielversprechenden Hacker, die zu ihm stießen. Eines Tages zahlte sich das Risiko aus, und er wurde zu Daniel Moses Lazer, der einen fünfundsiebzigprozentigen Anteil von Keypairs LLC hielt. Deren Kryptobibliotheken und Workflow-Hilfsmittel boten die langersehnten neuen Investitionschancen für die nächste Internetrevolution. Keypairs war nicht das erste Einhorn im Silicon Valley, aber es war das erste, das niemals auch nur einen Cent Wagniskapital aufnahm. Die einzigen Geldgeber waren Dannys Eltern in Jersey, denen er mindestens hundert Millionen Dollar zurückschickte, bis sie ihn baten, damit aufzuhören, weil es in dieser Welt nichts mehr gab, was sie sich kaufen wollten.

Galit fand ein großes Haus auf den Twin Peaks, von dem aus man an klaren Tagen Alcatraz sehen konnte, und ließ es bis auf das Fundament, die Ankerbolzen und die Dachträger abreißen und neu bauen. Dabei achtete sie darauf, nach Dannys Wünschen überall Netzwerkanschlüsse vorzusehen, ohne ihr eigenes erschöpfendes Wissen über Kunst und Kunsthandwerk außer Acht zu lassen. Als sie eines Tages einen Mendocino Grig und eine Käseplatte brachte, die sie zu zweit auf ihrer halb fertiggestellten Veranda genießen wollten, keuchte sie, klagte über Schmerzen in beiden Armen und dann in der Brust. Schließlich brach sie zusammen und war tot, ehe der Rettungswagen eintraf.

Es war eine gute Ehe gewesen. Zweiundzwanzig Jahre, aber keine Kinder, weil es in ihrem alten Campingbus keinen Platz für Kinder gab, sofern sie den Nachwuchs nicht an den Dachsparren aufhängen wollten. Sie war sein Fels in der Brandung gewesen, als er Keypairs aufgebaut hatte, aber er war nicht da gewesen, um ihr die Füße zu massieren und ihr zu helfen, wenn sie unter den endlosen Demütigungen litt, mit denen eine Frau rechnen musste, die im Silicon Valley in der Verwaltung arbeitete. Er sah das allerdings anders. Als er die Urne mit ihrer Asche bekam, sprach er ausschließlich darüber, dass sie ein Vierteljahrhundert damit verplempert hätten, ein Vermögen zusammenzuraffen, das ihnen letzten Endes überhaupt nichts genützt hatte. Es hatte sie sogar die Lebenszeit gekostet, die sie gemeinsam in einer Hütte am Strand in Baja California hätten verbringen können, wo er zwei Stunden im Monat Auftragsarbeiten erledigte, die genug abwarfen, um einmal im Monat die Machete schärfen zu lassen und einmal im Jahr neue Hängematten zu kaufen.

Eine Prozession der mächtigsten Leute und wichtigsten Technologieexperten des Silicon Valley wanderte durch das Abbruchhaus in Palo Alto, in dem sie sich niedergelassen hatten, solange das Projekt auf den Twin Peaks noch nicht abgeschlossen war. Die Besucher waren nicht nur reich, sondern auch berühmt, nämlich für ihre Visionen, ihr Einfühlungsvermögen und ihre Klugheit. Sie redeten ihm wegen seiner niederschmetternden Reuegefühle ins Gewissen und wollten ihm erklären, wie viel Gutes er doch für Galit und die ganze Welt getan hätte. Er ließ sich aber nicht umstimmen. Unter Dannys Freunden wuchs die Einsicht, dass er es nicht mehr lange machen würde. Nicht, dass er sich umbrächte oder so, aber man nahm an, das Leben musste ihm einfach gleichgültig werden, und dann würde die Natur ihren Tribut verlangen.

Sie hatten völlig recht damit, und wenn man alle verfügbaren Informationen bedachte, lag diese Schlussfolgerung auch sehr nahe. Allerdings gab es noch eine versteckte Variable: Sethuramani Balakrishnan. Sie war fünfundzwanzig, brillant und hatte bei Keypairs mehrere Positionen bekleidet, ohne wirklich befördert zu werden: Kundensupport, danach Compliance, und schließlich war sie Dannys persönliche Assistentin geworden. Ein Job, für den sie völlig überqualifiziert war.

Sie half ihm, das Haus abzustoßen und Keypairs an ein Managergremium zu übergeben, das ein sorgfältig austariertes Gleichgewicht zwischen den Hackern, die seit der PDP-8 bei Danny gewesen waren, und anderen Leuten herstellte, die über echte Erfahrung als Manager verfügten und sich bewährt und beim Aufbau von Firmen und der Leitung großer Teams Erfahrungen gewonnen hatten. Er stieß alle Anteile ab, die er im Laufe der Zeit erworben hatte, um Plätze in den Beiräten der betreffenden Firmen zu ergattern, und steckte alles in Vanguard-Fonds – und zwar in diejenigen, die *nicht* viele technische Aktien hielten.

Soweit die anderen berichten konnten, versuchte Sethu gar nicht erst, ihm irgendetwas auszureden. Sie bot ihm nur ihre effiziente, intelligente und manchmal außerordentlich gut organisierte Hilfe an, um sein Lebenswerk aus einem Zustand, in dem es von jemandem mit seinem unglaublichen Antrieb aktiv gesteuert werden musste, in einen anderen zu verlagern, wo sich Investoren mit überwucherten Tabellenkalkulationen bemühten, Jahr für Jahr sein Realvermögen trotz gestiegener Lebenshaltungskosten zu vervielfachen, bis irgendjemand in seinem Vorgarten eine Guillotine aufstellte.

Allerdings konnte ihn Sethu überreden, in der Nähe des Abbruchhauses in Palo Alto ein Apartment zu kaufen. Es befand sich in einem ruhigen achtstöckigen Gebäude, das auf dem Grab eines anderen Abbruchhauses errichtet worden war. Dort hatten Grundstücksspekulanten in jener glorreichen Phase zugeschlagen, bevor die Kirchturmpolitik im Umkreis von achtzig Kilometern um Stanford herum alle hochverdichteten, Baulücken schließenden Vorhaben zum Erliegen gebracht hatte.

Das Camino Real hatte einen ausgezeichneten Wachschutz und alles, was man sich sonst noch wünschen konnte: Pool, Fitnessraum und eine Federung, die tief im Felsen verankert war und die Schwingungen dämpfen sollte, die jedes Gebäude in eine Hüpfburg verwandelten, sobald die San-Andreas-Verwerfung mal wieder einen Schluckauf bekam.

Die Wohnung war nur wenige Schritte von der California Avenue und zwei Restaurants mit insgesamt fünf Michelin-Sternen entfernt – eines hatte drei, das andere zwei – und kostete acht Millionen plus Möblierung, um die sich Sethu kümmerte. Sie entschied sich für dänische Holzmöbel, was der Wohnung ein schönes, modernes und doch gemütliches Ambiente verlieh und hervorragend zu der Dachterrasse passte, die zu dem Penthouse gehörte. Sethu konnte ihn sogar dazu bewegen, das vorzügliche Essen in den Restaurants zu probieren, das Lichtjahre von Ramen und dem in unregelmäßigen Abständen heruntergeschlungenen Müsli entfernt war. Als Nächstes kamen der Chef's Table und die privaten Kochkurse, und dann folgte ein großer Umbau in dem Penthouse, um eine Küche einzurichten, bei der Heston Blumenthal japsend auf und ab gehüpft wäre.

Den Monat, den die Renovierung in Anspruch nahm, verbrachten sie in einer exklusiven Lodge in der Nähe eines schwach aktiven Vulkans in Costa Rica und bestaunten die Bromelien und die Brüllaffen. Sonnengebräunt und – nach den Vulkanwanderungen – auch fit kehrte er zurück und wurde einer der besten Köche der neuen Aristokratie. Er zog sogar die alten Postings aus der prähistorischen Usenetgruppe alt.gourman zurate.

Ich weiß nicht, wann sie zu einem Paar wurden, aber ich glaube, es wird eine ganz natürliche Entwicklung gewesen sein. Danny hatte ein großes Herz, und er hatte Galit aus ganzem Herzen geliebt. Da sie aber fort war und er noch lebte, konnte sein Herz nicht untätig bleiben. Sethu war schön und klug und verstand etwas von dem, was sie tat. Das waren genau die Eigenschaften, die Danny auch bei Galit anziehend gefunden hatte.

Die Wachleute im Camino Real filzten mich zweimal, ehe sie mich freigaben. Mit einem gelangweilten Seufzen öffnete sich die Aufzugtür und ließ mich eintreten. Auf der Bedienfläche, die keine Knöpfe besaß, leuchtete bereits »PH« für das Penthouse. Der Start drückte mir das Blut in die Füße.

Danny wirkte mindestens zehn Jahre *jünger* als bei unserer letzten Begegnung. Runzlig zwar, aber gutaussehend, und die Pfunde, die er zugelegt hatte, füllten die Haut gut aus, sodass er nicht mehr wie eine ektomorphische Vogelscheuche aussah.

Er hatte definitiv mit Kugelhanteln trainiert. Das enge japanische T-Shirt ließ durchblicken, dass seine Brustmuskeln und sein Bizeps gut geformt waren. Sobald man über fünfzig ist, wird es schwer, dort die Muskulatur aufzubauen. Irgendjemand musste Danny ein bisschen angetrieben haben.

Er war ein leidenschaftlicher Typ, der so verbissen an die Bedeutung, Schönheit und ungeheure Wichtigkeit der Kryptografie glaubte, dass er mit einem improvisierten Vortrag mühelos einen ganzen Saal fesseln konnte, und er nahm den Leuten die Fesseln erst wieder ab, wenn sie wirklich nicht mehr länger bleiben konnten. Langweilig war er auf keinen Fall, aber irgendwie war er auch nicht ganz normal. Trotzdem, soweit ich es wusste, mochte ihn jeder, der ihm jemals persönlich begegnet war. Sogar sehr.

»Mir scheint, du könntest mal ein gutes Festpreismenü im Palmier vertragen. Nach all diesen Fertiggerichten siehst du ein bisschen nach Gallenleiden aus. Was hast du bloß gemacht? Hast du in deinem extrabreiten Bus etwa lauter Oreos gebunkert?«

Ich ließ es über mich ergehen, während er mich ins Foyer führte, wo ich die alten Treter abstreifte. Die bequemen Schuhe trug ich im Privatleben, wenn ich keine Geschäftstermine hatte und keine Kunden beeindrucken musste. »Zuerst mal, der *Unsalted Hash* ist ein hochmoderner, zwölf Meter langer Tourbus mit zwei Meter zehn lichter Höhe, Induktionsherd, Gefrierschrank und einem Soundsystem, mit dem du im Umkreis von einem Block alle Autoalarmanlagen auslösen kannst. Außerdem ist er nicht extrabreit. Zweitens, wir sind tatsächlich im Palmier gewesen, aber ich habe nicht den Festpreis genommen, sondern mit einer Freundin am Chef's Table gegessen. Wir sind länger aufgeblieben, als es gut für uns war, und ich habe es trotzdem geschafft, mich zu dieser gottlosen Stunde für eine geschäftliche Besprechung hierher zu schleppen. Ich habe drei Stunden geschlafen und ein Abendessen mit dreitausend Kalorien verdaut, das ist alles.

Außerdem halte ich nie unterwegs an, um Oreos zu kaufen. In einem Kühlfach habe ich einen Vorrat von Hydrox-Keksen von 1995. In dem Originalrezept von damals sind noch all die großartigen Transfette enthalten, die auch bei langer Einlagerung in der Kühltruhe dafür sorgen, dass der Geschmack und die Textur erhalten bleiben. Ich könnte dir eine Packung anbieten, aber das werde ich lieber lassen, weil sie mir gehören, und vor allem, weil ich sie über alles schätze. Dieser Vorrat soll halten, bis ich keine feste Nahrung mehr zu mir nehmen kann. Was dann nicht mehr reingeht, werde ich in Form von Smoothies verputzen.«

Er nahm meine Schuhe, schob sie in einen Wandschrank und warf die Tür zu. Dann schnitt er eine Grimasse, lachte laut und nahm mich fest in die Arme, was mich schmerzhaft an seine gut entwickelten Muskeln erinnerte. »Mann, es ist schön, dich zu sehen, Marty. Komm rein, komm rein. Wir gehen raus aufs Dach.«

Ich bekam eine rasche Führung durch viel Teakholz mit vollendeten Schwüngen und Ecken, als hätte ein Dekorateur am Filmset eines Dramas aus der Mitte des letzten Jahrhunderts ein unbegrenztes Budget bekommen, um ein luxuriöses Chefbüro einzurichten. Dann öffnete er eine Schiebetür, durch die wir auf die Dachterrasse treten konnten. Hier hatte ein Landschaftsarchitekt gewirkt und Büsche in Kästen verteilt. Über die Terrasse schlängelte sich ein Bach, in dem fette Kois patrouillierten. Es gab sogar einen halbmeterhohen Wasserfall und ein paar bequem anmutende und elegante Liegen aus Teakholz. Dort trafen wir auch Sethu.

Sie hatte eine Staffelei aufgestellt und malte mit Ölfarben. Es war eine impressionistische Darstellung von Palo Altos kirchturmpolitisch geförderten Einfamilienhäusern und der hübschen Hauptstraße. Grundbesitz im Wert von mehreren Milliarden, als Mittelklassehäuser verkleidet und in demselben Traumland aus dem letzten Jahrhundert angesiedelt, aus dem die Möblierung des Wohnzimmers stammte.

Sie drehte sich um, sah uns und kniff die Augen einen Sekundenbruchteil lang zusammen. Dann säuberte sie die Pinsel und hängte ihren Kittel an die Ecke der Staffelei.

»Hallo, Schatz«, sagte sie. »Das muss dein Freund sein – Mister Hench.«

Danny strahlte sie an. Diesen Ausdruck hatte ich früher schon bei seinen besonders erfolgreichen Präsentationen gesehen. Dieser stolze Blick, wenn sein Code irgendein Wunder wirkte. »Marty, ich weiß nicht, ob du Sethu mal begegnet bist.«

»Ich glaube, man hat uns niemals richtig vorgestellt«, antwortete ich. Sie hatte mich vielleicht ein- oder zweimal hereingelassen, als ich vorbeigeschaut hatte, um Danny vor dem Absturz zu retten, aber damals war sie noch seine persönliche Assistentin gewesen.

»Tja, wenn das so ist … Sethuramani Lazer, das ist Martin Hench. Martin, das ist Sethu.«

Ich bin ziemlich sicher, dass mir äußerlich nichts anzumerken war, als er ihren Nachnamen nannte. Den Klunker an ihrem Finger hatte ich natürlich schon bemerkt – ein Junggeselle meines Alters und mit meiner Erfahrung registrierte so etwas automatisch ohne bewusste Anstrengung. Ich glaube auch, dass meine Pokermiene nicht versagte, als Danny voller Stolz weitersprach.

»Ich habe sie im letzten Jahr geheiratet. Oder vielmehr, sie hat mich geheiratet, obwohl ich definitiv nicht in ihrer Klasse spiele.«

»Du Glückspilz«, sagte ich. »Herzlichen Glückwunsch, ihr beiden.«

Als er mich zu den Liegen bugsierte, bot uns Sethu an, Limonade zu holen. Kurz danach kam sie mit beschlagenen hohen Gläsern zurück, in denen Plastikstrohhalme steckten, und zog sich wieder an ihre Staffelei zurück. Gerade weit genug, damit es nicht befremdlich war, wenn wir sie nicht in unsere Unterhaltung einbezogen.

Ich trank schweigend, während Danny auf seinem Handy herumwischte und seine Notizen durchging, und betrachtete Sethu. Natürlich war sie schön, aber das wusste ich bereits, seit ich sie zum ersten Mal an der Tür des Abbruchhauses gesehen hatte, das Danny zu seiner letzten Ruhestätte erkoren hatte. Aber jetzt hatte sie einen Haarschnitt, für den sie bei einem sehr begabten Haarkünstler mindestens tausend Dollar hingelegt haben musste. Außerdem zeigte sie die Haltung, die ich oft bei sehr schönen, sehr erfolgreichen und obendrein auch noch sehr wohlhabenden Frauen beobachtet hatte. Diese Haltung sprach von einer tiefen Entspanntheit, wie man sie nur bei wenigen Menschen findet. Ein dickes Geldpolster gab einer Frau die gleiche Gelassenheit, die sich bei den Herren der Schöpfung in mittleren Jahren kostenlos einstellte, wenn jene instinktive Raubtiermentalität abklang, die Männer nicht bewusst bei sich selbst wahrzunehmen vermochten.

Endlich legte Danny sein Handy weg. »Ich habe gehört, du hast kürzlich einen Job an Land gezogen? Bonwick, Rearden Factoring?«

Ich nickte. »Ja, Brian und ich hatten neulich etwas zu regeln, aber das ist leider vertraulich. Du kennst das ja. Er hat etwas verloren, ich habe es gefunden, und damit habe ich ihn wieder froh gemacht.«

Danny schnaubte. »Marty, du machst niemanden froh. Nimmst du immer noch fünfundzwanzig Prozent Kommission?«

»Richtig«, bestätigte ich. »Und ich berechne nichts vorab, wenn ich einen Job übernehme. Ich erwarte weder Unkostenerstattung noch einen Vorschuss. Ich trage das volle Risiko, und dann bekomme ich die Belohnung. Ich glaube, das ist eine Herangehensweise, die du selbst gut kennst.«

»Ja, kommt mir durchaus bekannt vor.« Er ließ den Blick über seinen Penthousegarten wandern, dann zu seiner schönen jungen Frau und schließlich hinaus zu den Strebern von Palo Alto mit ihren spießig-nostalgischen Häuschen. Sein ganzes Leben konnte als ein Zeugnis für seine Bereitschaft gesehen werden, das volle Risiko auf sich zu nehmen, und für seine Abneigung dagegen, die Belohnung zu teilen. »Akzeptierst du auch Kryptowährung?«

»Mir ist das gute alte Geld lieber. Ich habe kluge Buchhalter, die meinen Steuersatz auf ein erträgliches Maß drücken, und ich sehe keinen Grund, anstelle von echten Dollars verteilte Sudokus zu akzeptieren.«

»Sehr witzig«, antwortete er. Kryptowährungsgauner mögen es nicht, wenn man sie daran erinnert, dass die Blockchain Milliarden Tonnen CO_2 produziert, während sie im Grunde immer wieder die gleichen völlig sinnlosen mathematischen Rätsel löst. »Du weißt aber schon, wie Kryptowährung funktioniert, oder?«

»Danny, ich liebe dich wie einen Bruder, aber ich hoffe, ich bekomme jetzt keinen Werbevortrag für Trustlesscoin zu hören.« Der einzige Schatten über dem vergangenen Abend waren die beiden Typen am Chef's Table gewesen, die während der ersten Stunde unentwegt über Smart Contracts geredet hatten. Diese Gefahr bestand im Silicon Valley immer, wenn man sich in der Öffentlichkeit bewegte, und ich nahm es ja auch, wie es kam – aber im Privatleben wollte ich nichts davon wissen. Dazu war das Leben viel zu kurz.

»Nein, kein Werbevortrag. Ich möchte nur sicher sein, dass du bei dem, was ich dir gleich erzählen werde, mitdenken kannst. Finanzforensik ist eine Sache, aber wenn du über Krypto redest, sieht die Geschichte ganz anders aus.«

Ich grunzte, ohne mich festzulegen. Danny war schon unterwegs gewesen, als »Krypto« noch »Kryptografie« bedeutet hatte, und ich hätte nicht gedacht, dass er sich inzwischen zu einem Blockchaingauner entwickelt hatte – das sind die vermeintlich klugen Leute, die sich mit ihrer Klugheit selbst ein Bein stellen, wenn sie einen Trick abziehen wollen, weil sie vergessen, dass ihre öffentliche Buchhaltung tatsächlich öffentlich ist und ihre Transaktionen bis in alle Ewigkeit für die ganze Welt sichtbar bleiben.

Die beste Freundin der Finanzforensik war die Kryptowährung mit ihren öffentlichen Transaktionen, den Illusionen der vermeintlichen Herren des Universums und den Wichsern, die Milliarden in das System pumpten. Das bedeutete volle Auftragsbücher für mich und meine Konkurrenten, bis der CO_2-Abdruck der Kryptowährung die Erde unbewohnbar machte.

»Es gibt gewisse technische Unterschiede zwischen Trustless und anderen Kryptowährungen. Dürfte ich dir das erklären? Ich verspreche dir, es gehört zum Thema, und ich will dir nichts verkaufen.«

»Ah, Danny, du kannst mir alles erzählen. Ich bin es nur leid, ständig geködert zu werden.«

»Ich auch, Mann. Also gut. Da du verteilte Sudokus erwähnt hast, weißt du offenbar über Proof of Work Bescheid, über die Verifizierung früherer Transaktionen. Die Blockchain bewahrt ihre Integrität, indem jeder in dem System immer wieder Berechnungen durchführt, die alle früheren Transaktionen bestätigen. Solange der Wert all dieser Eintragungen in der Kette geringer ist als die Stromrechnung, wenn man versuchen würde, die Mehrheit der Berechnungen an sich zu ziehen, bleibt das System sicher.«

»Das bedeutet, je wertvoller dieses Blockchain-Zeugs wird, desto mehr Kohle müssen sie verbrennen, damit nichts gestohlen wird«, erklärte ich. Genau das hätte ich beinahe am Vorabend zu den Typen in dem Restaurant gesagt, aber ich wollte keinen Streit anfangen, der mir den ansonsten ziemlich gelungenen Abend mit meiner absolut reizenden Begleitung verdorben hätte.

»So kann man das ausdrücken«, räumte er ein. »Das sagt jeder Anfänger, der noch nie ein paar Millionen an Spenden von überraschten neuen Kryptomilliardären bekommen hat. Aber, Marty, wir reden jetzt über ein Problem der Beweiskette, das nichts mit verteilten Ledgern zu tun hat. Wenn es dir gelänge, eine Blockchain zu bauen, deren CO_2-Abdruck vernachlässigbar ist, dann könntest du wirklich viel damit erreichen.«

»Geld waschen. Jede Menge.«

»Unter anderem«, gab er zu. »Viele chinesische Unternehmer und Beamte wollen die Währungskontrollen umschiffen. Aber es geht hier nicht nur um Geld. Es geht um alles, was man kryptografisch gegen Fälschungen absichern und weltweit verfügbar haben möchte.«

»Gewaschenes Geld.«

Er schnitt eine Grimasse. »Du bist ein Zyniker. Nein, kein gewaschenes Geld. Absolut genozidsichere Ausweise. Kryptografisch verschlüsselte, nicht veränderbare Manifeste mit allem, was eine Person identifiziert, eingeschlossen die Nationalität, Körpermerkmale und ethnische Gruppe. Jeder Ausweis hat einen eigenen Schlüssel, den die Blauhelme kennen. Du kommst an eine Grenze, zeigst deine biometrischen Daten, und die UN-Leute können den Grenzwächtern sagen, aus welchem Land du kommst, ohne deine ethnische Zugehörigkeit zu verraten.«

»Wie reizend.«

»Ein Zyniker, ich sag es doch! Ja, na gut, bisher wird so etwas noch nicht eingesetzt, aber wir könnten es tun. Du kennst das Gerede der Anbieter, dass die Blockchain einem guten Zweck dienen könne, sodass man fast den Eindruck bekommt, die erforderliche Rechenleistung wäre kein Verbrechen gegen die Menschheit – Trustlesscoin erlaubt es dir, das alles zu tun, weil wir das Sudoku nicht brauchen.«

Ich kramte in meinen Erinnerungen an die nur halb wahrgenommenen Podcasts, die ich unterwegs abgespielt hatte. »Also geht es da jetzt um Proof of Stake?«

Er schnaubte. »Marty, spiel nicht den Neunmalklugen, sonst verrenkst du dir noch was. Nein, es geht um geschützte Enklaven. Um diesen Kryptoprozessor in deinem iPhone, den Apple einsetzt, damit du nicht einfach zu einem anderen App Store wechselst. Das Ding kann Code ausführen. Noch wichtiger, es kann die Ausgabe signieren. Wir können dir also ein Programm schicken und überprüfen, ob es wie vorgesehen durchgelaufen ist, und wir wissen, dass der Besitzer des Handys die geschützte Enklave nicht beeinflussen kann. Soweit Apple betroffen ist, gelten die iPhone-Besitzer als feindliche Agenten, und das Bedrohungsmodell der Firma betrachtet den Besitzer des Geräts als Gegner – also als jemanden, der seine Apps möglicherweise woanders kaufen will, wo er nicht bei jeder Transaktion Apple fünfzehn bis dreißig Prozent Gewinnanteil in den Rachen wirft und den Anteilseignern ihren Profit nimmt.

Jedes Gerät mit einer geschützten Enklave oder einem anderen vertrauenswürdigen Rechenchip ist ein Gerät, das seinen Besitzer als Feind betrachtet. Solche Geräte brauchen wir, denn wenn du im Trustlesscoin-Netzwerk bist, verteidigt mich das Gerät gegen dich und dich gegen mich.

Ich muss dir nicht vertrauen. Ich muss nur darauf vertrauen, dass du nicht dein eigenes Handy knacken kannst, was im Grunde bedeutet, darauf zu vertrauen, dass die Ingenieure von Apple ihre Arbeit ordentlich gemacht haben. Und die, na ja, die haben in der Hinsicht eine ganz gute Bilanz, Marty.«

»Es sei denn?«

Er trank seine Limonade aus und sah den wiederbenutzbaren Strohhalm finster an. »Ja, es sei denn … hör mal, Trustlesscoin ist drauf und dran, die Standard-Blockchain für die ganze Welt zu werden. Ich weiß, ich weiß, alle Firmengründer reden so, als könnten sie den Lauf des Universums verändern, aber ich meine es ernst. Willst du wissen, wie ernst es mir ist? Ich habe Fremdkapital aufgenommen.«

Das ließ er einen Augenblick auf mich einwirken. Danny Lazer, der Mann, der mit der Liebe seines Lebens jahrzehntelang in einem zwanzig Jahre alten Wohnmobil mit verbogener Achse Ramen gegessen hatte, damit er niemals auch nur einen Cent von diesen Blutsaugern an der Sand Hill Road annehmen musste – ausgerechnet er hatte Fremdkapital aufgenommen. Danny Lazer, ehemals der Besitzer von fünfundsiebzig Prozent eines Einhorns, was heißen soll, von sieben Komma fünf mal zehn hoch acht US-amerikanischen Simoleon-Dollar, hatte Fremdkapital aufgenommen.

»Warum? Und zu welchem Zweck?«

Er lachte. »Bruder, dir beim Nachdenken über ein Problem zuzuschauen, ist so, als würde man eine Bulldogge beobachten, die auf einer Wespe kaut. Du hast ein echt gutes Pokergesicht, aber wenn deine alte CPU heiß läuft, dann schmilzt es einfach weg. Ich sage dir wozu und warum.

Zuerst einmal wollte ich etwas für Sethu aufbauen. Sie hatte noch nie die Gelegenheit, ihrem Potenzial entsprechend zu leben. Sie ist wirklich klug, Marty. So klug wie Galit, aber sie ist auch technisch begabt, sie ist eine Managerin und dazu geboren, ein Unternehmen zu leiten. Mir ist noch nie eine bessere Kandidatin für einen CEO-Job begegnet. Du weißt ja, ich bin nicht mehr der Jüngste, und sie wird lange nach meinem Tod noch voll bei der Sache sein. Ich möchte ihr etwas hinterlassen, in das sie hineinwachsen und das mit ihr zusammenwachsen kann.

Die Idee, die hinter Trustless steckt, wälze ich schon seit Anfang der 2000er-Jahre im Kopf herum, als Microsoft die ersten Papiere über Trusted Computing veröffentlichte. Das war damals in den Palladium-Zeiten! Sethu und ich, wir haben im Gästezimmer ein Whiteboard aufgehängt und zwei Stunden am Tag davor verbracht. Zuerst wollte ich niemanden sonst hinzuziehen, weil es mir eher wie ein Hobby und nicht wie eine Geschäftsidee vorkam, und außerdem arbeiten alle Kryptografieexperten, die ich kenne, sowieso schon siebzig Stunden in der Woche.

Und zweitens wollte ich keine anderen Leute einbeziehen, weil mir bewusst wurde, wie gewaltig diese Sache ist. Ich meine, heute stecken ungefähr zwei Billionen in der Blockchain, und zwar trotz dieser dummen Reibungsverluste, die Proof of Work mit sich bringt. Wenn wir diesem Apparat die Fußketten abnehmen, macht es *schwupps*, und wir reden über Summen, die das Budget von zwanzig oder dreißig kleinen UN-Mitgliedern zusammengenommen überschreiten.

Marty, du kennst mich. Ich glaube nicht an viele Dinge, aber wenn ich an etwas glaube, dann steige ich voll darauf ein. Voll. Ganz und gar. Und deshalb habe ich dann doch ein paar Leute dazugeholt.«

»Aber wozu denn? Danny, wie viel von deinem Keypairs-Jackpot hast du durch den Schornstein gejagt? Wie viel Geld brauchst du eigentlich noch, und vor allem, wozu? Willst du eine eigene Chipfabrik aufmachen? Willst du ein ganzes Land kaufen?«

»Wir haben tatsächlich an beides gedacht, aber ich war der Ansicht, dass wir diese Art Kopfschmerzen nicht gebrauchen können. Dank der steigenden Aktienkurse hat sich das Geld von Keypairs sogar vermehrt, seit ich mich habe auszahlen lassen. So viel kann ich gar nicht ausgeben. Dabei würde mir übel, weil ich unglaublich verschwenderisch sein müsste, um es auch nur merklich zu vermindern. Nein, als ich mich nach Fremdkapital umgesehen habe, ging es nicht um das Geld, sondern um die Verbindungen.«

Ich stöhnte. Jeder Ganove in einer Beteiligungsgesellschaft und bei den virtuellen Währungen behauptete, er hätte gute »Verbindungen«, die den betreffenden Firmen irgendeinen Mehrwert böten. Diese sozialen Schmetterlingsjäger erzählten jede Menge Unfug und hatten im Grunde nur einen Vorwand gefunden, ihre Cocktailpartys als Geschäftsausgaben abzusetzen. »Komm schon, Danny, du kennst doch wirklich genug Leute.«

»Nicht solche Leute.« Und dann tat er es. Er sah hin und her und auf und ab, schaltete das Handy aus und bat mit ausgestreckter Hand um meins. Dann brachte er die beiden Geräte zu der kleinen Treppe neben dem Wasserfall und legte sie dort ab, damit das Rauschen alles andere übertönte. Anschließend kehrte er zu mir zurück und sah sich noch einmal um. »Ich habe die Schlüssel für vier der am häufigsten eingesetzten geschützten Enklaven.« Er sah sich noch einmal um.

»Danny, ich glaube, ich weiß, was das bedeutet, aber könntest du es trotzdem für mich aussprechen? Ich bin einfach nur ein dummer alter Buchhalter und keine Kryptografielegende wie du. Und um Gottes willen, hör bitte auf, dich so umzusehen. Ich sage dir sofort Bescheid, falls sich jemand anschleicht.«

»Tut mir leid, tut mir leid. Also gut, die geschützte Enklave bekommt ein Programm, arbeitet es ab und signiert die Ausgabe. Das kleine Spielzeug-Betriebssystem in der geschützten Enklave behauptet, dass es dies zuverlässig und ohne jede Ausnahme jederzeit tun kann. Wenn du in der Ausgabe eines Programms eine Signatur siehst, dann weißt du, dass dieses Programm die Ausgabe erzeugt hat. Dieses Spielzeug-Betriebssystem ist sehr einfach. Dumm. Brutal. Es macht ungefähr sechs Dinge wirklich gut, kann aber nichts anderes. Du wirst das Programm nicht verändern können. Geschützte Enklaven sind eigens so angelegt, dass man nicht eingreifen kann. Sie gehen sogar kaputt, wenn man sie vom Mainboard herunternimmt. Du kannst sie ins Labor bringen, den Deckel abnehmen und sie mit einem Rastertunnelmikroskop untersuchen, und trotzdem bekommst du nicht die Signaturschlüssel, und du findest auch keinen Weg, ein falsches Signal zu erzeugen.

Aber wenn du die Signaturschlüssel hast? Dann kannst du auf jedem beliebigen Computer eine geschützte Enklave simulieren. Dann kannst du dort jedes Betriebssystem laufen lassen, das du haben willst. Und vor allem auch eines, das Signaturen fälscht. Wenn du das machst, kannst du den Ledger verfälschen. In der Bilanz kannst du unbegrenzte Summen von einer Seite der Aufstellung auf deine eigene verschieben. Das ist der Jackpot für das ganze verdammte Ding.«

Ich schnaufte laut. »Also, das kommt mir vor wie ein Defekt in dem System.«

»Das ist eben so. Wir nennen es ›Trustless‹, aber in einem System wie diesem gibt es immer ein Mindestmaß an Vertrauen. Du traust eben nicht den anderen Benutzern im System oder der Firma, die die Software hergestellt hat. Vielmehr vertraust du darauf, dass ein paar führende Hersteller kryptografischer Coprozessoren, die eine jahrzehntelange Erfahrung besitzen, die Betriebssicherheit gewährleisten und nicht die Kontrolle über die Schlüssel verlieren, auf denen ihr ganzes Geschäft und das ihrer Kunden und das der Kunden ihrer Kunden beruht. Also vertraust du nicht den anderen Benutzern, sondern den Firmen.«

Ich blickte kurz zu Sethu, die emsig malte und gekonnt eine Person darstellte, die nicht heimlich lauschte. »Und trotzdem hast du jemanden gefunden, der bereit war, dir einige Schlüssel zu verkaufen.«

»Ja«, bestätigte er und erwiderte gelassen und völlig aufrichtig meinen Blick. »So ist es. Die Begleitumstände, die dazu geführt haben, dass sie zum Verkauf standen, waren eine Gelegenheit, wie man sie nur einmal im Leben bekommt, und ich konnte sie auch nur bekommen, weil ich den Agenten des Verkäufers als Investor beteiligt habe. Diese Firmen nehmen auch Bedrohungen durch Insider sehr ernst, aber irgendwann gerät jeder mal ins Straucheln.

Die Schlüssel sind ausgesprochen nützlich, wenn man eine neue Kryptowährung starten will. Du schließt einen Smart Contract mit einer fehlerhaften Zeile im Code ab und bringst einen Goldrausch mit unbegrenzten Gewinnmöglichkeiten in Gang. Und am Anfang, wenn du das alles aufbaust, schreibst du den Ledger ein wenig um.«

»Du schreibst einen Ledger um, der eigentlich nur gelesen, aber nicht verändert werden kann, und den niemand jemals antasten könnte.«

Er verdrehte die Augen. »Etherium hat das am Anfang auch gemacht. Sie haben fünfzig gestohlene Millionen aus dem hinterhältigen Smart Contract eines Gauners geholt und dem Opfer gutgeschrieben. Darüber hat sich niemand groß aufgeregt. Ich meine, dieser unveränderliche Ledger scheint eine gute Idee zu sein, bis jemand, der nicht dümmer ist als du, wegen fünfzig Millionen erwischt wird. In diesem Augenblick ist es einfach nur vernünftige Fiskalpolitik, die der Gerechtigkeit dient.«

»Etherium hat allen gesagt, dass sie es tun würden. Mir scheint aber, du machst das eher heimlich, oder?«

»Anfangs schon. Niemand hat etwas bemerkt. Wir wollten eben nur einen Ledger bekommen, dessen erste Eintragungen nicht bis in alle Ewigkeit in Stein gemeißelte Erinnerungen an die Fehler sein sollten, die ich im Laufe meiner Lernkurve gemacht habe.«

»Schön. Etwas eitel, aber schön. Trotzdem, diese Schlüssel verkörpern eine Menge Macht, obwohl es doch nur um eine kleine Verbesserung deines Ansehens ging.«

Er seufzte und wandte den Blick ab. »Ja. Aber ich bin ja nicht der Einzige, der Fehler macht. Wir wollen in unserer Blockchain Billionen sichern. Billionen, Marty. Zehn hoch zwölf. Das ist ein Medium, das keine Fehler verzeiht, und das Risiko ist gewaltig. Die Lektion, die wir durch Etherium gelernt haben, war klar: ein paar Fehler, wie sie durch Divisionen durch null oder einen Fencepost-Error entstehen, eine einzige schlecht typisierte Variable oder ein Pufferüberlauf, und das ganze Ding stürzt ab. Ich brauchte einen Radiergummi. Nicht am ersten Tag, aber doch eine Weile vor dem Start.«

»Jeder Hacker baut sich eine Hintertür ein, was?«

»So darfst du das nicht nennen. Nenn es lieber einen ›Rückgängig‹-Schalter.«

»Na gut. Ein ›Rückgängig‹-Schalter in einem System, dessen Kryptografie um jeden Preis das Rückgängigmachen von Transaktionen verhindern soll. Aber keine Hintertür.«

»Mein Freund, du bist viel zu klug. Ich vermisse die Zeiten, in denen die Finanzforensik und die Sicherheitstechnik noch ganz unterschiedliche Felder waren.«

»Ich auch, Mann. Also, was ist passiert? Haben deine Schlüssel einen Spaziergang gemacht?«

»Wir haben das System ganz und gar sicher konstruiert. Du kennst mich, ich bin ein paranoider alter Spinner mit lauter schmutzigen Gedanken. Deshalb habe ich lieber alles richtig gemacht. Die Schlüssel haben sich in einem mit Air Gap gesicherten System befunden. Dieses System habe ich selbst gekauft. Es stammt aus einem Stapel Laptops bei Fry's Electronics, die sie nur zwei Wochen vor der endgültigen Schließung abgestoßen haben.«

»Mögen sie in Frieden ruhen.«

»Das war auch Zeit. Aber damals, als die Läden noch offen waren, konntest du einen in Schrumpffolie verpackten Laptop aussuchen, selbst zur Kasse bringen, bar bezahlen und einfach weggehen. Höchstens, dass du an der Tür noch einmal einem Mitarbeiter deinen Kassenbon vorzeigen musstest. Dann konntest du das Gerät ins Rechenzentrum bringen, im gesicherten Raum auf deinem Arbeitsplatz abstellen und das Ding aufschrauben, um alle Netzwerkschnittstellen mit einer Zange herauszureißen. Nicht nur die Leitungen kappen, sondern die Bauteile direkt vom Mainboard reißen.«

»Wie gut, dass du nicht das Mainboard zerbrochen hast.«

Er schnitt eine Grimasse. »Habe ich doch. Ich habe drei Geräte gekauft, damit ich, wenn nötig, ein oder zwei Ausfälle verkraften konnte. Wie sich herausgestellt hat, brauchte ich nur ein Reservegerät. Es kam dann in einen sicheren, guten Safe, der drei Stunden Einbruchsschutz garantiert. Der Wachmann begeht tatsächlich persönlich alle zwei Stunden jeden gesicherten Raum. Und ich habe das BIOS mit einem Hardware-Schlüssel abgesichert. Selbst wenn du den Laptop stiehlst, brauchst du jetzt noch meinen Schlüssel.«

»Und doch …«

»Du weißt ja, jeder kann sich ein Sicherheitssystem ausdenken, das er selbst nicht mehr knacken kann.«

»Schneiers Gesetz.«

»Ja, Schneiers Gesetz. Jemand, der klüger war als ich, hat aber einen Weg gefunden.«

»Der Wachmann?«

»Nein, aber möglicherweise ist er eingeweiht gewesen. Sie haben ihn jedenfalls gefeuert. Der Safe wurde geknackt, und der Laptop ist weg.«

»Und deine Hardware-Sicherung?«

»Das wird dir gefallen.«

»Ich kann es kaum erwarten.«

Er zupfte an einer Stirnlocke und legte einen heftigen Cockney-Akzent auf, der sogar Dick van Dyke peinlich gewesen wäre. »Mal ehrlich, das glaubste nicht, ich bin auf einen Taschendieb hereingefallen.«

»Ich glaub's nicht. Taschendiebstahl ist doch angeblich eine ausgestorbene Kunst. Wer hat die Nummer abgezogen? Apollo Robbins?«

Er zuckte mit den Achseln. »Das halte ich nicht für möglich. Aber es gibt tatsächlich noch eine Menge Bühnenkünstler in Las Vegas, die mit Taschendiebstahltricks auftreten, und auf YouTube ist eine zugehörige Szene mit regelrechten Lehrfilmen zu sehen. Außerdem gibt es europäische Fachleute, sogar eine Menge, denn dort ist der Sport niemals wirklich ausgestorben. Alle ein oder zwei Jahre haben wir eine richtige Welle von Fällen.«

»Hattest du deine Hardwaresicherung am Schlüsselring?«

»An diesem Tag ja. Ich bin vorher im Rechenzentrum gewesen. Dann haben wir zu Abend gegessen. In der Hydra, Festpreis. Der Chef's Table ist zwar nett, aber bei dem Kostprobenangebot gibt es auch Tintenfisch. Zwischen dem Rechenzentrum und meiner Haustür hat mich jemand angerempelt.«

»Uff«, sagte ich. »Musstest du unten beim Nachbarn klingeln und über den Balkon klettern?«

»Sei nicht so blöd«, antwortete er. »Erst einmal hat Sethu eigene Schlüssel für die Wohnung. Zweitens sind die Außentüren abgesperrt und gesichert, wenn wir unterwegs sind.«

Ich hatte die Schlösser an der Außentür und die Einbruchsensoren und Kameras natürlich bemerkt – sowohl die versteckten als auch die demonstrativ sichtbaren. Wahrscheinlich hatte es noch einige weitere gegeben, die ich übersehen habe. Ich hätte es Danny durchaus zugetraut, dass er im Gebüsch auch noch ein Lidargerät versteckt hatte, das zwischen Katzen und Fassadenkletterern zu unterscheiden wusste.

»Der Wachmann im Rechenzentrum«, sagte ich. »Das ist der Mann, den du suchst. Wahrscheinlich ist er nicht der Kopf hinter dem Angriff, aber er dürfte bei alledem eine zentrale Rolle spielen.«

»Anscheinend haben sie ihn mittels Social Engineering ausgetrickst. Sie haben ihm auf Tinder jemanden vorgesetzt und ihm Nachrichten geschrieben: *Oh, dort arbeitest du? Ich wohne gleich um die Ecke. Wollen wir nicht mal bei mir zusammen Tee trinken?*«

»Sie haben ihn geködert. Die Venus-Falle.«

Er seufzte. »Ja. Das war ziemlich raffiniert.«

»Hast du den Diebstahl angezeigt?«

»Die Versicherung bezahlt einen neuen Laptop, den ich im Grunde gar nicht brauche, weil ich nach der Einrichtung der Air-Gap-Sicherung noch das Reservegerät habe. Aber das ist ja nicht das Wertvollste.«

»Nein. Natürlich nicht. Was ist mit den Schlüsseln?«

»Was soll damit sein?«

»Erstens: Hast du deine Quelle gewarnt, dass du sie verloren hast? Damit er oder sie Apple und Samsung und allen anderen Herstellern Bescheid sagen kann, die sich auf die geschützten Enklaven verlassen? Und zweitens: Hast du deine Kunden benachrichtigt, dass ihr Geld nicht mehr sicher ist?«

Er blickte zu Sethu, dann hinaus nach Palo Alto, dann in sein Limonadenglas, dann zu den Wolken am Himmel. Es waren lange Blicke. Das Schweigen sprach Bände.

»Danny, wie viel Geld steckt im Ledger von Trustlesscoin?«

Jetzt sah er mich an. »Ungefähr eine Milliarde.«

Wir hatten schon über Billionen gesprochen, daher hätte ich nicht weiter schockiert sein sollen. Aber die Gründer von Technologieunternehmen werfen gern mit großen Zahlen um sich, und ich hatte mir angewöhnt, immer ein paar Nullen abzuziehen, wenn mir jemand etwas über ein »total offenes Marktsegment« erzählte.

Trustlesscoin war die neue Kryptowährung. Instinktiv hatte ich sie auf einige zig Millionen geschätzt, was gar keine so kleine Zahl ist, aber nicht auf eine Milliarde.

»Eine Milliarde hier, eine Milliarde dort …«

Er fiel mir sofort ins Wort: »Und ziemlich schnell geht es um echtes Geld. Ja, ich weiß, Marty. Mach keine Witze, das kannst du nicht so gut.«

»Wann hast du die Schlüssel verloren?«

Er sah auf die Uhr – eine mechanische, nicht protzige Uhr, sondern ein Vorkriegsmodell von Rolex, aus einer Zeit, als die Oyster-Modelle für Herren nicht größer waren als eine kleine Münze, ganz anders als diese riesigen Tourbillon-Monster, die eine Million Dollar kosteten und aussahen wie die Vorstellungen eines armen Mannes von der Armbanduhr eines reichen Mannes. »Vor vierundsiebzig Stunden und dreißig Minuten.«

»Mehr oder weniger.«

»Marty, du bist wirklich kein guter Komiker. Das hatten wir doch schon festgestellt.«

»Welche Folgen hat es bisher gegeben?«

»Nicht viele«, antwortete er. »Eigentlich gar keine. Wir haben einen guten statistischen Überblick, wie normale Transaktionen bei Trustless aussehen, und bisher hat noch keine Alarmglocke geschellt.«

»Noch nicht. Aber das wird nicht so bleiben. Vielleicht haben sie noch nicht begriffen, wie sie ausnutzen können, was sie haben.«

»Oder sie spielen auf Zeit. Oder sie probieren es mit einer altmodischen Salamitaktik und greifen viele Kleinbeträge ab, die sie sich irgendwann insgesamt auszahlen lassen.«

»Kannst du das nicht blockieren? Sie müssen doch die Trustlesscoins in Geld wechseln lassen, wenn sie etwas davon haben wollen.«

»Das müssen sie, aber daran können wir sie nicht hindern. Wir sind an allen wichtigen Börsen vertreten und werden nicht nur gegen andere Kryptowährungen, sondern auch gegen verschiedene Sorten Fiatwährungen und Stablecoins getauscht. Was glaubst du, wie wir so schnell an eine Milliarde Dollar gekommen sind? Trustless ist zugleich höchst liquide und höchst effizient. Deshalb ist es ja auch die Zukunft der Finanzwirtschaft.«

»Und der Geldwäsche.«

Einen Moment lang fürchtete ich, er werde sein Limonadenglas auf die kühlen Steinplatten seines Dachgartens schmettern. Er holte tief Luft, dann noch einmal, und noch ein weiteres Mal, dann stellte er das Glas weg. »Und der Geldwäsche. Marty, hör auf, mich zu verarschen. Mir ist völlig bewusst, dass mein Dienst auch zur Geldwäsche benutzt wird. Das war von Anfang an klar. Einige dieser Geldwäscher sind aber sehr weit weg und hätten Mühe, mich zu erreichen, falls meine Technologie sie irgendwie wütend macht. Einige andere sind aber viel näher.«

Nachdrücklich schüttelte er den Kopf. »Marty, ich mache mir vor Angst in die Hosen. Es ist, als könnte gleich ein großer Schuh runtertreten und mich zerquetschen. Schwer auszuhalten. Ich meine jetzt nicht nur, dass ich meinen

Ruf und mein Vermögen verlieren oder das Leben der Frau da drüben ruinieren könnte, die mich vor dem Abgrund gerettet hat. Ich rede davon, dass mir unvernünftige, sadistische, mächtige Verbrecher körperlich wehtun wollen. Diese Leute haben ihre Vermögen zusammengerafft, indem sie ein Meer von Blut hinterlassen haben. Man kann sie nicht beschwichtigen. Man kann sie auch nicht abwehren, sofern ich nicht mein ganzes restliches Leben in einem Bunker verbringen will.

Marty, ich weiß nicht, wer die Schlüssel gestohlen hat. Ich hätte sie vielleicht gar nicht erst annehmen sollen. Jetzt steht alles auf dem Spiel, was mir lieb und teuer ist, und deshalb habe ich dich gerufen. Wir kennen uns schon lange, du bist mein Freund, und ich vertraue dir, aber ich habe dich nicht gerufen, um mich an deiner Schulter auszuheulen.«

»Du hast mich gerufen, weil du glaubst, ich kann die Schlüssel zurückholen.«

»Quatsch. Ich habe dich gerufen, weil ich verzweifelt bin. Ich glaube, niemand kann die Schlüssel zurückholen. Ich denke, innerhalb eines Monats wird alles, was mir wichtig ist, zerstört sein. Große Technologiefirmen, die in geschützten Enklaven Dinge sichern, die weit über Trustlesscoin hinausgehen, werden wegen meiner Gedankenlosigkeit ungeschützt dastehen, und sie werden kompromittiert. Sichere Enklaven sollen manipulationssicher sein. Wenn du sie aus dem Rechner reißt, wie ich es mit den Netzwerkschnittschellen des Laptops im Air Gap getan habe, werden sie völlig unbrauchbar. Man kann nicht einmal ein Update einspielen. Sie haben kein BIOS, das man überschreiben könnte. Eine Schwachstelle in einer geschützten Enklave ist dauerhaft vorhanden.

Aber die Billionen Dollar an Schaden, die ich den größten Technologiefirmen der Welt zufügen werde, machen mir nicht einmal die größten Sorgen, weil ich entweder auf der Flucht oder tot sein werde. Und das wird bestimmt kein schöner Tod sein, Marty.

Deshalb habe ich dich angerufen, ehe es so weit kommt. Ich möchte alle Möglichkeiten zur Schadensbegrenzung nutzen, die mir zur Verfügung stehen.«

»Und wenn ich die Schlüssel zurückhole?«

Er schnaubte. »Wenn du das schaffst, dann hast du mir das Leben gerettet und ein Drittel der führenden Firmen im S&P-500-Index vor den größten Verlusten seit der Finanzkrise bewahrt.«

»Ich meine, was bekomme ich dann?«

Die Veränderung war unglaublich. Gerade war er noch ein verängstigter alter Mann gewesen, der verzweifelt um sein Leben rang. Blitzschnell wurde er wieder ruhig und kehrte in das Reich der Zahlen zurück, und ich verhandelte mit einem Typ, der zweiundzwanzig Jahre lang Ramen gegessen hatte, um möglichst nichts von seinem zukünftigen Vermögen abgeben zu müssen.

»Eine Kommission von fünfundzwanzig Prozent kommt offensichtlich nicht infrage. Wir reden hier über eine Milliarde Dollar.«

»Das gilt nur, wenn ich die Schlüssel zurückhole, ehe die Gauner einen Teil des Geldes abziehen. Meine Kommission berechnet sich nach dem Wert bei der Rückgabe, nicht nach dem Anfangswert. Wenn dies hier an die Öffentlichkeit dringt und der Wert der Trustlesscoins auf null sinkt, bekomme ich fünfundzwanzig Prozent von gar nichts.«

Er machte eine saure Miene. »Wenn das passiert, ist auch niemand mehr da, dem du deine Rechnung schicken könntest, um fünfundzwanzig Prozent zu bekommen. Aber Marty, du kannst doch nicht ernsthaft erwarten, dass du zweihundertfünfzig Millionen einsacken kannst.«

»Daniel Moses Lazer, du hast mir gerade einen Vortrag über einen Verlust von einigen Billionen gehalten, falls du die Schlüssel nicht zurückbekommst. Beachte bitte, dass ich keinen Anteil von den positiven Auswirkungen verlange, die die erfolgreiche Beschaffung der Schlüssel mit sich bringen würde. Ich möchte nur einen Anteil vom direkten Nutzen für meinen Kunden haben.« Ich nickte bekräftigend.

»Aber eine Viertelmilliarde Dollar ...«

»Oder vielleicht auch gar nichts. Oder ich stehe vor den Killern, vor denen du dich bis an dein Lebensende im Bunker verstecken musst. Danny, ich bin wirklich überrascht. Du weißt doch, wer ich bin. Du weißt, was ich verlange. Du weißt, dass ich nicht feilsche.«

Er lächelte, und nun sah ich wieder einen Abglanz des Mannes, der mich an der Tür empfangen hatte: ein glücklicher, gut genährter und erfolgreicher Mann, der in seiner zweiten Lebenshälfte eine zweite Karriere verfolgt hat. »Ja, das weiß ich. Aber ich musste es versuchen. Zweihundertfünfzig Millionen sind eine Menge Geld.«

»Eine Viertelmilliarde hier, eine Viertelmilliarde dort …«

»Ja, ja. Wir werden bald über richtiges Geld reden. Glaubst du, du schaffst das?«

Ich zuckte mit den Achseln. »Das kann ich nicht sagen. Ich habe ein paar Ideen, wie ich anfangen könnte. Ich höre mich erst einmal um und präsentiere mich als einen ganz normalen gewissenhaften Menschen. Du wärst überrascht zu sehen, wie gut das funktioniert. Falls es eine schnelle Lösung für dieses Problem gibt, dann nur, wenn die Leute auf der anderen Seite vergessen haben, Lücken zu schließen und Spuren zu verwischen. Sie dürfen keinen einzigen Fehler machen, ich muss nur einen einzigen Fehler finden. Sie müssen perfekt sein, ich brauche nur systematisch zu sein. Deshalb spiele ich im roten Team. Wie immer ist der Angreifer im Vorteil.«

»Wie immer.« Er sah auf die Armbanduhr. »Mist, ich muss mal ganz schnell telefonieren. Entschuldigst du mich einen Moment?«

»Klar«, antwortete ich. Er holte unsere Handys und gab mir meines abwesend zurück, während er sein Gerät startete und sich bereits einloggte, als er durch die Schiebetür in das makellose Wohnzimmer trat.

Ich startete mein Handy noch nicht. Zuerst einmal, weil dies ein Spiel war, das ich mit mir selbst spielte: Wie lange hielt ich es aus, ohne mir die Strahlen des Displays ins Auge schießen zu lassen? Zweitens wollte ich in Ruhe über diesen Job nachdenken. Und drittens hatte mir Sethus Körpersprache verraten, dass sie mit mir reden wollte.

Tatsächlich hörte sie sofort zu malen auf. Sie war wirklich sehr gut. Mit dem, was sie während meiner Unterhaltung mit Danny getan hatte, war das Gemälde auf eine Weise zum Leben erwacht, die ich nicht einmal richtig beschreiben konnte. Es wirkte energiegeladen, und doch waren die fieberhaften Aktivitäten in den Homeoffices, Garagen und Autos in der impressionistischen Landschaft nur angedeutet. Sie hatte einen Rummel inszeniert.

»Danny sagte mir, dass du schon mal so etwas gemacht hast«, begann sie, während sie ihren Kittel an die Staffelei hängte und sich die Hände mit einem buntverschmierten Lappen abwischte.

»Ich bin von Anfang an dabei«, erklärte ich. »Die meisten Buchhalter haben die elektronische Datenverarbeitung als Werkzeug betrachtet, mit dem sie sich das Leben einfacher machen konnten. Eine kleine Gruppe erkannte aber das Potenzial, um Wirtschaftskriminalität zu vertuschen. Ich glaube, ich bin in der zweiten Gruppe der Einzige gewesen, der Verbrechen verhindern statt begehen wollte.«

»Also gab es drei Gruppen«, stellte sie fest.

»So könnte man das sehen«, stimmte ich zu. »Die Erbsenzähler, die Gauner und mich. Ich bin ziemlich sicher, dass wir alle in derselben Usenetgruppe für fortgeschrittene Anwender von *Lotus 1-2-3* unterwegs waren.«

»Hast du viele Fälle gelöst?«

»Das klingt, als wäre ich ein Detektiv. Ja, ich habe einige meiner Kunden sogar ziemlich glücklich gemacht.«

»Danny sagte, du hättest gerade einen großen Sieg verbucht?«

»Rearden Factoring. Das sind Finanzingenieure, die sich auf Probleme in der Lieferkette konzentrieren. Wenn du eine große IT-Firma hast, dann sagst du deinen Lieferanten, dass du die Rechnungen erst nach hundertachtzig Tagen bezahlen wirst, es sei denn, sie werden Kunden bei Rearden, die die Rechnungen binnen dreißig Tagen verarbeiten und dafür zwei Prozent Kommission einstreichen. Rearden berechnet den Käufern dafür nichts, vielmehr erhöhen sie nur den Cashflow und setzen Kapital für die großen Spieler auf dem Kapitalmarkt frei, wobei sie die Geldströme bei jedem Abrechnungszyklus neu ausrichten können. Das ist ein lukratives Geschäft.«

»Klingt nach einem schmutzigen Geschäft«, sagte sie.

»Nicht schmutziger als jeder andere Betrug, der auf einem Monopol beruht. Je größer die Großen werden, desto besser werden die Bedingungen, die sie ihren Lieferanten aufnötigen können. Das ist die goldene Regel: Sie haben das Gold und beherrschen das Spiel.«

»Und du hast ihnen geholfen?«

»Ganz recht. Es war ein Insiderjob, aber der Typ hat einen Fehler gemacht, der mir aufgefallen ist.«

»Also ist das ein Glückfall für dich gewesen. Aber warum ist jemand, der auf einem Gebiet so kompetent ist, auf einem anderen so dumm?«

»Das ist eine Frage, über die ich mir schon den Kopf zerbreche, seit mir mal bewusst geworden ist, dass mein alter Herr zwar ein brillanter Maschinenbauer, aber ein schrecklicher Trottel war, wenn es um Politik ging. Sollte ich jemals eine Antwort auf diese Frage finden, sag ich dir sofort Bescheid.«

Wir wechselten einen Blick, der irgendetwas zu bedeuten hatte, auch wenn ich nicht ausdrücken konnte, was es eigentlich war. Falls Sethu eine Goldgräberin war, die Danny nur eingeredet hatte, sein Leben hätte doch noch einen Sinn, dann würde ich sie trotzdem nicht hintergehen oder sie um ihren Anteil an Dannys Besitz beneiden, sofern es in ein oder zwei Wochen überhaupt noch einen Besitz gab. Wenn Danny sich mit einer jungen, schönen, brillanten Frau zusammentat, dann war das in meinen Augen kein dummer Fehler, sondern er hatte lediglich seine Klugheit von einem Bereich auf einen anderen übertragen.

»Danke für die Geschichtsstunde«, sagte sie. »Es ist immer schön, diese Geschichten aus dem elektronischen wilden Westen zu hören.«

»Jederzeit gern«, antwortete ich. Dann nahm sie die Staffelei und ging nach drinnen. In der Tür begegnete sie Danny, der gerade wieder herauskam.

»Hat sie dich gelöchert?«, fragte er.

»Wir haben nur freundlich geplaudert«, erklärte ich.

»Oh, dann hast du Glück gehabt. Sie ist meine gleichberechtigte Partnerin bei Trustless, und sie erbt mein Vermögen. Für sie steht genauso viel auf dem Spiel wie für mich. Schon vor dem Zwischenfall hat sie mich gewarnt, ich sei zu vertrauensselig. Ausgerechnet ich! Wenn sie bereit ist, dir zu vertrauen, dann solltest du das wie Standing

Ovations für deine kleine Einmannshow aufnehmen: Martin Hench, der *IT-Komiker.*«

»Diese Bewunderung erfahre ich schon seit einer ganzen Generation.«

»Na ja, vielleicht wird dies hier noch dein großes Finale. Ein alter Spieler, der eine Viertelmilliarde einstreicht, muss sich nie wieder krummlegen.«

»Aber du hast doch auch nicht aufgehört, als sich die Gelegenheit geboten hat«, erwiderte ich. Dann zuckte ich zusammen, weil ich erkannte, dass er tatsächlich draußen war. Ganz und gar draußen und drauf und dran, sein Leben zu verlieren.

Er bemerkte, wie ich zusammenzuckte, und sah mich freundlich an. »Beinahe wäre ich schon viel früher ausgestiegen. Und vielleicht hätte ich es wirklich tun sollen.«

2

Am nächsten Morgen besuchte ich das Rechenzentrum. Es lag jenseits von Stockton weiter im Landesinneren in einer Kleinstadt, die so schnell wuchs, dass momentan fast alle Läden auf der zwei Häuserblocks langen Main Street erweitert wurden. Nach den Airbnb-Angeboten zu urteilen, waren in einem kilometerweiten Umkreis alle Häuser »rustikale Hütten« mit »idyllischem Ausblick«. In den Vororten standen jedoch riesige Kühlhäuser an Anschlussgleisen, und dort war der Ausblick gar nicht idyllisch, sondern eher öde – gähnende Leere, soweit das Auge reichte.

Die Lagerhäuser waren zu Rechenzentren und nicht zu Amazon-Verteilzentren umgebaut worden, weil so nahe an der Bay Area die Wirtschaft eben lief, wie sie lief.

Die Rechenzentren boten spezielle Dienste an: Manche Kunden betrieben eine Software, die sich nicht in die großen Clouds übertragen ließ, weil sie über ungewöhnliche technische Eigenschaften verfügte oder irgendeinem ungewöhnlichen Bedrohungsmodell entsprach (ich nehme an, für Trustless galt sogar beides). Die Anlagen waren so gut gesichert, dass ich nach zehn Minuten aufhörte, nach Lücken im System zu suchen. Gegen alle guten Ideen, die ich in Bezug auf Einbruchsmöglichkeiten hatte – dicht hinter einem anderen Fahrzeug durchrutschen, ungesicherte Zugänge über das Dach finden – gab es offensichtliche, unübersehbare Vorkehrungen, was bedeutete, dass es darüber hinaus ein ganzes Universum voller Dinge gab, die noch sicherer waren, und die ich gar nicht erst bemerkte.

Wäre es möglich gewesen, dann wäre ich direkt von Dannys Penthouse hergefahren, aber in eine solche Anlage spaziert man nicht einfach so hinein. Ich wandte mich also an einen Freund, der gerade bei einem Fintech-Startup, das sich auf Geldwäsche für Saudis spezialisieren wollte (die Saudis liebten die Geldwäsche), als Sicherheitschef angefangen hatte. Er rief im Rechenzentrum an, schüchterte die Leute dort ein wenig ein, weil er sich angeblich Sorgen wegen eines möglichen Sicherheitslecks in besagtem Rechenzentrum machte, und fragte, ob sein Sicherheitsberater vorbeischauen und sich umsehen könne.

Sie warnten mich, ich müsse einen Fahrausweis nach REAL-ID-Regeln oder meinen Pass mitbringen. Am Empfangstisch überprüften sie dann sorgfältig die biometrischen Daten, ehe sie mich in einen Raum mit Schließfächern führten und mich höflich, aber bestimmt anwiesen, meine gesamte Elektronik abzuliefern.

»Wie führen die Dienstleister Ihrer Kunden überhaupt Diagnosen und Störungsbehebungen durch, wenn man kein Handy und auch keinen Laptop mit hineinnehmen darf?«, fragte ich.

»Für Kunden gelten unterschiedliche Regeln«, erklärte mir die kleine, besonders ernste Wächterin. Sie bewegte sich so fließend wie jemand, der sich mit schmutzigen Nahkämpfen auskannte, und sie hatte einen Taser an der Hüfte. Nachdem ich meine Taschen geleert hatte, musste ich durch einen Scanner und ein Magnetometer gehen.

Hinter dem Kontrollposten empfing mich Vikram Zain, der Manager der Anlage. Er war ein ehemaliger Marine, nicht mehr ganz so gut in Form wie früher, aber auf den Unterarmen sah man noch die Tätowierungen, die von den Ärmeln seines Poloshirts nur halb verdeckt wurden. Er hatte drei Geräte am Gürtel – schwarze Kästchen, bei denen es sich um Tablets oder Taser handeln konnte –, und er verfügte über ein Lächeln, das er wie mit einem Schalter ein- und ausknipsen konnte.

»Mr. Hench«, sagte er.

»Mr. Zain, danke, dass Sie sich die Zeit nehmen.«

»Es ist mir ein Vergnügen«, behauptete er mit vollkommen unaufrichtiger Liebenswürdigkeit. »Ich hoffe, Eskaterina hat Ihnen erklärt, dass diese Führung recht begrenzt sein wird. Unsere Hausregel ist, dass Sie die abgeschirmten Bereiche unserer Kunden nicht betreten dürfen.«

»Das will ich doch hoffen«, antwortete ich ebenso freundlich.

»Gut. Nun, solange wir uns in dieser Hinsicht einig sind, kann ich Ihnen die Stromversorgung, den Übergabepunkt unserer Glasfaserleitungen und die Miniküche zeigen. Es sei denn, Sie wollen auch die Müllentsorgung sehen?«

Ich seufzte. »Vikram, hören Sie mal, ich tue gerade einem Freund, der unter Druck steht, einen Gefallen. Masala muss schnell in ein neues Rechenzentrum umziehen, und sie wollen nicht schon bald ein weiteres Mal umziehen müssen. Sie suchen einen Anbieter, bei dem sie wachsen und bleiben können. Normalerweise ist das ein langsamer überschaubarer Vorgang, aber dieses Mal müssen sie schnell sein. Das ist für die Sicherheit allerdings recht nachteilig, und Zeldo weiß das auch. Deshalb hat er mich gebeten, mich umzusehen und ihm zu helfen, damit er es nicht vermasselt. Ich weiß ja, dass Sie mir hier nicht viel zeigen können – das spricht sogar für Sie. Aber ich möchte mir ansehen, was ich eben sehen kann, ein paar Fragen stellen und anschließend so ehrlich wie möglich berichten.«

Er schüttelte den Kopf und knipste sein Lächeln an und aus. »Im Voraus lassen sich die Sicherheitsvorkehrungen niemals richtig gestalten. Das ist immer eine Reaktion, die erst später kommt. Jeder will im roten Team spielen.«

»Sogar Sie?«

Das Lächeln wurde breiter und hielt sich dieses Mal eine Weile. »Nicht ich, Mann. Ich bin und bleibe im blauen Team.«

»Das klingt, als wären Sie für den Job geboren.«

»Ich selbst bin überhaupt nicht gern im blauen Team, obwohl ich viel darüber nachdenke und in Spielen manchmal sogar diese Seite übernehme. Verteidiger sind immer im Nachteil. Mein Geld habe ich zu allen Zeiten im roten Team verdient, aber die Übungen im blauen Team machen mich zu einem besseren Angreifer und verschaffen mir einen Eindruck, wie im realen Leben die Verteidigung versagt.«

Danach verstanden Vikram und ich uns deutlich besser. Die Anlage war beeindruckend, zumal man bedenken musste, wie schnell sie sich von einem Kühlhaus für Fleisch und Gemüse in ein gut gesichertes Rechenzentrum verwandelt hatte. Ich fragte ihn, wie der Patchprozess für seine Sensoren ablief, und verbrachte eine angenehme halbe Stunde mit einem Gespräch über die Herausforderungen, mit denen man konfrontiert wurde, wenn man höchstwahrscheinlich mit Lieferkettenattacken rechnen musste.

Er zeigte mir die Miniküche und nickte wohlwollend, als ich den Kapselkaffee ablehnte. Dann führte er mich in sein Büro, wo neben einem kleinen Waschbecken in der Ecke ein elektrischer Wasserkocher und ein AeroPress-Zubereiter standen.

»Na gut«, sagte ich. »Ich glaube, das war es dann. Ich wünschte, ich könnte auch mal in einen Sicherheitsbereich schauen, aber das ist ja anscheinend nicht möglich.«

Er schüttelte den Kopf. »Ach, zum Teufel damit. Wir richten gerade einen neuen privaten Bereich für einen Kunden ein, der sein Geschäft erweitert. Bisher stehen dort noch keine Server, aber ich kann Ihnen den Raum zeigen und erklären, wie das alles funktioniert. Das sind extrem gefährdete Kunden, die einen eigenen Air Gap und einen zusätzlich abgesicherten Raum brauchen.« Ich wusste, dass der Kunde Trustless war. Sie hatten nach dem Einbruch ein Upgrade und ein Jahr kostenlosen Betrieb verlangt und bekommen. Ich wusste auch, dass der neue Bereich direkt neben ihrem bisherigen lag, damit sie möglichst schnell und ohne Ausfälle umziehen konnten.

»Vikram, ich möchte Ihnen keine Schwierigkeiten machen.«

»Kein Problem«, antwortete er. »Es liegt sowieso auf dem Weg nach draußen. Kommen Sie, es gibt nicht viel zu sehen, aber da Sie sich schon mal die Mühe gemacht haben, uns hier zu besuchen …«

Es gab wirklich nicht viel zu sehen. Der Hochsicherheitsbereich war ein leerer Käfig mit Racks für die Server und Stromversorgung, mit Netzwerkanschlüssen, Kabelschächten und Werkbänken. Die Tür hatte einen Stahlrahmen, und als ich mit den Knöcheln an die Schnellbauwände klopfte, hörte ich ein dumpfes Geräusch, weil sie mit den stählernen Trägern darunter fest verbunden waren.

Ich überprüfte die Übergabepunkte und die Halterungen der Überwachungskameras und Bewegungssensoren, den Trockenfeuerlöscher, die primären und sekundären Kühlungen, den Temperaturregler und den Reservetemperaturregler. Die Käfige waren ordentlich mit den tragenden Gebäudeteilen verschraubt, ebenso wie die Tür und die Wände des Air-Gap-Raums. Die Schlösser wirkten ausgezeichnet, gut gesichert und schienen tadellos eingebaut.

Vikram folgte mir in respektvollem Abstand, während ich alles genau untersuchte, und lieh mir einmal sogar eine Kugelschreiberlampe.

»Das ist wirklich gut«, sagte ich schließlich und gab ihm die Taschenlampe zurück. »Aber wie, verdammt noch mal, konnte hier jemand etwas klauen?«

Das Lächeln verschwand blitzschnell. Er biss jedoch nicht an.

»Hören Sie, Vik, es ist ja nicht öffentlich bekannt, aber Danny Lazer hat seine Verbindungen. Wenn man ihm etwas stiehlt, dann spricht es sich herum. Wie ich gehört habe, hat seine Anlage dieser hier sehr ähnlichgesehen.«

»Mr. Hench«, setzte er an.

»Heißt es auf einmal wieder ›Mr. Hench‹? Wo ist der ›Marty‹ geblieben?«

»Mr. Hench, wir sprechen mit niemandem über die Geschäfte unserer Kunden. Ich bin sicher, dass auch Ihr Kunde froh sein wird, genau dies zu hören.«

»Ganz bestimmt. Aber er wird seinen Betrieb nicht in diese Anlage hier verlagern, wenn es eine große, alte, ungepatchte Sicherheitslücke gibt, die gerade erst ausgenutzt wurde.«

Vikrams versteinertes Ledernackengesicht wurde jetzt noch härter, als es sowieso schon war. Er starrte mich wie eine der Steinfiguren am Mount Rushmore an. Ich beschloss, niemals gegen Vikram Zain zu pokern.

»Vikram, hören Sie, wir wollen das mal ernsthaft betrachten. Man hat mich angeheuert, weil ich in meinem Job gut bin. Und ich bin gut in meinem Job, weil ich solche Dinge herausfinden kann. Und wenn man gut sein will, gehört es auch dazu, solchen Vorfällen auf den Grund zu gehen. Sie sind gut in Ihrem Job. Was würden Sie tun, wenn Sie meinen Job hätten? Würden Sie mit den Achseln zucken und sagen: ›Zeldo, ich bin sicher, dass jetzt alles in Ordnung ist. Mach nur und zieh mit allen Servern von Masala hierher um, und mach dir keine Sorgen mehr wegen dieser physischen Sicherheitslücken?‹«

»Bestimmt nicht«, gab er zu.

»Ja, das dachte ich mir. Alles, was ich bisher gesehen habe, sagt mir, dass ihr hier vorsichtig und professionell arbeitet, und dass ihr umsichtig seid und gründlich nachdenkt. Das hier ist eine *gute* Anlage. Aber wenn du im blauen Team spielst, musst du perfekt sein, während das rote Team …«

»Es braucht nur einen einzigen Fehler zu finden.« Er entspannte sich ein wenig – und nach einem Moment noch etwas weiter.

»Gehen wir lieber wieder in mein Büro.«

3

Ales Kocourek war an der SF State, und Jia Hak war gerade in Stanford, als sie sich kennenlernten. Niemand hätte es ihnen zugetraut, miteinander eine Liebesbeziehung einzugehen. Sie war ein Arbeitstier, der Inbegriff der koreanisch-amerikanischen Erfolgsgeschichte, während er ein Tscheche der zweiten Generation war und sich eher für E-Sport als für Computerwissenschaften interessierte.

Doch sie mochten beide Digital Laptop Reggae, und sie liebte seine Hardware, diese verrückten Synthesizer mit echten SID-Chips, die aus alten Commodore 64 und 128 stammten. Die halb kaputten Chips produzierten ausgesprochen schräge Töne für einen Mix.

Ihm dagegen gefiel die Musik, die sie damit machte. Ihre Haare flogen wild um den Kopf herum und ihre Finger tanzten auf den Knöpfen und Schiebereglern, während sie in Echtzeit mixte.

Sie führte ihn in die Computerwissenschaften ein, und er kannte sich bald recht gut mit physischen Sicherheitsvorkehrungen aus. Er hatte eine Begabung dafür, leicht zu wartende und zuverlässige Netzwerke aus heterogenen Sensoren und Aktoren zu bauen und schrieb manchmal sogar eigene Kompatibilitätsschichten, um die Daten eines Wärmesensors, eines Bewegungssensors und einer

Kamera in ein System zu integrieren, das Anomalien meldete.

Vikram heuerte Ales in dessen zweitem Studienjahr an, nachdem ihm ein alter Freund, der schon im Ruhestand war und nur darum halbtags weiterunterrichtete, um etwas zu tun zu haben, den Studenten empfohlen hatte. Vik hatte auch versucht, Jia anzuwerben, doch sie hatte kein Interesse – als Studentin kurz vor dem Vordiplom in Stanford musste sie nicht wegen eines Nebenjobs bis hinter Stockton durch die Gegend gondeln. Aber ab und zu kam sie vorbei und holte Ales ab. Sie kam mit Uber, arbeitete während der Fahrt am Laptop ihre Aufgaben durch und nutzte die ganze Zeit die mobile Datenverbindung. Dann brachte sie ihn in seinem eigenen Auto zurück, weil er zu viele Stunden gearbeitet hatte, um noch sicher fahren zu können. Vikram vermutete, dass sie Provigil und/oder Adderal schluckten und die ganze Nacht Party machten, aber das war ihr Problem.

Nachdem der Käfig von Trustless zerlegt und der arme Wachmann verhört, bloßgestellt und gefeuert worden war, nicht ohne einen Brief von seinem ehemaligen Arbeitgeber bekommen zu haben, der ihn streng davor warnte, keinesfalls gegen seine Verschwiegenheitsverpflichtung zu verstoßen, hatte Vikram begonnen, sich die tatsächliche innere Bedrohungslage genauer anzusehen. Der Wächter war kein Trottel, aber er war auch kein professioneller Einbrecher und gewiss kein digitaler Künstler, der die Air-Gap-Lücke von Trustless im Alleingang überwinden konnte.

Die Liste war nicht besonders lang. Das Problem bestand nur darin, dass Ales für die Sensoren so viel individuellen Code geschrieben hatte, dass ein Angriff über die Lieferkette so gut wie ausgeschlossen war. Selbst wenn jemand in den Firmen, die die Kamera oder die Bewegungssensoren herstellten, eine Web-Shell einbaute, um auf diese Weise in das Netzwerk einzudringen, führten Ales' Abstraktionsschichten dazu, dass kein einziges Bit wieder herauskam.

Wenn also Ales' Code bedeutete, dass niemand von außen das Sicherheitssystem abschalten konnte, während der Einbruch stattfand, musste es jemand von innen getan haben.

»Er geht seit dem Einbruch nicht mehr ans Telefon und beantwortet seine Mails nicht mehr«, erklärte Vikram schließlich. »Weder er noch das Mädchen haben sich in die sozialen Netzwerke eingeloggt. Niemand hat sie gesehen, es hat keine öffentlichen Nachrichten mehr gegeben, und die Sicherheitsexperten im Open-Source-Bereich haben keine Pings empfangen. Die beiden sind komplett von der Bildfläche verschwunden.«

»Also, das könnte ein wichtiger Hinweis sein«, bemerkte ich.

Er schnitt eine Grimasse. »Machen Sie keine dummen Witze. Er kann schließlich nicht ewig im Untergrund bleiben. Es gibt viel zu viele Hinweisgeber im Open-Source-Bereich und unzählige nichtöffentliche Gesichtserkennungen, die verschiedene Gruppen von Leuten überwachen. Er wird wieder auftauchen, und dann wird etwas passieren.«

»Daran habe ich keinen Zweifel.«

4

Wenn man lange genug auf einem Walmart-Parkplatz herumsteht, kommt früher oder später jeder Wohnwagenpenner vorbei, den man kennt. Der *Sectoral Balance*, Razas Tourbus, stand in der übernächsten Parkbucht neben dem *Unsalted Hash*. Das Fahrzeug war frisch überholt, der Name war aufgesprüht, und daneben prangte ein Logo mit Kasey Känguru.

Raza hatte alle Erker ausgefahren und das hintere Deck aufgeklappt. So umging sie raffiniert das Verbot von Walmart, Campingmöbel und einen Grill aufzubauen. Slow Cooking war angesagt, sie bereitete gerade etwas mit Fleisch zu, das stark duftete. Hinzu kam noch der Geruch der Apfelholzspäne, die wie in einem Raum voller jugendlicher Dampfer verpufften.

Ich stellte meinen Nissan Leaf ab und schloss ihn an die Ladestation an, dann kehrte ich zu dem geparkten Wohnmobil zurück. Sie sah mich kommen und schenkte mir einen Bourbon ein. Sie mochte das künstliche Zeug, aber das war mir ganz recht. In den letzten zwei Jahren hatte die Zahl der organischen Chemiker, die Holzextrakte nachahmten und mit reinem Getreidealkohol mischten, enorm zugenommen. Der Wettbewerb war scharf und hatte einige überraschend süffige, angenehme Sorten hervorgebracht.

»Schau mal, wer da ist«, sagte ich. »Ich dachte, du bist im Mittelwesten.«

»Da war ich auch, aber jetzt bin ich hier. Komm rein, dann erzähl ich es dir.«

Sie machte etwas mit ihrem Grill und öffnete die Tür des Wohnmobils. Ich stieg die Treppe hoch und zwängte mich durch ihr Wohnzimmer bis auf das hintere Deck.

Ich kannte Wilma Razafimandimby schon seit dreißig Jahren. Sie war auf der ersten Konferenz für virtuelle Währungen und Finanzforensik die einzige Stimme der Vernunft gewesen. »E-Gold« hatten sie es genannt, Gott möge uns helfen. Mit ihrem leichten madegassischen Akzent, ihrer unendlichen Geduld und noch mehr Entschlossenheit hatte sie den virtuellen Goldgräbern im Publikum erklärt, dass Geld viel mehr mit Steuern als mit Gold zu tun hatte.

»Meine Herren«, hatte sie dem fast ausschließlich männlichen Publikum bei der Abschlussdiskussion am ersten Tag erläutert, »wenn die Regierung zuerst Ihr Einkommen besteuert und das Geld anschließend wieder ausgibt, woher *kommt* dann eigentlich Ihr Geld?«

Man konnte die Geringschätzung fast körperlich spüren, beinahe war es schon offener Rassismus (ist es wirklich noch Dog whistling, wenn es so deutlich wird?), und ihre Diskussionspartner weigerten sich, auf ihre Argumente einzugehen. Hätten nicht einige wütende Kerle während der Fragerunde sie angegriffen, dann hätte sie keine Gelegenheit mehr bekommen, überhaupt noch irgendetwas zu sagen. So aber dominierte sie die restlichen dreißig Minuten der Veranstaltung und schritt mit hoch erhobenem Kopf von der Bühne herunter.

Danach hatte sie Vorspeisen, die für vier Personen gereicht hätten, und einen kleinen Tisch für sich allein. Ich ging in die Hotelbar – bewusst mied ich die überfüllte Bar hinten im Konferenzsaal – und holte zwei Gläser eines erträglichen Burgunders, mit denen ich zu ihrem kleinen Exilplaneten zurückkehrte. Ich reichte ihr ein Glas und sagte ihr, dass ich ihre Beiträge zu schätzen wisse. Gleichzeitig verdeutlichte ich so unmissverständlich, wie es nur möglich war, dass ich sie nicht abschleppen wollte. So entstand eine wunderschöne Freundschaft.

»Angeblich gehört ja Missouri zum Süden«, erklärte sie, während sie eine Schale mit Pistazien und eine Untertasse für die Schalen bereitstellte. »Aber das gilt nur von Mai bis September. Während der restlichen Monate ist es definitiv ein Teil des Mittelwestens. Ich habe meinen Kollegen an der Universität gesagt, dass meine zukünftigen Wohnorte mit den südlichen Monaten abgestimmt werden müssen. Und jetzt bin ich eine alte Dame, die Kälte fährt mir in die Knochen.«

Wenn man früh genug aufsteht und das Wetter gut ist, kann man sehen, wie Raza auf ihrem Deck Yoga macht. Ich hatte Verrenkungen beobachtet, für die ich niemals beweglich oder stark genug gewesen wäre. Aber wenn sie ihre Unzufriedenheit mit dem Winter im Mittelwesten auf ihr Alter schieben wollte, dann mochte ich ihr nicht widersprechen.

»Ich war nach San Diego unterwegs, aber dann dachte ich, ich könnte auch ein paar alte Freunde in der Bay Area besuchen. Als ich den *Hash* hier sah, da wusste ich gleich, dass es ein glücklicher Zufall war. Bist du privat oder beruflich hier?«

»Das ist eine lange Geschichte«, antwortete ich.

»Ich habe aus Kansas City Rippchen und Gewürze mitgebracht. Die garen jetzt schon seit, oh, etwa zehn Stunden. Wollen wir nicht beim Essen weiter darüber reden?«

Mit einer großen Schale feuchter Wischtücher legte sie fest, wie der Abend laufen sollte. Darauf folgten die Teller mit Fleisch, das auf dem Weg in den Mund buchstäblich vom Knochen fiel und Flecken auf der Jeans und dem heiligen Dotcom-T-Shirt hinterließ, das ich eigens für dieses Festmahl angezogen hatte. Bald darauf sah es wie an einem wundervollen Tatort aus: Hände, Handgelenke und Mund waren rot verschmiert, Stücke von Wischtüchern mit Tomatenflecken lagen auf dem ausfahrbaren Deck, und überall sah man nur Knochen, Knochen, Knochen.

»Ich glaube, du wirst die Schlüssel finden«, sagte Raza.

»Tja, ich bin froh, dass wenigstens einer von uns es so sieht«, antwortete ich. »Mir fehlt ein wenig deine Zuversicht.«

»Oh«, erwiderte sie und kippte noch einmal zwei Fingerbreit Bourbon in ein Glas, »ich bin gar nicht so zuversichtlich. Dieser Junge hat die Schlüssel übrigens nicht.«

»Watson, das musst du mir erklären.«

»Watson?« Sie schlürfte Bourbon und sah mich nachdenklich an. Die Sonne ging unter, und die Parkplatzleuchten ließen alles wie verblichene Polaroidfotos aussehen. Sie bekam einen Grünstich, ich wurde eher senffarben.

»Also gut, dann eben Sherlock, wenn du das möchtest. Ich habe nie behauptet, besonders klug zu sein. Ich bin nur gewissenhaft.«

»Das, meine Damen und Herren, ist genau die Art und Weise, auf die ein Buchhalter angibt.« Sie schenkte mir Bourbon nach. »Also pass auf. Dein Typ, dieser Alex?«

»Ales«, erklärte ich. »Ist ein tschechischer Name.«

»Ales. Er ist ein dummer Junge. Das ist der wichtigste Hinweis überhaupt. Er ist kein kriminelles Superhirn. Er ist einfach nur ein Typ, der alberne Synthesizer baut und einen hochkarätigen Job im Sicherheitsbereich bekommen hat, weil alle anderen, die eigentlich für so einen Job qualifiziert wären, schon längst einen haben. Irgendjemand hat ihm Geld für die Schlüssel angeboten. So viel Geld, dass ein Leben im Untergrund für ihn und sein Mädchen wie ein verlockendes Angebot erschien. Die beiden sind Technikfreaks aus dem Silicon Valley und deshalb nicht so leicht zu beeindrucken. Ich nehme an, es ist um einige zig Millionen gegangen. Mindestens.«

»So weit war ich auch schon.«

»Gut. Also, dein Ales heckt einen Plan aus, wie er sauber da herauskommt. Ich vermute, er hat alle seine alten Postings in den sozialen Medien längst gelöscht.«

»Ja.«

»Natürlich hat er das getan. Was er aber nicht tun kann, ist, auch die Postings aller seiner Freunde dort zu löschen. Also müsstest du diese Freunde jetzt finden und alles durchkämmen, ob sich da ein Hinweis auf einen entlegenen Ort findet, wo er vielleicht eine Weile untertaucht, bis sich die

Dinge wieder beruhigt haben. Seine Kunden haben ihn auf keinen Fall jetzt schon voll bezahlt. Sie wollen erst einmal die Schlüssel validieren und sich vergewissern, dass sie das, was sie vorhaben, auch wirklich durchziehen können.«

»Er könnte doch irgendwo hocken, wo ihn die Strafverfolgung der USA nicht erreichen kann? In Venezuela oder Kuba? Meine Güte, oder in Tonga.«

Sie lächelte. »Da kennt er aber niemanden. Die Leute, die ihn mit dieser Sache beauftragt haben, sind mächtig und rücksichtslos. Für den Fall, dass etwas schiefläuft, möchte er den Mächten, die er noch anrufen kann, möglichst nahe sein: Collegefreunde, deren Eltern Anwälte sind. Sein Mädchen studiert doch in Stanford, oder? Dort ist er höchstens zweimal Händeschütteln von einem Kongressabgeordneten und dreimal von einem Senator entfernt.«

»Na gut, demnach wird er ganz in der Nähe sein. Irgendwo auf dem nordamerikanischen Kontinent.«

»Kalifornien«, antwortete sie sofort. »Je weiter er fährt, desto mehr Spuren hinterlässt er. Der Typ kennt sich mit IT-Sicherheit aus. Also ist er in der Nähe.«

»Aber wo?«

»Da kommen jetzt die sozialen Medien ins Spiel. Collegestudenten treiben sich an bestimmten Orten herum. Strandhäuser oder Häuser am See. Campingplätze. Wüsten. Burning Man. Er hat mit einer großen Gruppe von Freunden an genau diesen Orten wundervolle Wochenenden verbracht, und er hat gesehen, wie leer und verlassen es dort ist, wenn die Studenten wieder nach Hause fahren. Natürlich sind es einsame Orte. Niemand mag direkt neben einer Party wohnen, wo lauter Synthesizer-Hacker vier Tage lang voll aufdrehen. Ich an deiner Stelle würde mir die noch sichtbaren Postings seiner Freunde in den sozialen Netzwerken ansehen und nach Orten suchen, wo sie ihn an langen Wochenenden getaggt haben. Mit diesen Parametern kommst du schnell weiter: getaggte Fotos von Wochenenden mit zwei oder mehreren seiner Freunde. Paff-peng, erwischt.«

Ich dachte darüber nach. »Du bist ein sehr kluger Mensch«, sagte ich schließlich. »Ich weiß nicht, ob ich von selbst darauf gekommen wäre. Vielleicht werde ich allmählich zu alt für diesen Job.«

Sie winkte ab. »Unsinn. Es ist leicht, mit den jungen Leuten Schritt zu halten. Du musst einfach nur als Gastdozent im Sommersemester ein paar Studienanfänger unterrichten. Das hat dich nur nie interessiert, weil diese jungen Leute normalerweise nicht so viel klauen, dass es der Mühe wert wäre.«

»Jetzt wilderst du auf meinem Gebiet. Raza, junge Leute mit Anfang zwanzig klauen wie verrückt. Sie wissen, dass sie ganz und gar im Nachteil sind, aber sie sind schlau, und sie haben keine leitenden Funktionen. Kryptowährungen bringen diese zarten Lustzentren genauso gut in Wallung wie Kokain.«

»Na gut, Marty, in diesem Punkt gebe ich dir recht. Wollen wir sagen, dass Kinder nicht genug stehlen und damit durchkommen und deshalb deiner Mühe nicht wert sind?«

»Das ist eine ausgezeichnete und sehr freundliche Ergänzung.« Ich nahm meinen Haufen roter Wischtücher und stopfte sie in die Mülltüte, die sie an das Geländer der Veranda gebunden hatte. »Ich glaube, es wird langsam Zeit für ein wenig Scraping in den sozialen Medien.«

Natürlich erledige ich solche Wühlarbeiten nicht selbst. Für diese Aufgaben habe ich Subunternehmer in verschiedenen Zeitzonen. Ich rief ein paar fähige Leute in Amsterdam an, gab ihnen Razas Parameter durch und sagte ihnen, sie sollten Ales' soziales Netzwerk nachbilden, indem sie Digital Laptop Reggae, Synthesizer-Herstellung, Universitäten in der Bay Area und Jias Studiengang in Computerwissenschaften in Stanford einbezogen. Die niederländischen Jungs und Mädchen sprachen besser Englisch als ich und erfassten ziemlich schnell, was ich wollte. Ehe ich auflegte, hörte ich schon die Tasten klappern.

Dann hatte ich Zeit für mich und wusch mich im kleinen Badezimmer des *Unsalted Hash*, überprüfte die Vorratstanks und stellte fest, dass ich bald das Abwasser loswerden musste, putzte mir die Zähne, schlug die Decke zurück und tat alles, was man eben tut, bevor man ins Bett geht. Dann lag ich einfach nur da.

Früher bin ich regelmäßig schnell eingeschlafen. In den berauschten Tagen meiner Jugend, als es immer einen guten Grund gegeben hatte, siebzig Stunden in der Woche zu arbeiten, war der Schlaf etwas, mit dem man die Nischen füllte – man rollte sich eine Jacke zum Kopfkissen zusammen und belegte beim Kunden ein leeres Büro, kurbelte im Auto den Beifahrersitz zurück und döste in einer dunklen Ecke des Parkplatzes oder buchte für zwei Stunden ein Zimmer in einem Flughafenhotel, bevor man in den Flieger stieg.

Mittlerweile kam der Schlaf nicht mehr so leicht. Nicht nur, dass ich um zwei Uhr (und um drei und um vier für einen Nachzügler) aufs Klo musste. Es lag nicht an der Rippe, die ich mir gebrochen hatte, als ich den Finanzchef eines Kunden in einem vermeintlich leeren Büro erwischte, wie er mit einem Hochleistungsbohrer gerade über einen Stapel Festplatten herfallen wollte. Damals hatte ich Glück: Mit einem Tritt riss ich den Stecker heraus, ehe er mich sah, und als er dann herumfuhr, schlug ihm ein zweiter Tritt den Bohrer aus der Hand.

Der Schlaf wollte nicht kommen, weil ich bedrückt war. Die Wände der Schließfächer, in die ich früher die Arbeit geschoben hatte, während ich schlief, waren brüchig. Inzwischen vermischte sich alles mit allem, und ich stürzte in eine Endlosschleife voller Sorgen, Ängste und Reue. Vor allem die Reue setzte mir zu.

Ich hatte mir gute Schlafgewohnheiten anerzogen und stellte alle meine Geräte auf »nicht stören«, wenn ich mich hinlegte. Aber das akustische Signal war gar nicht nötig, weil ich sowieso alle zwanzig Minuten aufstand und nachsah.

Die niederländischen jungen Leute brauchten zwei Stunden, um eine Übersicht von acht Orten zu erstellen, an denen Ales seit seinem ersten Jahr auf der Highschool regelmäßig das ganze Wochenende gefeiert hatte. Sobald ich die Liste sah, ging mein Gehirn in einen rekursiven Bearbeitungsmodus, um das Problem des Handlungsreisenden für alle acht Orte optimal zu lösen. Als ich den siebten Punkt sah, wurde mir klar, dass ich keine Routenplanung mehr brauchte. Es gab nur einen Ort, an dem ich ihn höchstwahrscheinlich finden würde.

Danach schlief ich wundervoll.

5

Jordan's Mill war nicht das berühmteste Opfer der Brände in Mendocino im letzten Jahr gewesen. Die Kleinstadt besaß keine malerischen Weingüter und keine hübsche alte Main Street, die an den Goldrausch erinnerte. Stattdessen gab es einige Seniorenwohnungen, ein Restaurant, eine Tankstelle und ein paar Häuser am See.

Eines dieser Häuser am Ufer war bei Ales' und Jias Freunden offenbar besonders beliebt, denn sie hatten zahlreiche Fotos veröffentlicht, auf denen sie herumalberten, tanzten, kuschelten und sogar schwammen.

Diese Fotos waren gespenstische Erinnerungen, weil bei den unkontrollierten Buschfeuern, die die Stadt verwüstet hatten, achtzehn Menschen gestorben waren. Dabei waren alle Bäume und die Wochenendhäuschen, die Tankstelle und die gemütlichen Rentnerhäuschen abgebrannt. Diese Häuschen wollten die Boomer-Erben nach dem langerwarteten Tod ihrer Eltern dringend abstoßen, und für sie erwies sich das Feuer als Glücksfall, denn die Versicherungen zahlten erheblich mehr als den Marktwert von Mamas und Papas Altersruhesitz aus.

Schon dreißig Minuten, bevor ich Jordan's Mill erreichte, fuhr ich durch verbranntes Land. Eine ebene Landschaft voller flacher Betonfundamente, verkohlter Baumstümpfe und ausgebrannter Autos. Hier und dort wuchsen grüne Schösslinge, die in der Feuchtigkeit nach den heftigen atmosphärischen Flüssen und dank der nährstoffreichen Asche ihrer Vorgänger gediehen.

In dem einen Jahr seit dem Feuer war die Straße, die zu dem Partyhaus führte, stark verfallen. Sie hatte große Schlaglöcher und Risse, und die zahlreichen geschmolzenen, verrostenden Überreste der Autos machten es nicht besser. Der *Hash* verfügte zwar über die wunderbare Federung, die man von einem achthunderttausend Dollar teuren Tourbus erwarten konnte, aber ich beschloss trotzdem, das Fahrzeug lieber abzustellen und abzuschließen und den Leaf von der Zugvorrichtung über der Stoßstange abzukoppeln. Das kleine Elektroauto war viel wendiger als mein elf Meter langes fahrbares Zuhause.

Es war nicht so einfach, das Haus am See zu finden. Google Maps hatte die Straßen gelöscht, die früher dorthin geführt hatten, weil sie schlicht und ergreifend nicht mehr da waren. Indem ich Satellitenaufnahmen mit den Karten kombinierte, die ich bei der California Geological Survey heruntergeladen hatte, konnte ich aber einen Weg durch die Asche, die Baumstümpfe und die Fundamente finden, bis ich die richtige Stelle erreicht hatte.

Von dem Haus war nicht viel übrig. Es hatte vor der Anlegestelle auf einem Abhang gestanden und eine umlaufende Veranda auf Holzpfosten gehabt. All das war jetzt verschwunden, und die Betonblöcke im unteren Bereich waren übereinander gekippt und stellenweise verschüttet worden, als ein Erdrutsch den Hügel abgetragen hatte –

vermutlich war dies während der Überschwemmungen durch die atmosphärischen Flüsse geschehen.

Vor mir lag der langsam austrocknende See, der, während er schrumpfte, riesige geologische Badewannenschmutzringe hinterließ. Zwischen dem See und den Trümmern des Häuschens, vor allen Blicken von der Landseite gut versteckt, stand ein schmutziger weißer Kia Niro mit einem Dachgepäckträger, auf dem sich einige Solarzellen befanden. Alle vier Reifen waren platt, und die Felgen waren an dem schwarz gefärbten Strand in die Asche und den Schlamm eingesunken.

Nicht weit entfernt stand das Schutzzelt, ein futuristisches Ding aus Silberfolie mit gesteppter Außenwand, runden Einstiegsluken mit Reißverschlüssen sowie einem Vorzelt aus Stoff. Es war ein Shiftpod, ein legendärer, leicht aufzubauender Unterschlupf, den ich sofort mit den ausgeflippten Typen beim Burning Man Festival in Verbindung brachte. Es stand ein wenig schief, zwei Sicherungsseile baumelten lose daran herunter, und die Befestigungsösen waren leer.

Die platten Autoreifen und das schiefe Shiftpod sahen doch sehr überzeugend danach aus, als sei hier alles verlassen. Verstärkt wurde der Eindruck noch durch den Kühlkasten, der umgekippt neben dem Shiftpod lag. Der Inhalt war herausgeflogen und schimmelte bereits. Ich tappte durch den schwitzenden Käse und das halb verweste geschnittene dunkle Brot. Den Radschlüssel des Leaf hielt ich fest in einer Hand. Sobald ich mich dem Eingang näherte, nahm ich den Geruch wahr und kehrte eilig zum

Auto zurück, um den Schlauchschal zu holen, den ich im Handschuhfach aufbewahrte. Ich verstärkte ihn noch mit zwei Desinfektionstüchern, die nach Eukalyptus dufteten, sodass ich schließlich durch den Stoff und die Tücher atmete.

Als ich wieder vor dem Eingang des Shiftpods stand, spähte ich in die Dunkelheit, zückte eine kleine Taschenlampe und leuchtete nach drinnen. Der Strahl stach in die Finsternis hinein und zeigte mir ein nacktes Bein. Ein Männerbein. Die Zehen waren vom gestauten Blut dunkel angelaufen, fast schwarz. Ich ließ das Licht durch den ganzen Raum wandern, verfolgte das Bein bis zu einem nackten Männerarsch, auf dem getrocknetes Blut und Schmutz klebten. Er lag auf dem Bauch, das Gesicht war zur Seite gedreht und für mich sichtbar. Tote ähneln Lebenden zwar nicht besonders, aber es war eindeutig Ales Kocourek.

Er lag zwischen den Überresten seines Fluchtrucksacks, die ganze Überlebensausrüstung und der Proviant waren ringsherum auf dem Boden des Shiftpods verstreut. Irgendjemand hatte den Reißverschluss des Bodens aufgezogen und die freigelegte Erde mit einer Schaufel untersucht. Die Schaufel war sogar noch da. Vermutlich war sie auch für die Delle in Ales' Kopf verantwortlich.

Zwischen den Trümmern lagen die Überreste eines Laptops von HP. Es war gar nicht so einfach, einen Laptop wirklich zu zerschmettern und die Bauteile und Komponenten in Stücke zu zerlegen, damit sie klein genug waren, um sie als Waffe zu benutzen. Sie hatten es nur teilweise geschafft, aber es reichte aus. Aus einer Leiterplatte hatten sie einen langen, zugespitzten Streifen herausgebrochen und Ales damit gepfählt. Sie hatten ihm das Ding ins Rektum getrieben. Irgendwie ahnte ich, dass sie es getan hatten, bevor sie ihm den Schädel eingeschlagen hatten.

Jia fand ich auf der anderen Seite des zusammengebrochenen Hauses am See. Sie lag auf einer Zementfläche, die ich für das Fundament eines ehemaligen Bootshauses hielt. Hier fand ich auch die Frage beantwortet, was aus den Stäben der Sicherungsseile geworden war. Einer steckte in jedem Handgelenk, ein dritter im Herzen. Ihr Gesicht war von Prellungen verfärbt.

Das dritte Opfer hätte ich beinahe übersehen, weil er zwischen den Trümmern des Häuschens und unter dem herabgerutschten Erdreich lag und in gewisser Weise gut getarnt war. Früher hatte er sicherlich gut ausgesehen, er war auf jeden Fall in ausgezeichneter Form gewesen, so wie ein Turner oder Bergsteiger, und die langen Haare hatten ihm vermutlich gut gestanden. Die Hände waren hinter dem Rücken mit Draht gefesselt, und die Hose ringelte sich um die Knöchel. Sie hatten ihn verstümmelt und verbluten lassen. In dieser Körperregion gibt es große Arterien, vielleicht war es schnell gegangen.

Ich hatte mein Handy im *Hash* gelassen, weil niemand erfahren sollte, wohin ich ging und wie lange ich mich dort aufhielt. In seiner Faradayhülle hätte es mir sowieso nicht viel genützt. Ich hatte es schon zehn Kilometer vor der Ausfahrt von Jordan's Mill eingetütet. Aber ich hatte auch noch eine kleine Knipse in der Hosentasche und überlegte, ob ich sie einsetzen sollte. Die Bilder waren zwar längst dauerhaft in meinem Kopf gespeichert, in jener Sperrzone nämlich, in der ich in den meisten Nächten zwischen zwei und vier Uhr morgens umherwanderte. Digitale Aufnahmen waren einfach nur Beweismittel – und womöglich die Grundlage für eine spätere Anklage wegen Behinderung der Ermittlungsbehörden.

Ich hob die Knipse und blickte durch den Sucher. Besser ging es mir aber nicht, als ich die Toten auf dem winzigen verkratzten Bildschirm sah.

Mit dieser kleinen Kamera hatte ich schon viele grässliche Dinge fotografiert. Auf der Speicherkarte waren schon jede Menge Geister gefangen. Datenfragmente, teilweise überschriebene Szenen der Angst und des Kummers. Es war ein verfluchtes Objekt.

Ich beschloss, dass ich jetzt keine weiteren Fotos mehr brauchte. Und dann, als ich schon wieder am Leaf war, trabte ich zurück und fotografierte auch noch das zerschmetterte Laptopgehäuse und die kaputte Festplatte. Das wollte Danny sicher sehen.

6

Ich benutzte das WLAN in einem Starbucks an einer Raststätte, um mich beim Tor-Netzwerk anzumelden und dann We-Tip aufzurufen. Das Formular, mit dem man Verbrechen melden konnte, war leicht verständlich, und das System versprach mir, meinen Hinweis auf den Tatort sofort an den Sheriff in Mendocino weiterzuleiten.

Als ich das Handy aus der Schutzhülle nahm, fand ich eine Nachricht von Raza, die mich auf einen Stellplatz in Muir Beach einlud – auf ein Feld hinter dem Haus eines Freundes. Dieser Freund hatte ein Abwassersystem, in das wir unsere Tanks entleeren konnten, und wir durften den Anschluss seines Gartenschlauchs und ein sechzig Meter langes Stromkabel nutzen. Es führte zu einem 20-Ampere-Anschluss in der Garage, die ihm als Atelier für Holz- und Metallarbeiten diente. Früher mal war er ein großes Tier gewesen, sogar eine Art Computerpionier, inzwischen waren seine Errungenschaften aber vergessen. Nur sein riesiges Vermögen wuchs dank der wundersamen maßgeschneiderten Finanzprodukte Jahr um Jahr weiter an. Raza kannte ihn schon seit ihrer Kindheit, und er ließ sie gern mit ihrem *Sectoral Balance* auf seinem Gelände kampieren.

Als ich dort ankam, war sie mit unserem Gastgeber irgendwo zum Essen, also parkte ich erst einmal, koppelte den Leaf ab und schloss das Ladekabel an. Dann pumpte ich alle Tanks des *Hash* leer und füllte sie wieder, und danach duschte ich, um den Gestank des verbrannten Landes loszuwerden. Was ich tagsüber getragen hatte, steckte ich in eine Tüte, die ich in den Stauraum unter dem Bus schob. Zu guter Letzt wärmte ich etwas Chili auf, das ich während einer Runde durch New Mexico gekauft und portionsweise eingefroren hatte.

Nachdem ich gegessen, getrunken, mich entleert und auch noch alle anderen logistischen Dinge erledigt hatte, war es Zeit, die Speicherkarte der Knipse in das Lesegerät zu stecken und den Laptop anzuschließen, um die Fotos auf eine Partition zu schieben, von der zu wissen ich glaubhaft bestreiten konnte.

Ich betrachtete die Fotos von dem zerschmetterten Laptop und bemühte mich, nur an den Laptop und nicht an die Leute zu denken, die ihn zerlegt hatten. Die Unterseite war noch weitgehend intakt, und ich hatte einige gute Aufnahmen von den Aufklebern mit der Serien- und Modellnummer und den Barcodes gemacht. Diese Aufnahmen beschnitt ich, und dann suchte ich noch ein gutes Foto von der zerstörten Festplatte heraus, packte alles zu einem einzigen Bild zusammen und schickte es Danny.

Damit war das erledigt. Wenn sie aus dem Laptop die Schlüssel ausgelesen hatten, dann würden Ales, Jia und ihr Freund jetzt noch leben und wären zudem erheblich reicher, oder sie hätten ein Einschussloch in der Stirn und würden irgendwo in einem flachen Grab liegen. Die Szene in Jordan's Mill konnte allerdings nur die Folge davon sein, dass die Schlüssel *nicht* funktioniert hatten. Irgendjemand hatte versucht, den Opfern die Informationen abzupressen, und die hatten nicht geliefert, weil sie nicht wollten oder nicht konnten.

Wie auch immer, es war vorbei.

> Falscher Laptop

Als ich morgens um zwei Uhr so unklug war, mein Handy herumzudrehen und auf dem Weg zur Toilette nach neuen Nachrichten zu sehen, erwarteten mich diese zwei Worte von Danny auf dem Display.

Danach starrte ich eine lange Zeit in die Dunkelheit hinein. Irgendwann schlief ich wieder.

7

Danny trug Jeans und ein Sweatshirt von Stanford, als er mir barfuß die Tür öffnete. Auf den Knöcheln seiner langen Zehen wuchsen graue Haarbüschel.

»Sethu ist geschäftlich unterwegs«, sagte er, während er eine Thermoskanne mit Kaffee holte und mir zwei Becher in die Hand drückte. »Ich trinke ihn schwarz. Brauchst du Milch oder Zucker?«

»Schwarz ist in Ordnung.« Ich folgte ihm auf die Dachterrasse.

Sethus Staffelei stand noch dort, sie hatte eine frische Leinwand aufgestellt und mit schrägen bunten Strichen ein abstraktes Muster gemalt. Es war Vormittag, die Straßen unten waren weitgehend verlassen. All die emsigen Aktivitäten spielten sich in den unauffälligen kleinen Gebäuden in der Umgebung ab.

»Wie sicher bist du dir?«, fragte ich, als Danny uns beiden den Kaffee in die dicken Pötte eingeschenkt hatte.

»Was den Laptop angeht? Hundertprozentig. Es ist die falsche Seriennummer und nicht mal das richtige Modell. Vergiss nicht, ich habe drei davon gekauft und nur zwei benutzt. Ich habe es mit dem letzten Exemplar verglichen, um ganz sicher zu sein.«

»Und wenn du zufällig zwei sehr ähnliche Modelle erwischt hast?«

Er schüttelte den Kopf. »Nein. Erstens: Die Modelle sind nicht einmal ähnlich. Beide haben einen Zwölf-Zoll-Bildschirm, und beide sind von HP, aber damit endet die Ähnlichkeit auch schon. Zweitens stimmen die Seriennummern nicht. Ich habe die Quittung gescannt und die Computer als Betriebsausgabe für Trustless verbucht. Vorsichtshalber habe ich auch noch in unseren Finanzdaten nachgeschaut.«

»Na gut, aber ...«

»Halt die Klappe und lass mich zum dritten Punkt kommen, ja? Drittens ist das da auf dem Foto ein Computer, der erst in diesem Jahr herausgekommen ist. Ich habe aber mein System, das fehlende System, schon im *letzten Jahr* aufgesetzt. Dieser Computer auf dem Foto wurde also hergestellt, *nachdem* ich den vermissten Laptop im Air-Gap-Raum eingelagert hatte – im Safe.«

»Falscher Laptop«, sagte ich.

»Falscher Laptop.«

Nach der dritten Tasse Kaffee hatte er mich überredet, ihm alles zu erzählen, was ich entdeckt hatte. Ich hatte ihm recht deutlich erklärt, dass er den Rest seines Lebens problemlos verbringen konnte, ohne die Einzelheiten zu erfahren, und dass er damit sogar glücklicher leben würde, doch er sagte, er müsste es wissen.

Also erzählte ich es ihm.

Ganz egal, wie oft man so etwas beschreibt, es wird nicht leichter. Oder jedenfalls fiel es mir nicht leichter. Wenn überhaupt, dann wurde es sogar noch schwerer, denn ich rechnete ernsthaft mit der Möglichkeit, dass meine eigenen Worte um drei Uhr morgens bei einer Pinkelrunde zwischen meinen Ohren hallten, und es würde nicht aufhören, wenn ich längst wieder im Bett lag.

Danny erbleichte, als ich es ihm berichtete, und dann lief er sogar ein wenig grün an. Mit bebender Hand kippte er den restlichen Kaffee in seine Tasse.

»Was für ein Wahnsinn«, sagte er.

Eine nichtssagende Bemerkung, aber mir fiel auch nichts Besseres ein. Also hielt ich den Mund.

»Was glaubst du, was ist da passiert?«

Ich wollte es hinter mich bringen. Ich wollte in den *Hash* steigen, runter nach Baja California fahren und mir einen Strand suchen, wo ich parken und irgendwo meine Hängematte festbinden konnte. Ein wenig schnorcheln und angeln und nicht mehr die drei Toten vor mir sehen. Nicht mehr an das Blut auf Ales Kocoureks Hinterteil oder an die zu einer Schaufel passende Delle in seinem Hinterkopf denken.

Aber ich war Danny etwas schuldig. Ich hatte den Job übernommen. Ich hatte die Toten gesehen und mir längst überlegt, was dort möglicherweise geschehen war.

»Danny, ich glaube, Ales und Jia sind dahintergekommen. Ich glaube, sie haben sich zusammengereimt, was sie gestohlen haben, und wie viel es wert sein könnte. Sie wussten, dass sie, um an das Geld zu kommen, auch den Hardwareschlüssel brauchten, den man dir geklaut hat. Also haben sie einen zweiten Laptop gekauft und ihn so hergerichtet, dass er eine flüchtige Untersuchung überstand. Vielleicht haben sie ihn entsprechend konfiguriert, damit er deinen Hardwareschlüssel auslesen und an ein anderes Gerät senden konnte, oder sie hatten einen Plan, wie sie den Schlüssel während der Übergabe vertauschen konnten.

Sie haben sich mit den Kontaktpersonen getroffen und eine kleine Show inszeniert. Sie haben den neuen Laptop dazu gebracht, beim Booten einen Hardwareschlüssel zu verlangen. Natürlich war es egal, welchen Schlüssel man hineinsteckte. Die Kunden haben ja keinen zweiten Schlüssel mitgebracht, um einen Doppelblindversuch zu machen. Der Laptop hatte einen willkürlichen Schlüssel gespeichert, einfach irgendeine lange Zufallszahl, die sie selbst erzeugt hatten. Sie haben darauf gehofft, dass dies die Kunden überzeugen würde, und dass diese daraufhin bereit wären zu zahlen. Anschließend konnten sie den richtigen Laptop holen, mit dem Schlüssel entsperren und verschwinden. Es ist nicht so leicht, völlig zu verschwinden, aber eine Milliarde Dollar hilft dabei sehr.«

»Das hat aber nicht funktioniert.«

»Offensichtlich nicht. Die Kunden waren wohl ziemlich misstrauisch. Es waren Leute, die nicht einfach so einen Schlüssel abholen und wieder verschwinden. Sie hatten die nötige Hardware und das nötige Wissen zur Hand, um festzustellen, dass der Schlüssel nicht der richtige war.« Ich stellte mir vor, wie Ales und Jia und ihr Freund geschwitzt hatten, während der Techniker der Kunden den Laptop und die Schlüssel untersucht hatte. Ihnen war sofort klar, dass sie auffliegen würden, und dass sie mit schlimmen Konsequenzen rechnen mussten. Sie waren noch so jung. Er hatte alberne Synthesizer gebaut, und sie hatte ihre Haare wild umhergeschleudert, während sie darauf gespielt hatte. Sie hatte Kopfhörer getragen, die so dick waren wie Ohrwärmer in Zeichentrickfilmen. Der andere Bursche hatte gut ausgesehen, vielleicht war das ein Tänzer. Vielleicht war er ihr gemeinsamer Freund.

»Und dann haben die Kunden bemerkt, dass es nicht funktioniert, und sind darauf gekommen, dass man sie hintergehen wollte.« Danny nickte. »Aber warum haben die Diebe nicht verraten, wo die echten Schlüssel waren? Warum haben sie sich zu Tode foltern lassen? Wenn du tot bist, hilft dir auch eine Milliarde Dollar nicht weiter.«

Ich zuckte mit den Achseln. »Vielleicht war ihnen klar, dass sie so oder so sterben würden. Oder sie haben die Informationen preisgegeben und wurden trotzdem ermordet. Vielleicht wurden sie deshalb an drei verschiedenen Stellen umgebracht. Zuerst haben die bösen Typen Ales im Zelt erledigt, dann haben sie jemanden zu dem Ort geschickt, den er preisgegeben hatte. Sie haben den richtigen Laptop geholt und Jia getötet, um dem hübschen Jungen zu zeigen, dass sie es ernst meinten. Dann konnten sie bestätigen, dass sie den richtigen Laptop hatten, und haben auch den letzten Zeugen umgebracht, statt ihn leben zu lassen. Er hätte sie ja identifizieren können. Oder vielleicht auch nicht. Vielleicht hatten die bösen Jungs gar keine Entscheidungskompetenz, und sie haben das gemacht, was sie am besten konnten. Sie bemerken den Betrug, sehen rot und lassen es an den drei armen jungen Leuten aus. Wenn ich diesen Typen jemals begegne, werde ich sie danach fragen.«

»Glaubst du, der Laptop ist noch irgendwo da draußen?«

»Danny, das ist ein Computer. Er wird noch hunderttausend Jahre da draußen sein, ehe er völlig abgebaut ist.«

»Marty, sei nicht so ein Arschloch. Ich weiß ja, dass du ein paar beschissene Tage hattest, aber ich muss jetzt pragmatisch bleiben. Von diesen Schlüsseln hängt eine Menge ab, es geht nicht nur um die Zukunft von Trustless. Es gibt viele Unbeteiligte, die sich auf die Integrität der sicheren Enklaven verlassen.«

»Du könntest sie warnen.«

Er stand auf und entfernte sich ein paar Schritte, ballte die Hände zu Fäusten, starrte eine Weile Palo Alto an und kehrte wieder zurück. »Ich hätte die Schlüssel gar nicht erst kaufen sollen. Ich hatte gedacht, es sei richtig.«

»Du hast dir eingeredet, es sei richtig.«

»Na gut, ja, es ist eben passiert. Aber es ist passiert, und jetzt muss ich wissen, ob ich damit wirklich an die Öffentlichkeit gehen sollte. Damit wäre ich finanziell ruiniert, vielleicht komme ich sogar ins Gefängnis. Sethu wäre auch ruiniert, und sie wird das erheblich länger schmerzen als mich. Wenn nötig, werde ich es aber tun. Wenn es darauf hinausläuft, dass ich mein Leben und Sethus Leben zerstören muss, um die Sicherheit und Integrität von Millionen Menschen zu gewährleisten, dann muss ich das eben ertragen. Aber Marty, verstehst du nicht, dass ich ganz sicher sein will?«

Alle mochten Danny. Er war die Sorte Typ, der man nichts Böses antun wollte. Er besaß Integrität. Nun hatte er einen dummen Fehler gemacht und würde dafür büßen, aber er wollte seiner Sache sicher sein.

»Was würde ›sicher sein‹ denn konkret bedeuten?«

»Ich nehme an, dass die Gegner bisher nur den Hardwareschlüssel, aber nicht den Laptop haben. Ich will den Laptop zurückholen oder zerstören, ehe sie darauf zugreifen können. Und falls sie den Laptop haben, dann will ich es wissen.«

»Du wirst es erfahren, wenn sie den Laptop haben«, erklärte ich. »Die fehlende Milliarde Dollar wird ausgesprochen offensichtlich sein.«

8

Der Kia der jungen Leute war vermutlich beschlagnahmt worden und stand inzwischen schon auf einem gesicherten Parkplatz in Mendocino oder in der Forensik. Möglicherweise hatte das Navi die letzten Fahrten aufgezeichnet, aber ich rechnete nicht damit. Ales war tollkühn und gierig gewesen, doch er hatte etwas von eingebetteten Systemen verstanden. Das Gleiche galt für ihre Handys – gut möglich, dass sie vergessen hatten, sie auszuschalten und in Tüten zu stecken, als sie den Laptop versteckt hatten, aber ich hielt auch das für unwahrscheinlich. Jia war in Stanford aufgenommen worden, und Ales hatte ein Jahr in der paranoiden Gesellschaft von Vikram Zain verbracht und physische, digitale und hybride Bedrohungsmodelle für das Rechenzentrum entwickelt.

Und wenn er wirklich nicht selbst über Informationslecks im Mobilfunknetz nachdachte, dann hatte ihr Freund es sicherlich getan. Der Sheriff von Mendocino und das FBI hatten den dritten Toten als Sergey Preobrazhensky identifiziert. Er studierte ebenfalls in Stanford und hatte sich gerade auf einen doppelten Masterabschluss vorbereitet: in Betriebswirtschaft und IT-Sicherheit. Ein kluger Junge. Vielleicht genau der Typ, der gewisse Ideen zur die Nützlichkeit von einer Milliarde Dollar hatte, die man aus

Kryptowährungsguthaben abzweigen konnte. Er hatte einen familiären Hintergrund, der ihm sicherlich half, denn sein Vater war einer der einflussreichsten Banker in Aserbaidschan.

Was hatten sie mit dem Laptop getan? Sie brauchten ihn nur vorübergehend, gerade lange genug, um die Schlüssel herauszuholen. Danach konnten sie ihn in einen großen Schredder oder eine Packung Thermit stecken. Wohin sie auch fliehen wollten, sie mussten nicht zwingend anderthalb Kilo Elektronik herumschleppen, um einen zufallsgenerierten Schlüssel von wenigen Kilobytes mitzunehmen. Andererseits durften sie den Laptop auch nicht beschädigen, solange sie noch darauf warteten, den Hardwareschlüssel von ihren Kunden zu bekommen. Aus diesem Grund war es so gut wie ausgeschlossen, dass sie ihn per FedEx nach Baku oder sonst wohin geschickt hatten. Die Anzahl der langfingerigen Zollbeamten und der tollpatschigen Paketsortierer und der flinkfingerigen Zusteller zwischen hier und dort war größer, als man es sich überhaupt vorstellen konnte.

Offensichtlich hatten sie das Ding an einen Ort gebracht, wo es in Ruhe herumliegen konnte. An einen trockenen sicheren Ort. An einen Ort, den sie ohne großen Umweg zwischen San Francisco und Jordan's Mill erreichen konnten.

Vielleicht hatten sie in einem Comfort Inn angehalten, ein Lüftungsgitter abgeschraubt und den Laptop so weit wie möglich in die Rohre geschoben.

Als Laura Poitras Snowden eine Zustelladresse für die Festplatte nennen musste, hatte sie die Wohnung von Freunden von Freunden in Brooklyn ausgewählt. Das Teil hatte einen Tag lang vor der Tür gelegen, bis es jemand hereingeholt hatte. Hätte vorher ein Paketdieb zugeschlagen ...

Vor dreißig Jahren musste man bei solchen Dingen viel Beinarbeit erledigen. Kreuz und quer durch das Land fliegen, um den Leuten ein kleines Aufnahmegerät und einen sieben Kilo schweren »tragbaren« Computer vor die Tür zu legen. Heute kann ich ein paar niederländische Hacker anrufen, per Mail ein Foto schicken und binnen Stunden ein vollständiges Dossier erhalten.

Jedes Mal, wenn ich auf die herkömmliche Weise mein Schuhwerk in Bewegung setze, denke ich daran, wie viele Hilfsmittel ich habe, die mir Arbeit und eine Menge Zeit sparen. So gewinne ich Freiräume, in denen ich produktiv arbeiten oder ausschlafen kann, nachdem mich die ganze Nacht lang die drei jungen Leute heimgesucht haben, die ich bei dem niedergebrannten Haus gefunden habe: überfallen, verstümmelt, gefoltert und mit eingeschlagenem Kopf zurückgelassen.

Ich machte die Beinarbeit. Es gibt nicht allzu viele Wege, um von San Francisco nach Jordan's Mill zu fahren, und ich arbeitete mich von dem verbrannten Land aus rückwärts zur Stadt vor. Ich hatte mich bereits darauf festgelegt, dass sie den Laptop in der Nähe haben wollten, um ihn nach der Geldübergabe rasch wieder abzuholen und sich damit nach Las Vegas oder nach Seattle zu verdrücken. An irgendeinen Ort, wo man leicht in einen Privatjet steigen konnte.

Ich hielt vor jedem Lokal an, an jedem Laden, an allen Tankstellen, allen Motels und auch an allen Ständen, die am Straßenrand Gemüse verkauften. Ich verkleidete mich als Boomer, zog altmodische Jeans an und trug einen Blazer über dem Poloshirt und einen polarisierenden Sonnenclip über der Zweistärkenbrille (meine normale Brille mit den Gleitsichtgläsern ließ ich im Handschuhfach des *Hash*). Als Krönung kam noch eine Lesebrille in der Brusttasche dazu.

Ich hätte lieber nach Jia gefragt. Einem Dad, dessen Tochter vermisst wird, helfen die Leute gern. Aber ich ging nicht als Koreaner durch, und Jia sah nicht so aus, als hätte sie einen weißen Dad. Also musste ich Ales' Dad sein. Ich legte mir eine hübsche Geschichte über ihn, seine Freunde und den Campingausflug mit dem grässlichen Ende zurecht. Ich stellte fest, dass ich sogar ein bisschen weinen konnte. Zu meiner eigenen Überraschung musste ich gleich danach bemerken, dass ich nicht mehr aufhören konnte.

Ich suchte den ganzen Tag und arbeitete mich von dem verbrannten Land zurück zum Flughafen von San Francisco. Da die Batterie des Leaf inzwischen fast leer war, schloss ich ihn am Terminal 2 auf einem Kurzzeitparkplatz zum Laden an und besuchte die Ausstellung in dem kleinen Museum. Ich genoss die Objekte auf eine Weise, wie es sonst fast niemand vermochte. Ich mag Flughafenmuseen. In diesen Schaukästen steckt so viel Liebe zum Detail, und doch rennen die meisten Leute gestresst und wie ein Wirbelwind vorbei, während die anderen, die lange warten müssen, mit glasigen Augen hineinstarren.

Nach einer halben Stunde kehrte ich zum Parkplatz zurück, stieg ein und fuhr zum Stellplatz von Razas Freund zurück, wo ich den Wagen die ganze Nacht über laden konnte.

Raza hatte Wäsche gewaschen und hängte sie gerade auf eine Leine, die sie zwischen dem *Hash* und dem *Sectoral Balance* aufgespannt hatte. Dieser Anblick erinnerte mich daran, dass ich mich am nächsten Tag ebenfalls mit Waschen und Wäschelegen befassen musste. Also warf ich meinen Wäschesack in den Kofferraum des Leaf.

»Du siehst elend aus«, bemerkte sie.

»Ist ja auch kein Wunder«, antwortete ich.

Sie schnitt eine Grimasse. »Wenn du reden willst, klopf einfach an. Wenn nicht, ist es auch gut. Wie auch immer, in zwanzig Minuten beginnt der Sonnenuntergang, und mein Bourbon ist fast alle.«

»Ich hab noch was«, erklärte ich. »Bin in fünfzehn Minuten bei dir.«

Eine Freundin, mit der man nicht reden muss, ist ein Geschenk. Der Sonnenuntergang war spektakulär. Anschließend kaute ich einen Indica-Fruchtgummi und legte mich ins Bett. Am nächsten Tag stand noch mehr Beinarbeit auf dem Programm.

9

Vom Cannabis bekam ich einen Kater, der sich auch mit Kaffee nicht vertreiben ließ, aber sobald ich auf dem Highway war und die Fenster des Leaf hinuntergelassen hatte, wirkte die frische Luft wahre Wunder. Ich holte die ausgedruckten Karten hervor, mit denen ich gearbeitet hatte, und sah mir die Route an, die ich für diesen Tag geplant hatte. Gestern war ich dem Highway 101 gefolgt, heute war der 128 an der Reihe.

Hier gab es viele Weingüter. Ob sie an einem davon gehalten hatten? Jia und Ales waren zu jung, um Wein zu kaufen. Vielleicht hatte Sergey daran Interesse gehabt. Allerdings hatte ich an ihrem Lagerplatz keine Weinflaschen gesehen. Ich beschloss, trotzdem bei zwei Weingütern anzuhalten und mir zwei schöne Flaschen auszusuchen: eine für Raza und eine für unseren großzügigen Gastgeber.

Das *Graciela's* war ein kleines mexikanisches Restaurant unmittelbar hinter der Grenze des Mendocino County. Dort zweigte der 128 vom 101 ab, und das war ein guter Standort. Laura, die junge Frau, die mich bediente, entpuppte sich als Gracielas Schwiegertochter, und der Koch Tomas war ihr Mann.

»Graciela arbeitet hier nur noch, wenn viel zu tun ist«, erklärte Laura. Um zwei Uhr nachmittags war ich der einzige Gast, und Laura war so warmherzig und unverbindlich, wie es alle guten Restaurantmitarbeiter sind. »Sie hat es verdient, nachdem sie zwanzig Jahre in dem Laden gearbeitet hat.«

»Wie schön, dass eine neue Generation das Ruder übernimmt. Das Essen ist jedenfalls ausgezeichnet.« Das war es wirklich. Ich hatte den größten Teil der Speisekarte einfach übersprungen, mir direkt die »Spezialitäten aus Jalisco« angesehen und mich für eine Schale Kuttelsuppe und ein *lonche*-Sandwich entschieden.

Sie bedankte sich und versprach mir, es Tomas zu sagen. Die Erwähnung der nächsten Generation hatte mir schon wieder den Blick getrübt, was eine gute Darbietung gewesen wäre, wenn ich geschauspielert hätte. Sie runzelte besorgt die Stirn und fragte, ob ich etwas bräuchte.

»Tut mir leid«, antwortete ich und tupfte mir das Gesicht mit der Serviette ab. Dann wischte ich mir die Augen aus. Die Zweistärkenbrille hatte ich abgenommen, damit sie über den Kutteln nicht beschlug. »Es ist nur ...« Dann holte ich die Fotos von Ales und seinen Freunden heraus, die ich im *Hash* mit dem Inkjet ausgedruckt hatte.

Ehe ich ihr die Geschichte erzählen konnte, keuchte sie und wich mit einem lauten »Oh!« zurück.

»Laura?«, sagte ich, aber sie hatte sich schon wieder gefangen und entfernte sich von meinem Tisch. Sie griff nach ihrem Tablett, als sei ihr plötzlich eingefallen, dass sie noch einige dringende Dinge erledigen und ihren Gast vorläufig sich selbst überlassen musste.

Blitzschnell überlegte ich, wie ich weiter vorgehen sollte. Ich stand auf, ging zu ihr hinüber und sagte leise, aber eindringlich: »Laura, wenn Sie etwas über meinen Sohn wissen ...«

Sie schüttelte den Kopf. »Nein. Ich ... ich habe sie in den Nachrichten gesehen. Ich habe gesehen, wie sie ...«

Jetzt standen uns beiden die Tränen in den Augen. »Laura, bitte, als Vater muss ich es doch wissen. Ich fahre die ganze Zeit umher und versuche herauszufinden, was er in seinen letzten Tagen gemacht hat. Bitte, Laura, als Vater muss ich es einfach wissen.«

Ihr Blick wurde so sanft, dass ich mich schämte. Dann blickte sie zu Tomas hin, der in der Küche stand und uns beobachtete. Er hatte einen großen Pfannenwender in der Hand, der in seinem festen Griff leicht zitterte. Sie gab ihm stumm zu verstehen, dass alles in Ordnung sei, und nach einem langen Blick in unsere Richtung kehrte er wieder an seinen Grill zurück.

»Sie sind hier gewesen«, sagte sie und setzte sich mir gegenüber an meinen kleinen Zweiertisch. »Nette junge Leute, sie schienen so glücklich zu sein. So aufgeregt. Sie lachten die ganze Zeit und bestellten ein komplettes zweites Gericht, das sie am Abend in ihrem Motel essen wollten. Sie haben auch viel Trinkgeld gegeben, mehr als die meisten anderen Studenten.«

»Aber Sie haben der Polizei nichts gesagt.« Es war nur so eine Ahnung. Im Büro des Sheriffs von Mendocino kannte ich niemanden, und meine Kontaktleute hatten bisher noch keine Verbindung dorthin gefunden, suchten aber weiter.

Sie schwieg. Ich hatte noch eine Eingebung. »Laura, es ist mir egal, ob Sie gültige Papiere haben oder nicht. Ehrlich, das stört mich nicht. Und ich kann es verstehen, wenn Sie nicht mit der Polizei reden wollten.«

Sie lächelte, auch wenn ihr immer noch dicke stumme Tränen über die Wangen kullerten. »Es zerfrisst mich innerlich. Ich wusste, dass diese armen jungen Leute Eltern hatten, und dass meine Informationen irgendwie helfen könnten, aber das durfte ich nicht riskieren. Ich rede nie mit den Cops. *Wir* reden nie mit den Cops.«

Ich berührte sie leicht am Handgelenk. »Schon gut«, sagte ich. »Ich bin Ihnen dankbar. Vielen Dank.«

»Warten Sie einen Augenblick.« Sie ging in die Küche und führte mit Tomas eine angespannte, murmelnde Unterhaltung, die zu leise war, um sie zu verfolgen, selbst wenn ich gut genug Spanisch gesprochen hätte. Dann verstand er, was sie wollte, nickte und umarmte sie kurz und innig.

Sie verließ die Küche, ging nach nebenan, offenbar in eine Art Lagerraum, und kehrte mit einer Laptoptasche aus schwarzem Kunststoff zurück. Sie war billig und sah neu aus.

»Das hier haben sie vergessen«, erklärte sie. »Die Tasche hing an einer Stuhllehne. Ich habe sie entdeckt, ehe die jungen Leute vom Parkplatz gefahren waren, und bin hinausgelaufen, aber sie haben mich schon nicht mehr gesehen. Ich war sicher, dass sie bald zurückkommen und den Computer abholen würden, also habe ich ihn aufbewahrt.«

Ich hatte eine wilde Mutmaßung. Ales, Jia und Sergey hatten diese gute Frau und ihren guten Mann gesehen und sich gedacht, dass dies genau die Leute waren, die einen vergessenen Laptop aufbewahrten, bis der Eigentümer zurückkam. So einen Plan entwickelt man spontan, wenn die freundliche Bedienung zum Nachtisch einen Jericalla auf Kosten des Hauses bringt, weil man so aussieht, als könnte man ein paar Pfund auf den Rippen vertragen. Und ein spontaner Entschluss wie dieser musste für jeden Gegner schwer nachzuvollziehen sein.

Vielleicht hatten sie ihren Auftraggebern deshalb nicht verraten, wo der Laptop war.

10

Ich schickte Danny über Signal ein Foto von dem Barcode und stellte die Nachricht so ein, dass sie sich nach einem Tag selbst löschte. Dann löschte ich sie von meinem Handy und fuhr zum *Hash* zurück. Ich wollte auf Dannys Anruf warten und ihm den Laptop übergeben. Auf keinen Fall wollte ich das verfluchte Ding, das drei junge Leute das Leben gekostet hatte, länger behalten. Doch Danny rief nicht an. Er rief einfach nicht an, und der Laptop lag herum, und ich saß herum. Endlich schenkte ich mir einen kleinen Bourbon ein. Das führte zu einem sehr großen Bourbon. Als die Zeit verging, legte ich noch zwei Fruchtgummis nach, weil mir klar war, dass ich sowieso nicht mehr fahren konnte.

Danny rief an, bevor ich mich hinlegte. Ich leitete ihn auf die Sprachbox und schickte ihm eine Textnachricht:

> Ich nehme mir den Rest des Abends frei.

Es gab eine lange Pause, dann schrieb er zurück:

> Das hast du dir verdient. Wir reden morgen.

Wieder eine Pause.

> Ist er in Sicherheit?

Die Hanfgummis wirkten, ich fühlte mich wundervoll dumm und körperlos und wollte nur noch schlafen. Offensichtlich wartete er aber auf eine Antwort.

> Ich schiebe ihn mir unter das Kopfkissen.

Dann stellte ich das Handy auf »Nicht stören« und schob den Laptop unter mein Kopfkissen.

Dieses Mal trug Danny, als er mir die Tür öffnete, einen wirklich fantastischen Schlafanzug: schwarz-rot gestreift, dicke Baumwolle, raffiniert locker geschnitten, um einem älteren Körper zu schmeicheln, statt direkt auf der Haut zu kleben. Über der rechten Brusttasche stand DML. So etwas hatte ich mal in der Männerabteilung von Fortnum & Mason am Piccadilly Circus gesehen. Der Schlafanzug sollte dreihundertfünfzig Pfund kosten, aber ich konnte mich einfach nicht überwinden, selbst für einen wirklich fantastischen Schlafanzug so viel Geld auszugeben.

Vielleicht konnte ich jetzt aber bald ein Flugzeug chartern und mir doch noch einen kaufen.

Er schüttelte mir feierlich die Hand, als ich hereinkam, und nahm mir die Tasche ab. Ich hatte die Laptoptasche in eine alte Sporttasche gesteckt und den freien Raum mit ein paar sauberen Handtüchern ausgestopft, die ich aufgestapelt in der Wäscherei in Muir Beach in Empfang genommen hatte. Ich wollte ja nicht mit der Laptoptasche, die man zuletzt bei Ales Kocourek, Jia Hak und Sergey Preobrazhensky gesehen hatte, in das Apartment im Camino Real hineinspazieren.

Er hob die Tasche hoch. »Ich brauche einen Augenblick. Kannst du schon mal auf die Dachterrasse gehen? Du findest doch den Weg, oder? Nimm dir aus der Küche mit, was du brauchst. Sethu ist nicht da.«

Er tat nicht einmal so, als wäre sie irgendwie geschäftlich unterwegs. Er hatte sie weggeschickt. Dies war ein Treffen zwischen Danny Lazer und mir. Einen kleinen Moment lang überlegte ich, ob er versuchen würde, mich zu töten. Das war nur ein sehr flüchtiger Gedanke, weil Danny Lazer sicher nicht die Hand gegen mich oder sonst jemanden erheben würde. Er war leidenschaftlich und brillant, aber sanft. Trotzdem, der Gedanke kam mir, ich drehte ihn einmal hin und her und verwarf ihn dann. Es ist einfach mein Job, solche Gedanken zu haben. Genau deshalb wollte ich auch so langsam in den Ruhestand gehen.

Neben einem mechanischen Entsafter fand ich einen Krug mit frisch gepresstem Blutorangensaft und eine Schale mit den matschigen Schalen. Ich schenkte mir ein Glas ein und ging auf die Dachterrasse, um Sethus neues Werk zu bewundern.

Es war immer noch abstrakt. Sie hatte einen großen Teil der bunten Farben abgekratzt, die ich beim letzten Mal gesehen hatte, und durch bedrückende Grautöne ersetzt. Ich sah vor allem Ecken und Zacken. Es gefiel mir nicht.

Etwa eine halbe Stunde später kam er zu mir und brachte den Laptop mit. Er öffnete die Klappe und zeigte mir die Löcher, die er durch die Tastatur gebohrt hatte, um von der Shift-Taste bis zum V die Tastenkappen zu entfernen. Danach hatte er das Gleiche von Shift-Lock bis zum G getan. Die Löcher gingen ganz durch, mitten durch die Festplatte, die sich direkt darunter befand.

»Die Shift-Lock-Taste habe ich sowieso noch nie gebraucht«, sagte ich.

Er lächelte leicht. »Das ist nur eine vorübergehende Maßnahme. Das Beste, was ich mit meinem kleinen Handbohrer tun konnte. In einer Stunde kommt eine Firma, die den Rest sicher entsorgen kann. Sie fahren mit ihrem Wagen direkt vor die Einfahrt und werfen den Computer in einen Schredder. Nach weniger als einer Minute kommen hinten Bruchstücke heraus, die nicht größer sind als ein Fingernagel.«

»Damit bist du aus dem Geschäft mit den Schlüsseln raus.«

»Und ob«, bekräftigte er. »Ich hätte damit gar nicht erst anfangen sollen. Es war eine Dummheit. Die reine Eitelkeit. Ich wollte nicht, dass meine Fehler ewig zu sehen sind. Meine Güte, was für ein idiotischer Grund, sich deshalb Sorgen zu machen.«

Ich zuckte mit den Achseln. »Jeder macht mal einen Fehler.«

Er schnitt eine Grimasse. »Das haben diese jungen Leute am Ende wohl auch begriffen.«

Ich nickte. Das hatten sie. Und sie hatten einen hohen Preis für ihren Fehler bezahlt. Auch Danny musste dafür bezahlen, aber er würde lebendig, reumütig und fünfundzwanzig Prozent ärmer aus der Sache herauskommen.

»Ich bin sicher, dass die Leute, die deinen Hardwareschlüssel gestohlen haben, diesen Computer niemals angerührt haben. Das bedeutet, dass niemand auf die Schlüssel zugegriffen hat und das System von Trustlesscoin völlig intakt ist.«

Er starrte nach Palo Alto hinaus zu den farblosen Kästen voller emsiger Aktivitäten. »Ich teile deine Einschätzung.«

»Danny, darf ich dich fragen, wie hoch der Wert der Einlagen im Ledger von Trustlesscoin ist?« Ich hatte es am Morgen schon selbst recherchiert, aber ich wollte es von ihm selbst hören.

»Ich würde die Summe auf eins Komma zwei Milliarden schätzen.«

Das lag noch etwas höher, als ich es im Analystenbericht gelesen hatte, aber Danny war ja als Insider besser informiert.

»Also, das ist vermutlich etwas zu viel für Barzahlung«, überlegte ich. Fünfundzwanzig Prozent von eins Komma zwei Milliarden waren dreihundert Millionen Dollar. Das war die Zahl, an die ich im Laufe der vergangenen Woche so selten wie möglich gedacht hatte. Besonders nicht während der letzten vierundzwanzig Stunden. Ich wollte auf keinen Fall, dass sich der Gedanke an meinen Zahltag mit den Erinnerungen an die drei jungen Leute mischte.

Er sah mich sehr lange an und dachte nach. Er wollte den Deckel des Laptops schließen, doch inzwischen waren noch weitere Tasten abgefallen. Deshalb stand der Deckel noch einen Spalt offen, als Danny das Gerät unbeholfen auf die Dachterrasse stellte. Es war seltsam zu sehen, wie er so vorsichtig damit umging, als hätte er es nicht gerade mit dem Bohrer zerstört. Als wollte er es nicht in einen industriellen Schredder werfen.

»Marty, glaubst du wirklich, du solltest dreihundert Millionen Dollar für eine Woche Arbeit bekommen?«

»Danny, kennst du den Witz mit dem Techniker, der Fotokopierer repariert?«

»Meinst du diesen hier? ›Nein, ich habe den Apparat ohne Berechnung getreten. Die fünfundsiebzig Dollar sind dafür, dass ich weiß, *wo* man treten muss.‹ Ja, den kenne ich.«

»Gestern um diese Zeit hast du mit ziemlicher Gewissheit befürchtet, dass du alles verlieren würdest. Deine Ehre, deinen Ruf und dein Vermögen. Es hätte dich und deine junge Frau für die Jahre ruiniert, die ihr noch zusammen verbringen könnt, und für die Jahre, die ihr nach deinem Tod noch bleiben.

Heute bist du wieder im Geschäft und kannst Trustlesscoin weiteraufbauen. Wenn ich mich recht erinnere, kannst du in ziemlich kurzer Zeit Billionen Dollar in das System bringen. Zehn hoch zwölf Dollar, wie du es ausgedrückt hast. Der Grund für diese plötzliche glückliche Wendung ist, dass ich weiß, wo ich treten muss.«

Er schnitt eine Grimasse. »Wenn du es so ausdrückst …«

»Danny, wir haben keinen schriftlichen Vertrag. Wir sind schon lange befreundet, und du wusstest, wie meine Bedingungen lauten. Deshalb habe ich dir vertraut. Weißt du noch, wie du mir gesagt hast, dass deine virtuellen Münzen nicht wirklich ohne Vertrauen dastehen, weil das Vertrauen von Leuten wie Danny Lazer zu den Sicherheitsingenieuren bei zwei großen Chipherstellern verlagert wurde?«

Misstrauisch nickte er.

»Ich vertraue diesen Ingenieuren nicht. Ich glaube, wir sind uns einig, dass sie verleitet werden können. Wenn ich jemals mein Geld in Trustlesscoin anlege, dann werde ich es nicht tun, weil ich den Ingenieuren vertraue. Ich werde es tun, weil ich Danny Lazer vertraue.«

Er öffnete den Mund und schloss ihn wieder.

Ich stand auf und ging zum Geländer, um eine Weile nach Palo Alto hinauszublicken. Ein paar Minuten später kam Danny zu mir. »Danny«, sagte ich, ohne den Blick von der Stadt abzuwenden. »Wenn du dir mein Honorar nicht leisten kannst, dann sag es. Wir sind Freunde.«

Er schnaubte. »Das spricht Martin, der edle Mensch Hench. Du wirst jeden Penny bekommen. Du hast es dir verdient.«

Aber dreihundert Millionen kann man nicht einfach über den Tisch schieben.

Zuerst einmal hatte Danny natürlich keine dreihundert Millionen in bar. Sein Geld steckte in Immobilienfonds, die estländischen Firmen gehörten, deren Besitzer schottische Firmen waren. Es steckte in zypriotischen SPACs, deren Besitzer wiederum anonyme Nummernfirmen in Nevada waren. Es steckte in LLCs, die Luxuswohnungen in unglaublich hohen, schmalen Türmen in New York und London besaßen. Und in Anteilen von Kunstwerken, die im Freihafen von Genf in klimatisierten Behältern lagerten.

Die Übertragung dieses Besitzes war zugleich einfach und komplex. In Bermuda, Edinburgh und Nikosia den Besitzerwechsel zu veranlassen, war eine knifflige Angelegenheit, aber es gab Anwälte, die sich auf so etwas spezialisiert hatten.

Einer von ihnen saß gleich hier in Palo Alto. Ira Hermann war ein genialer Typ mit einer locker fallenden kamelhaarfarbenen Strickjacke, der über einen eigenen Notarstempel verfügte und über eine klug aussehende Mitarbeiterin, die bei ihm in Ausbildung war und als Zeugin für Beurkundungen diente. Ich musste in dieser Woche viermal sein Büro aufsuchen und mit Tinte Dokumente unterzeichnen, die gestempelt, beglaubigt und mit FedEx in die fernsten Winkel der Welt geschickt wurden. Das alles notierte er in einem Laptop, der nicht mit dem Internet verbunden war, und druckte das Ergebnis mit einem großen summenden Laserdrucker aus. Dann lochte er die Akten und heftete sie ordentlich ab.

All diese Akten kamen in eine feuerfeste, gesicherte Kiste, und dazu ein USB-Stick mit den digitalen Versionen. Ira gab mir zwei Ausfertigungen und riet mir, eine in einem Schließfach zu lagern und die andere meinem Anwalt zu geben.

Ich fragte ihn, ob er mein Anwalt sein könnte. Ich mochte seine Art zu arbeiten, selbst wenn er überwiegend Gaunern half, auf die eine oder andere Art das Geld vor dem Gesetz und der Regierung zu verstecken.

Er nahm seine Lesebrille ab, klappte sie zusammen und schob sie in die Brusttasche der Strickjacke. »Mr. Hench, auch wenn es anders aussehen mag, ich praktiziere nicht mehr. Diese Art Arbeit hier übernehme ich für wenige, geschätzte alte Kunden wie Danny Lazer, die ich aus der Zeit vor meinem Ruhestand kenne. Ich habe in all den Jahren lange unter großem Druck gearbeitet, und jetzt nutze ich die Zeit, die mir noch bleibt, um in dieser Welt ein paar gute Dinge zu tun.«

»Tja, das klingt lobenswert. Ich glaube, ich bin auch bald so weit, dass ich in meinem Leben etwas Gutes tun möchte. Darf ich Sie fragen, was Sie sich ausgesucht haben?«

»Ich sammle Geld für gemeinnützige Klimaschutzorganisationen«, antwortete Hermann. »Wir helfen dabei, in den ärmsten zehn Prozent der Postleitzahlbezirke in den USA die Häuser mit Solaranlagen auszurüsten und die Wände zu isolieren. Ich gehöre einer Gruppe an, die das Geld beschafft, aber dann wird es von lokalen Gruppen, die sich auskennen, direkt vor Ort zugeteilt.«

»Das klingt wirklich nach einem guten Werk.« Ich schluckte herunter, was mir schon auf der Zunge lag.

»Ich habe den Eindruck, dass Sie noch etwas hinzufügen wollten«, sagte er.

»Eigentlich nicht«, wehrte ich ab.

Er lächelte schmallippig. »Mr. Hench, ich weiß, womit Sie Ihren Lebensunterhalt verdient haben. Man könnte sagen, dass wir in dem Guerillakrieg zwischen den Leuten, die Geld verstecken wollen, und den anderen, die es finden möchten, Veteranen sind. Ich nehme an, dass Sie daran denken, wie viel Geld diese lokalen Gruppen haben könnten, wenn die Vermieter und Geschäftseigentümer und andere Nutznießer des Wohlstandes, der dort in der Nähe geschaffen wird, nicht fähig gewesen wären, ihre Gewinne verschwinden zu lassen.«

Jetzt lächelte ich auch. »Etwas in dieser Art.«

Er zuckte mit den Achseln. »Ich werde an dieser Stelle nicht widersprechen. Ich beherrsche mein Handwerk, und ich habe es getan und bin gut bezahlt worden. Eines Tages wurde mir aber klar, dass ich auch für mich selbst genug versteckt hatte, um nicht mehr arbeiten zu müssen. Da beschloss ich, dass es vorbei sei. Aber weil ich ein Ehrenmann bin – jedenfalls in Bezug auf bestimmte Bereiche der Ehrenhaftigkeit –, konnte ich nicht einfach aussteigen und weggehen. Ich musste für die Leute, denen ich geholfen hatte, die losen Enden aufrollen.«

»Ich glaube, wenn Danny Lazer mein Mandant wäre, dann würde ich auch versuchen, es ihm recht zu machen.«

»Danny mag ein guter Mensch sein, aber das gilt nicht für alle meine Klienten. Viele von ihnen sind Monster. Richtige Monster. Die großen Monster unserer Zeit, die in die Geschichte eingehen werden. Aber ich habe mein Ehrgefühl.«

»Und deshalb haben Sie die Festplatten nicht einfach an die Steuerfahndung übergeben und irgendwo in einer fernen Ecke von Mali unter falschem Namen ein neues Leben begonnen.«

»Auf diese Idee bin ich nie gekommen«, antwortete er freundlich. »Ich will nicht so tun, als würden diese Männer – und einige Frauen –, denen ich gedient habe, dieses Kapital besser anlegen als eine demokratisch gewählte Regierung, sofern es so etwas überhaupt gibt. Wie gesagt, viele von ihnen sind schreckliche Monster. Aber trotz alledem habe ich nicht die Absicht, den Behörden zu verraten, wo die Einlagen versteckt sind.«

»Wenn Sie das tun, müssten Sie vermutlich auch verraten, wo Ihre eigenen Einlagen sind.«

Wieder lächelte er, es wirkte noch ein wenig verkrampfter als gerade eben. »Sie sprechen Dinge aus, die andere Menschen meistens nur denken, Mr. Hench.«

»Sie haben gefragt, Mr. Hermann.«

»Ja, das stimmt. Ich möchte Sie noch etwas fragen: Was wollen Sie mit dem Geld tun, das Sie jetzt verdient haben? Werden Sie es als Einkommen deklarieren und Steuern dafür bezahlen? Wenn Sie das tun, bleiben Ihnen immer noch etwas mehr als zweihundert Millionen Dollar.«

»Das ist eine interessante Frage«, räumte ich ein. »Es ist sicherlich eine Frage, über die ich erst ein wenig nachdenken muss.«

»Mich würde interessieren, wie Ihre Antwort lautet.«

»Ich werde es Ihnen sagen. Inzwischen brauche ich einen Rechtsvertreter, und sei es auch nur, damit ich jemanden habe, an den diese Wertsachenkassette übergeben werden kann. Würde Ihre Assistentin denn neue Klienten annehmen?«

Er kicherte verlegen. »Zoes Kanzlei wird erheblich ... aktiver sein, als es in Ihrem Fall nötig ist. Sie ist sehr ehrgeizig. Mr. Hench, mit einem Vermögen von weniger als einer halben Milliarde benötigen Sie nicht die Dienste von jemandem wie Zoe oder mir. Jede der vier großen Vermögensberatungsfirmen wird Ihre Angelegenheiten gern ordnen. Sie werden absolut respektabel arbeiten und vernünftige Honorare berechnen, sofern Sie mindestens einmal im Jahr die Rechnungen genau überprüfen, um sicherzustellen, dass zur Zeit der Bonuszahlungen niemand seine Abrechnungen aufbläht. Mr. Hench, Sie haben gewiss ein großes Vermögen, aber es ist eine Art inoffizielles Vermögen, das sehr gut mit einer Standardprozedur gehandhabt werden kann. Dienstleister wie ich sind eher für Menschen da, die hochgesteckte Ziele verfolgen – sie wollen den Lauf des Universums ändern, streben nach der Weltherrschaft oder möchten einfach nur einen persönlichen Senator haben. Mein Eindruck von Ihnen ist aber eher der, dass für Sie die Zeit des Strebens vorbei ist.«

»Das ist wahr«, stimmte ich zu. »Wie Sie habe ich jetzt genug, um gut auszukommen, und ich habe nicht den Wunsch, weiter in der Branche zu arbeiten, in der ich das Geld verdient habe.«

»Eine kluge Entscheidung«, sagte er. »Lassen Sie es mich wissen, wenn Sie etwas für meine ehrenamtliche Aktion spenden wollen.«

»Notieren Sie eine Million für mich.«

Er zuckte nicht einmal mit einer Wimper. »Kein Problem. Ich bereite gleich die Papiere vor.«

Fast hätte ich unterbrochen und gesagt, dass das nur ein Scherz war. In gewisser Weise traf es auch zu. Aber nicht ganz und gar. Warum eigentlich nicht? Ich würde die Million Dollar nicht einmal vermissen. Jeden Tag konnte ich das nicht tun – eine Million hier, eine Million da, und sehr bald schon, und so weiter, und so weiter –, aber ich hatte das Gefühl, dass eine gemeinnützige Organisation, die Ira Hermann leitete, auf jeden Fall äußerst effizient arbeitete.

Ich wartete geduldig, während er die Dokumente für die Spende vorbereitete. Dazu übertrug er die Eigentumsrechte an einem unbebauten Grundstück auf Hawaii auf eine Nummernfirma. Zoe kam herein, sah zu und beglaubigte die Dokumente. Dabei lächelte sie mich an, und ich hatte das Gefühl, ein guter Mensch zu sein.

Sie standen auf, als ich meine Dokumente, meine Jacke und die alte weiche und ausgefranste Mechanikermütze von der Air Force, die meinem Onkel gehört hatte, an mich nahm.

»Es war mir wirklich ein Vergnügen, Sie kennenzulernen, Mr. Hench.«

»Nennen Sie mich einfach Marty«, antwortete ich.

»Dann bin ich Ira.« Er gab mir die Hand.

»Zoe«, sagte ich und schüttelte auch ihr die Hand.

Bevor ich ganz draußen war, legte Zoe mir eine Hand auf den Unterarm. »Marty, darf ich Sie noch etwas fragen, ehe Sie gehen?«

»Was immer Sie wollen«, entgegnete ich. Es war mir egal. Sie war klug und hübsch und hielt mich für einen guten Menschen. Sie hatte es sich zur Lebensaufgabe gemacht, den Monstern der Geschichte zu helfen, ihr Geld zu verstecken, na und? Wenn niemand ihren Job übernahm, wäre ich auch nicht fähig gewesen, in meinem zu arbeiten. Vielleicht wurde mir angesichts der großen Summe so langsam doch schwindlig. Zehn hoch acht Dollar ist weniger als zehn hoch zwölf Dollar, aber es ist immer noch eine große, große Menge Geld.

»Ira hat mir gesagt, womit Sie Ihren Lebensunterhalt verdient haben. Und wie ich höre, sind Sie wirklich gut gewesen.«

»Ich hoffe sehr, dass ich es war.« Ich schauderte ein wenig, als ich in der Vergangenheitsform darüber sprach. Mein Honorar und alles, was es bedeutete, wurden mit jeder Sekunde realer.

»Sie haben gesehen, wie wir arbeiten. Ich möchte nun wissen, ob Sie uns schlagen könnten, wenn Sie gegen uns antreten müssten.« Gelassen hielt sie meinen Blick, als hätte sie mich nicht gerade um Hilfe gebeten, weil sie das perfekte Verbrechen begehen wollte.

»Seltsam, dass Sie mich gerade das fragen. Ich hatte ja eine ganze Weile Zeit, als ich hier herumgesessen habe, und dabei habe ich über genau die gleiche Frage nachgedacht, während ich auf dieses oder jenes gewartet habe, den Ausdruck eines Dokuments oder die Überarbeitung von Vertragsbedingungen.«

»Ja?«

»Ja.«

Sie legte den Kopf schief. »Ja, was?«

»Ja, ich könnte hier eindringen. Vielleicht finde ich nicht alles, aber auf jeden Fall das meiste. Wahrscheinlich genug, um Ihre Mandanten so weit zu bringen, dass sie auch noch den Rest beichten, um einen Straferlass auszuhandeln.«

»Ich verstehe«, antwortete sie. »Und wären Sie vielleicht bereit, mir diese Schwächen in unserem System zu erklären? Ich möchte so gern verstehen, wie eine solche Überprüfung funktioniert.«

Ich dachte darüber nach. »Ich glaube, das möchte ich lieber nicht tun. Die Steuerfahndung darf nicht so vorgehen wie ich. Zuerst einmal müssen sie Bescheid sagen, wenn sie bei Ihnen etwas prüfen wollen. Und dann können Sie eine sehr gute Anwaltskanzlei beauftragen, um alles zu verzögern. Ich arbeite verdeckt und mit Methoden, die den Steuerfahndern gar nicht zur Verfügung stehen. Und wenn man sieht, wie schwach die Steuerfahndung gerade im Bereich der großen Vermögen besetzt ist, werden Ihre Mandanten eher von einem Meteor getroffen als von einer Strafzahlung. Aber wenn irgendjemand das Geld wirklich finden will, das Sie versteckt haben, dann gefällt mir die Vorstellung, dass es dem Betreffenden gelingen wird, einen Teil davon zurückzuholen. Nennen Sie es Berufsehre.« Ich zwinkerte Ira demonstrativ zu, woraufhin Zoe die Augen verdrehte.

»Na schön«, sagte sie. »Dann muss ich mich wohl anderswo um meine Weiterbildung bemühen.«

11

Dreihundert Millionen Dollar verändern alles. Andererseits verändert sich gar nichts.

Der *Hash* hatte sein Dasein als ein achthunderttausend Dollar teurer, aber kaum benutzter Tourbus begonnen. Ich hatte ihn anstelle eines Honorars von dem dankbaren Frontmann einer Top-40-Band angenommen, deren Manager mit zwei Millionen Dollar untergetaucht war. Der Musiker freute sich, dass er mich auf diese Weise bezahlen konnte, was ihm dank einer großzügigen Abschreibung auf den Wert des Fahrzeugs und der Tatsache, dass er, nachdem ich ihm das Geld zurückgeholt hatte, sowieso nie wieder auf eine Tournee gehen musste, auch nicht sonderlich schwerfiel.

Im Lauf der Jahre hatte ich den Bus hier und dort ausgebaut, aber allzu viel war gar nicht nötig gewesen. Mein Rockstar hatte glücklicherweise keinen schrillen Geschmack (jedenfalls nach den Maßstäben von Rockstars), und er hatte eine Inneneinrichtung zusammengestellt, die eher nach einem Hausboot als nach einem Campingbus aussah. Da ich keine Miete bezahlte und der Bus hervorragend konstruiert war und nur sehr wenig Wartungskosten verursachte, gab ich mein Geld hauptsächlich für Essen, guten Whisky und Benzin aus.

Irgendwann sah ich mich nach einem elektrisch betriebenen Bus um, stellte aber fest, dass die Reichweiten immer noch zu gering waren, zumal ich ja auch noch ein kleines E-Auto für kürzere Fahrten mit herumschleppte. Dann habe ich mir Häuser angesehen, konnte mich aber nicht entscheiden, wo ich leben wollte. Ich habe mir auch Urlaubsziele angesehen und konnte mich nicht entscheiden, wohin ich fahren wollte.

Raza hatte mit einer Kollegin an der Universität in Santa Barbara vereinbart, gemeinsam ein Papier zu schreiben, und war die Küste hinuntergefahren, um sich mit ihr zu treffen. Bei Razas Abschiedsessen hatte ich unseren Gastgeber ein wenig kennengelernt und war noch ein paar Tage auf seinem Grundstück geblieben, während ich mir Autos, Häuser, Busse und Urlaubsziele ansah.

Aber er war Razas Freund, nicht meiner. Ich rief den Reiseberater an, der wie mein neuer »Kundenbetreuer« für meine neue Vermögensberatungsfirma arbeitete, und bat ihn, mir einen ruhigen und schönen Ort zu suchen, wo ich den *Hash* eine Woche abstellen, die Wellen anstarren und die Möwen zählen konnte. Eine Stunde später hatte er einen privaten Stellplatz in der Nähe von San Luis Obispo gefunden. Dort gab es sogar eine heiße Quelle. Das überzeugte mich. Ich tankte den *Hash* auf und dachte darüber nach, was ich tun wollte, wenn ich groß wäre.

Aus zwei Wochen wurden vier. Zuerst einmal, weil SLO ein netter Ort ist, um einfach abzuhängen. Zweitens, weil einen Tag nach meiner Ankunft ein Stück des Pacific Coast

Highway ins Meer bröckelte, sodass es keinen einfachen Weg mehr nach Süden gab. Nach Norden wollte ich nicht, oder ich wollte zumindest keine Reise unternehmen, die größer war als ein Tagesausflug zum Hearst Castle.

Also lernte ich die Stadt, die unappetitlichen Lokale und das einzige gute Restaurant kennen – dorthin ging der Präsident der Universität mit wohlhabenden Eltern, die sich in Stifter verwandeln konnten – und natürlich das Madonna Inn, wo ich, wie es sich gehörte, eine Pie und einen Milkshake zu mir nahm und die Kalorien hinterher im State Park wieder herunterwanderte.

Außerdem fand ich eine Goldschmiedin, die erstaunlich gut war, viel zu gut für eine Collegestadt. Sie stellte sehr kleine und beinahe unauffällige Stücke her, die man leicht übersah, bei denen aber Metall, Design und Steine auf eine Art und Weise in ein dynamisches Gleichgewicht gekommen waren, dass man meinen konnte, das Objekt würde gleich zum Leben erwachen. Sie hätte ihre Sachen bei Fortnum & Mason verkaufen sollen, in der Etage direkt unter den Schlafanzügen für dreihundertfünfzig Pfund, oder ein paar Straßen von der Savile Row entfernt gleich neben der Boutique von Vivienne Westwood. Zweifellos war sie diejenige, die in SLO die hochwertigsten Dinge verkaufte, und sie war viel zu preiswert.

Eines Tages betrat ich spontan den Laden, und dann gingen mir die Stücke nicht mehr aus dem Sinn. Wenn man in einem Tourbus lebt, sammelt man nicht viele teure Dinge an, aber ich war schon fast entschlossen, zehn oder zwanzig ihrer Objekte zu kaufen, damit ich immer ein Geschenk zur Hand hatte, wenn ich mal in die Verlegenheit kam, eine Frau sehr, sehr glücklich zu machen.

Und dann, am nächsten Morgen, wurde mir bewusst, dass es ja wirklich eine Frau gab, die ich sehr glücklich machen wollte: meine alte Freundin Raza, die sich jetzt gerade gar nicht so weit entfernt in Santa Cruz befand. Es gibt Wirtschaftswissenschaftler, die mit privaten Beraterverträgen eine Menge Geld verdienen, aber Raza war nicht an dieser Art Wirtschaft interessiert. Wenn man einen Akademiker suchte, der blind einen Eid darauf leistete, dass die geplante Fusion der eigenen Firma keinerlei Wettbewerbsverzerrung nach sich zog, dann war sie nicht die richtige Adresse. Aber eine Wirtschaftswissenschaftlerin war sie trotzdem, sie konnte gut mit Geld umgehen, sie hatte einen Lehrauftrag gehabt und war in Pension gegangen und konnte, wenn sie nicht unvernünftig wurde, gut leben, bis es mit ihr zu Ende ging. Das war gar keine so üble Vorstellung. Viele Menschen mussten mit erheblich weniger zurechtkommen.

Ich kannte Raza schon ziemlich lange. Wir waren uns auf Konferenzen begegnet, und ich hatte zugesehen, wie sie sich für die Bankette mit miesem Essen zurechtmachte. Ich wusste, was sie gern trug, wenn sie sich aufbrezelte, und bei diesen Schmuckstücken würde sie ausflippen. Die Objekte passten sogar so gut zu ihr, dass es ein ernstes und langwieriges Dilemma war, nur eines davon auszusuchen.

Endlich hatte ich aber, was ich wollte: eine Brosche in der Größe eines Silberdollars aus verflochtenen Gold- und

Platinsträngen, die auf den ersten Blick abstrakt wirkten. Wenn man näher hinsah, entdeckte man aber das Meer bei Sonnenuntergang. Dazwischen waren winzige Saphire und Smaragde verteilt, die wie der Schaum auf den Wellen funkelten. Auf den ersten Blick sah das Stück schön aus, und wenn man es genauer betrachtete, war es geradezu atemberaubend. Es würde ihr gefallen.

Ich fuhr zu einem Paketshop in der Nähe des Hochschulcampus und parkte in einer Ecke an einer Ladestation, die ich mit meiner Karte aktivierte. Ich hatte mir überlegt, dass ich ihr das Geschenk schicken würde, und dann wollte ich mir ein Café suchen und das Auto inzwischen am Schnelllader in zwanzig Minuten fünfzig Prozent laden lassen. Der Ladeanschluss des Leaf benahm sich in der letzten Zeit etwas merkwürdig, und ich wollte gelegentlich mal zum Händler, um das Fahrzeug warten zu lassen, aber ich hatte es geschafft, am Vorabend den Stecker nicht richtig hineinzustecken, und jetzt war die Batterie fast leer.

Ein freundlicher Student im Paketshop half mir, das Schmuckkästchen wirklich gut zu verpacken. Ich überprüfte noch einmal die vorübergehende Adresse der Kollegin, über die ich Raza erreichen konnte. Dann suchte ich ein Café auf, las eine Viertelstunde lang eine Universitätszeitung und kehrte zu meinem Leaf zurück, nur um festzustellen, dass die Batterie immer noch fast tot war. Wahrscheinlich hatte die Eigenwilligkeit des Ladeanschlusses die Ebene der Unbekehrbarkeit erreicht. Also suchte ich nach Nissan-Händlern in der Nähe, fand auch einen und machte mich auf den Weg.

Als ich gerade nach links auf den Pacific Coast Highway einbiegen wollte, leuchtete das ganze Armaturenbrett des Leaf auf. Alle Warnlampen gingen gleichzeitig an, und es roch nach verbranntem Plastik. Ich riss das Lenkrad nach rechts, fuhr halb auf den Gehweg, legte den Hebel in die Parkstellung und sprang hinaus. Sekunden später begann das Untergestell des Wagens mit elektrischem Knistern zu brennen. Gleich danach stand der ganze Wagen in Flammen.

Als ich dem Feuer zusah, gratulierte ich mir selbst zu meinen guten Reflexen und machte im Kopf eine Bestandsaufnahme der Dinge, die ich mit dem Wagen verlieren würde, während ich die 911 wählte. Auf dem Rücksitz lag ein Beutel mit der Wäsche, die ich am Morgen vom Bett abgezogen hatte. Dann der normale Müll, der beim Fahren anfiel: Parkausweise, Kleingeld für Parkuhren, ein Taschenmesser und ein Nagelknipser. Ein paar Wischtücher. Nicht viel, wenn man bedachte, dass mir der Leaf schon seit sieben Jahren gehörte.

Die Feuerwehr löschte das Auto mit chemischen Mitteln und rief einen Abschleppwagen. Die Typen waren beeindruckt, als sie sahen, wie gründlich sich der Leaf selbst zerlegt hatte. Einer gab mir zu verstehen, dass er Elektroautos grundsätzlich nicht traute.

Wir landeten bei genau dem Autohändler, zu dem ich sowieso unterwegs gewesen war. Der Mitarbeiter erbleichte, als wir auf den Parkplatz rollten, und pfiff eine Truppe von Mechanikern heran, die das Wrack aus dem Sichtbereich der zahlenden Kunden in eine entlegene Ecke des Geländes bugsieren sollten.

Im Chefbüro bekam ich einen Becher Kapselkaffee, während sich der Boss und ein erfahrener Mechaniker meine Schilderung der Symptome anhörten. Sie konzentrierten sich auf meine Probleme mit dem Ladeanschluss und dem niedrigen Batteriestand und meinten, die geringe Ladung hätte mir wohl das Leben gerettet. Eine vollgeladene Leaf-Batterie hätte mehr getan, als nur in Flammen aufzugehen. Sie wäre explodiert und hätte im Umkreis von zehn bis zwanzig Metern einiges verwüstet. Deshalb war der Manager erbleicht, als wir auf seinen Hof gefahren waren. Er dachte, er sähe eine Bombe, die gerade in einer stillen Seitenstraße von SLO einen mächtigen Krater hinterlassen hatte.

Das Auto war natürlich ein Totalschaden. Ich hatte schon die Versicherung angerufen, während die Feuerwehr den Wagen löschte, und sie hatten sich ihrerseits bei dem Händler gemeldet. Eine reine Formalität. Ich bekam den Zeitwert des Wagens minus Eigenanteil.

Irgendwann gingen uns hinter den Bemerkungen, wie schrecklich das alles sei, und welch großes Glück ich gehabt hätte, und was für ein schönes Auto der Leaf doch eigentlich sei oder zumindest bis zu der Explosion gewesen sei, die Ausrufezeichen aus. Der Manager könne mir aber einen netten Ersatz anbieten, nur die Inzahlungnahme müsse ich leider vergessen, hahaha. Sie boten mir an, einen Uber-Wagen zu rufen, doch ich fragte, ob sie mir nicht lieber ein richtiges Taxi besorgen könnten. Sie schlugen die Nummer nach und taten es. Da sie schon darauf aus waren, mich zufriedenzustellen, erkundigte ich mich, ob ich die Nummernschilder von dem Wrack abnehmen könne. Ich hatte schon einmal einen Wagen verschrotten lassen und einen Monat später eine Menge Strafmandate bekommen. Verantwortlich war ein findiger Gauner gewesen, der auf dem Schrottplatz die Nummernschilder stahl und rundherum bei seinen falsch geparkten Autos auswechselte.

Die Techniker hatten das Auto schon auf der Hebebühne und untersuchten die verkohlten Überreste. Ich sah sofort, dass ich die Nummernschilder nicht bekommen würde. Sie waren bis zur Unkenntlichkeit verformt. Als ich gehen wollte, tippte mir der Chefmechaniker auf die Schulter und führte mich unter die Hebebühne.

Er sprach mit einem seiner Mitarbeiter auf Spanisch. Es war ein junger Mann mit lässigem Lächeln und sehr scharfen Augen. »Zeig es dem Mann.«

Der Junge holte eine Taschenlampe aus der Brusttasche und richtete sie auf den vorderen Teil des Chassis. Sie hatten schon den größten Teil der Batterie herausgekratzt, sodass ich bis nach oben zum Ladeanschluss und einem kleinen Kasten voll verschmorter Elektronik blicken konnte. Der Junge stellte den Lichtstrahl enger ein.

»Sehen Sie?«

»Nein, eigentlich nicht.« Mein Spanisch war nicht besonders, aber ich kam zurecht.

»Da, ganz vorn. Dieses Ding da.«

Ich blinzelte. Nein, ich sah es nicht. Der Chefmechaniker zückte sein Handy, scrollte etwas herum und zeigte mir auf einem Foto, wie die Vorrichtung tatsächlich aussehen sollte. Das Feuer hatte dem Gerät arg zugesetzt, aber da war noch etwas – ein schwarzer Kasten, der auf dem Foto nicht zu sehen war.

»Sir, haben Sie das Auto irgendwie selbst umgebaut?«

»Ich habe mal einen Lufterfrischer aufgehängt, aber der Geruch hat mir dann doch nicht gefallen.«

Er deutete ein winziges Lächeln an. »Javier glaubt, dass jemand an Ihrem Auto herumgepfuscht hat, und dass dadurch der Brand entstanden ist. Dieses Kästchen dort sieht aus, als sollte es die Sicherheitsschaltungen der Batterie umgehen. Wenn das jemand getan und dann die Batterie manipuliert hat ...«

»Peng«, sagte ich. »Also, ich kann mit ziemlicher Sicherheit sagen, dass ich dieses Auto nicht nachträglich verändert habe. Möglicherweise ist das Ding schon dort gewesen, als ich den Wagen gekauft habe – es war ein Gebrauchtwagen. Das kommt mir wahrscheinlicher vor als die Vermutung, dass jemand mich und mein Auto in die Luft jagen wollte.«

Er schien skeptisch.

»Wir sind hier in Amerika. Wenn man hier jemanden umbringen will, macht man es sich einfach und kauft eine Pistole. Das ist sogar in Kalifornien sehr verbreitet.«

Das Lächeln wurde ein wenig breiter. »Da haben Sie wohl recht.« Er blickte kurz nach draußen. »Ihr Taxi ist da.«

»Danke«, sagte ich. »*Gracias*, Javier.«

»*De nada.*«

12

Wenn man auf einmal feststellt, dass man um dreihundert Millionen Dollar reicher ist, dann hilft es vermutlich, jede Art von Verlegenheit abzuschütteln. Am Abend saß ich wieder im *Hash* und kaufte ein Jahresabo des *Consumer Report*. Bei dem Punkt »monatliche Digitalausgabe« zögerte ich kurz, entschied mich dann aber doch für das große Paket. Nachdem ich die automatische Verlängerung deaktiviert hatte, ließ ich die Printversion einem alten Kommilitonen schicken, der gerade zehn Jahre in Folsom absaß.

Dann suchte ich die Bewertungen der Autos heraus, wählte »rein elektrisch« und löschte das Häkchen bei Tesla. Ich mag den Typen einfach nicht. Ich habe viele Jahre in der Nähe von Arschlöchern verbracht und erkenne sie aus einem Kilometer Entfernung. In seinem Fall ginge das sogar aus der Umlaufbahn, wenn ich einen seiner zwar hochgelobten, aber nicht ganz so erfolgreichen Satelliten benutzen könnte.

Es war ein gutes Jahr für Elektroautos, weil die Deutschen, die Japaner, die Schweden und die Briten sehr gute Modelle anboten. Einige waren sogar richtig schön anzusehen. Ich gewann den Eindruck, dass die Designer endlich wach wurden, weil ihnen rein elektrische Fahrzeuge mehr Freiheiten ließen. Bei einem Wagen, der sich mithilfe explodierender Minidinosaurier fortbewegt, ist die äußere Form gewissen Einschränkungen unterworfen.

Aber an dieser Stelle setzten meine Hemmungen ein. Ich hatte mich mein ganzes Berufsleben lang bemüht, unauffällig zu bleiben, damit man mich schnell wieder vergaß. Neutrale Autos, dezente Kleidung, altmodische Jeans und eine Zweistärkenbrille. Ich hatte die Kunst vervollkommnet, Barkeeper zu langweilen, bis ihnen die Tränen kamen, damit sie mich möglichst rasch wieder vergaßen, sobald ich aufgehört hatte, neugierige Fragen zu stellen. Das entsprach mir eigentlich gar nicht. Ich mochte gut geschneiderte Kleidung und ordentlich hergestellte Autos, ausgezeichneten Whisky und wirklich guten Kaffee. Aber noch wichtiger als all diese Dinge war es mir, unsichtbar zu bleiben. In meiner Branche waren die auffälligen Typen die Beute, und Raubtiere wie ich sollten so farblos bleiben, dass wir jegliches sichtbare Licht absorbierten.

Heutzutage kann man im Internet sogar Autos kaufen. Die Händler zeigen ihre Angebote und Preise einschließlich Lieferung. Würde ich die schwarze Amex-Karte auf den Tisch legen, die mir mein KPMG-Betreuer am Tag nach der Vertragsunterzeichnung zugeschickt hatte, dann müsste ich weniger als vierundzwanzig Stunden warten, bis mir eine Liefercrew mit weißen Handschuhen das neue Auto von Hand poliert und voll geladen vor die Tür stellen würde. Eine Umlackierung nach meinen Wünschen würde lediglich zwei Tage länger dauern. Binnen vierundzwanzig Stunden konnte ich einen nagelneuen elektrischen Porsche oder Audi oder sogar einen Lamborghini haben. Hellorange mit giftgrünen Streifen und Wunsch-Nummernschildern. So ein Auto wäre ein grelles Statussymbol, und der Status, den es verkünden würde, müsste lauten: »Hier kommt ein erbärmliches Mannsbild in mittleren Jahren mit mehr Geld als Hirn.« Ganz zu schweigen von der Tatsache, dass es eine Freude wäre, ein solches Auto zu fahren oder anzusehen. Der Gehemmte hält freilich nicht viel von derart auffälligen Einkäufen.

Am Ende siegte die Zurückhaltung. Ich klappte den Laptop zu, rief den Händler an, der die Asche des Leaf entgegengenommen hatte, und fragte, ob sie einen vergleichbaren Gebrauchtwagen hätten. Sie hatten einen in »Champagner«. Das ist zwar eine Farbe, die ich nicht besonders mag, aber ich kaufte ihn trotzdem und erwarb eine zusätzliche Mobilitätsgarantie. Sie versprachen mir sogar, den Wagen noch am selben Tag zu liefern. Die schwarze Karte stellte den Kaufpreis zur Verfügung, ohne mit der Wimper zu zucken.

Als die Sonne unterging, rollte das neue Auto herbei, begleitet von einem zweiten Fahrzeug, mit dem die Verkäuferin zurückfahren würde. Sie entschuldigte sich, weil sie ein wenig spät dran sei, und erklärte, sie hätten warten müssen, bis jemand die Kupplung für den Bus anbringen konnte. Ich sagte ihr, das sei kein Problem, betrachtete meinen champagnerfarben Leaf und die Mappe mit den Dokumenten, die zu dem Fahrzeug gehörten, unterschrieb einige Papiere und winkte dem Lieferteam hinterher, als sie in den perfekten, blutig-orangefarbenen kalifornischen Sonnenuntergang davonfuhren.

Ich aß gern allein, besonders an einem Abend wie diesem. Ich hatte schon am Vorabend aus der Tiefkühltruhe ein Porterhousesteak in den Kühlschrank umgelagert, und seit ich den Wagen bestellt hatte, lag es auf der Anrichte, damit es sich langsam bis auf Raumtemperatur aufwärmen konnte. Auf dem Induktionsherd ließ ich eine Pfanne mit dickem Boden ziemlich heiß werden, gab Öl hinein, rieb Salz und Pfeffer in das Steak und schnitt es in anderthalb Zentimeter dicke Streifen, die an einem Ende noch am Knochen hingen. Dann gab ich ein paar große Kleckse ungesalzene Butter, ein paar Zweiglein Rosmarin und drei oder vier Knoblauchzehen dazu. Nach drei weiteren Minuten auf dem Herd war es außen gut und in der Mitte rosa. Es duftete nach Kräutern und war so zart, dass ich es mit der Gabel zerteilen konnte.

Ich aß es an einem kleinen Klapptisch in den letzten Strahlen der untergehenden Sonne, dann brachte ich den Müll weg, zog mich aus und ging mit einem Glas Bourbon zu der heißen Quelle. Sie war so warm, dass man nur langsam hineinsteigen konnte, und roch gar nicht unangenehm nach Erde. Der Schwefelgeruch wurde von weniger unangenehmen Gerüchen überdeckt. Zentimeter um Zentimeter sank ich bis knapp unters Kinn hinein, schlürfte den Bourbon und lauschte den nächtlichen Geräuschen der Wildnis: Das waren die Rufe nachtaktiver Vögel, das Rascheln kleiner Nagetiere und ihrer Räuber. Schließlich fühlte ich mich so gut *durch* wie das Steak, als könnte mir gleich das Fleisch von den Knochen fallen. Ich kehrte in die meereskühle Nachtluft zurück, in der ich sofort eine

Gänsehaut bekam. Ich atmete tief ein, es schmeckte nach Salz und Whisky, nach geschmortem Talg und Knoblauch. Langsam tappte ich an meinem neuen Auto vorbei zurück und stieg in den *Hash*, um zu duschen.

Erst da sah ich, dass neben der ungewaschenen Pfanne auf dem Untersetzer mein Handy auf dem Küchentisch hektisch blinkte. Ich entsperrte den Bildschirm und las die Nachricht. Eine Textnachricht von einer unbekannten Nummer.

> Marty, ich habe schlechte Neuigkeiten. Heute ist mein Mann gestorben. Es kam sehr plötzlich, und er hat nicht gelitten. Er war nicht fromm, sagte aber immer, dass er sich an den jüdischen Brauch halten und rasch beerdigt werden wollte. Wir bestatten ihn morgen Nachmittag in Colma. Es tut mir leid, dass ich so schlechte Neuigkeiten überbringen muss. Danny hat sehr viel von dir gehalten, und was du für ihn getan hast, war ihm sehr wichtig. Bitte sag mir Bescheid, ob du kommen kannst. Wenn nicht, wird in einem Monat am 12. September eine Gedenkfeier stattfinden. Das wäre sein fünfundsiebzigster Geburtstag gewesen (hier ist Sethuramani Balakrishnan).

Ich starrte das Handy ziemlich lange an. Ich hatte mir schon die Zähne geputzt, aber eine Faser vom Steak übersehen. Also holte ich mir eine Zahnzwischenraumbürste, pulte das Stückchen heraus und spuckte es ins Waschbecken. Dann warf ich die kleine Bürste weg, holte mein Handy und las die Nachricht ein zweites Mal. Und dann noch einmal.

> Ich werde kommen

Und wie weiter?

> Ich werde kommen. Es tut mir sehr leid.

Ich habe schon mal so was Ähnliches geschrieben, und so schreibt man das nicht. Wie drückt man es aus?

> Sethu, das ist wirklich schrecklich. Es tut mir so leid. Natürlich komme ich. Danke für die Nachricht.

Fast hätte ich auf »Senden« gedrückt. Aber dann:

> Du kannst mich jederzeit anrufen, wenn du reden willst, oder wenn ich dir irgendwie helfen kann.

13

Es kommt häufig vor, dass fünfundsiebzig Jahre alte Männer sterben, darunter sogar sehr reiche. Man kann seine Lebenserwartung steigern, wenn man einen persönlichen Trainer und einen guten Koch engagiert und eine junge Frau heiratet, die einen liebt und möchte, dass man so lange wie möglich lebt und darauf dringt, dass man die zuständigen Mitarbeiter auch vernünftig einsetzt. Man kann für ausgezeichnete ärztliche Versorgung und eine gute Gesundheitsvorsorge bezahlen. Aber manchmal entsteht eben eine kleine Ausbuchtung in einem Blutgefäß im Gehirn, so ähnlich wie eine reife rote Beere, und wenn man Glück hat, bekommt man Kopfschmerzen, eine Pupille wird kleiner als die andere, und man bemerkt sofort, dass der Blutstrom irgendwie behindert ist. Nach diesen Warnzeichen kommt es sehr, sehr schnell zu einer Untersuchung im Kernspintomografen und zu einer Sitzung auf dem Operationstisch. Und dann erhält man eine dicke, fette Rechnung, man hat eine interessante Narbe und kann eine witzige Geschichte erzählen. Und man sieht, welche Form der Schädel unter den Haaren tatsächlich hat.

Wenn man Pech hat, bildet sich die kleine Beere an einer harmlosen Stelle und wartet dort gelassen und in aller Ruhe, bis eines Tages die gewölbte Wand unter dem ständigen Druck und Zug sehr dünn wird und erst ein wenig und dann sehr weit aufreißt.

Wenn man Pech hat, geht man neben der klugen, schönen und liebevollen jungen Frau ins Bett und wacht nicht mehr auf. Die Autopsie findet dann die Stelle, wo die Beere geplatzt ist. So etwas ist gar nicht zu übersehen. Sie suchen die Stelle, wo das Blut herausgeströmt ist und das Gehirn beschädigt hat, bis das autonome Nervensystem ausfiel und das Herz und die Lungen ein wenig flatterten und zu arbeiten aufhörten.

Das Bestattungsinstitut hatte Danny in ein Tuch gewickelt und in einen schlichten Kiefernsarg gelegt. Die Andacht war eher weltlich gehalten, die Ansprache hielt ein Kurator aus dem Museum für Computergeschichte, der Danny seit seiner Kindheit kannte. Er hatte einen Monat bei ihm verbracht, um Dannys Erinnerungen an die Cypherpunkbewegung aufzuzeichnen. Unter den Trauernden waren viele Cypherpunks, die wie alte Hippies aussahen, und auch ein paar junge Kryptowährungsfreaks – jung und gierig.

Nach der Trauerrede sprach Sethu bewegend über ihre Liebe und erwies auch Galit die Ehre, indem sie Danny als Geschenk beschrieb, das eine Frau einer anderen gegeben hatte, als einen sanften und guten Mann, der eine gute Frau gehabt hatte, sodass Sethu die Zuwendung und Aufmerksamkeit für ihn als heilige Pflicht gegenüber der Frau betrachten konnte, die sie zu deren Lebzeiten kaum gekannt hatte.

Dann sprach einer von Dannys Geschäftspartnern bei Trustless. Er war früher bei Intel mit der Chipherstellung beschäftigt gewesen, hatte sich auszahlen lassen und erst einen erfolgreichen Fonds und dann einen weniger erfolgreichen gegründet, und danach wieder einen erfolgreichen. Ich fragte mich, ob er derjenige gewesen war, der Danny überredet hatte, die Schlüssel für die geschützten Enklaven zu kaufen. Ich dachte so angestrengt darüber nach, dass ich kein Wort von dem mitbekam, was er sagte, und dann war es Zeit, den armen Danny in den Leichenwagen zu hieven. Ich war einer der Sargträger, zwei andere kannte ich flüchtig. Wir nickten unsicher, während uns der Bestatter sagte, wo und wie wir zupacken mussten. Er zählte bis drei, dann hoben wir die Kiste an und trugen sie zum Leichenwagen. Das lenkte mich von dem Gedanken ab, was sich womöglich wirklich in dem Sarg befand. Für die Ablenkung war ich dankbar.

Ich hatte den *Hash* in San Bruno auf einem Walmart-Parkplatz abgestellt und war mit dem Leaf zum Bestatter gefahren. Als wir nach der Andacht zum Friedhof weiterfahren wollten, bemerkte ich draußen Ira und Zoe, die auf ihre Handys einhackten, wie es nur jemand tat, der dringend eine Mitfahrgelegenheit organisieren wollte.

Ich rief hinüber: »Wollt ihr bei mir mitfahren?«

Sie lächelten, und Zoe sagte: »Ja, gern. Wir sind mit Lyft gekommen, weil wir dachten, wir würden danach mit Dannys Freunden noch etwas trinken. Aber es gibt gerade keine freien Wagen.«

»Springt rein«, sagte ich und entriegelte die Türen mit meinem Fob.

Ira stieg vorne ein, Zoe hinten. Er trug einen gut geschnittenen schwarzen Anzug, ein weißes Hemd mit offenem Kragen und keinen Schlips. Sie trug einen schwarzen Rock, eine weiße Bluse und einen schwarzen Blazer. Ich hatte am Morgen meinen Beerdigungsanzug in der Dusche des Wohnmobils gedämpft und den schwarzen Schlips umgebunden, weil ich dachte, als Sargträger müsste ich einen tragen. Wie sich herausgestellt hatte, sahen die anderen Träger das aber anders.

Wir verloren kein Wort darüber, dass es eine schöne Andacht und ein schrecklicher Schock gewesen sei, und was für ein Glück für ihn, dass es so schnell gegangen war. Wir redeten darüber, dass Sethu ausgesprochen tapfer und gefasst wirkte, und dass wir mit ihr fühlen konnten.

Irgendwo in Outer Sunset ging uns der Gesprächsstoff aus, aber irgendwie fühlte es sich nicht richtig an, das Radio einzuschalten. Nachdem wir eine Weile schweigend durch den Verkehr gekrochen waren, sagte Zoe: »Darf ich Sie etwas Persönliches fragen?«

»Natürlich«, antwortete ich. »Aber nur unter dem Siegel der Verschwiegenheit.«

Das sollte ein Scherz sein, aber sie nahm es ernst, weil sie eine gute Anwältin war. »Von mir aus gern. Ira ist Ihr Anwalt, ich bin seine Partnerin, also bleibt es in der Firma. Aber ich glaube, in diesem Fall ist das gar nicht nötig.«

»Schießen Sie los.«

»Ich habe mich einfach nur gefragt, was Sie mit Ihrem Geld tun werden.«

»Das ist eine interessante Frage. Bisher habe ich abgesehen von Ihnen und Danny noch mit niemandem darüber gesprochen. Als wäre es ein schmutziges Geheimnis.«

Ich sah im Rückspiegel, wie sie lächelte. »Das ist gar nicht so ungewöhnlich. Einen Teil meiner Zeit verbringe ich damit, meinen Mandanten zu erklären, wie sie am besten mit ihren Angehörigen, mit den Eltern, den Partnern, den Kindern und den nichtsnutzigen Cousins mit ungesunden Angewohnheiten über große Geldbeträge reden sollten. Es fällt ihnen schwer, mit ihren Familien darüber zu sprechen, aber sie sind sehr erleichtert, wenn sie mit mir sprechen können. Sie brauchen jemanden, mit dem sie über alles reden können.«

»Tja, um ehrlich zu sein, ich habe bisher überhaupt nichts damit getan.«

Sie war eine gute Anwältin, wäre aber eine schlechte Pokerspielerin gewesen. Ein flüchtiger Blick in den Rückspiegel verriet mir, dass sie der Ansicht war, ich hätte gelogen.

»Ehrlich«, bekräftigte ich.

»Nichts?«, fragte sie. »Sie haben gerade dreihundert Millionen eingesackt und haben noch nichts gekauft?«

»Na gut, wenn Sie es so ausdrücken, meinetwegen. Ich habe etwas ausgegeben. Ich habe für eine alte Freundin ein kleines Schmuckstück gekauft. Sie ist die Art Frau, die sich so etwas selbst nicht gönnen würde, und sie hat es verdient.« Raza hatte mir aus einem Lokal in Santa Cruz ein Foto geschickt, auf dem sie die Brosche trug und mir lächelnd mit einem großen Glas Wein zuprostete. Das Stück stand ihr gut, und sie hatte mich nach dem Namen der Künstlerin gefragt, weil sie noch mehr kaufen wollte.

»War das wirklich alles? Ein kleines Schmuckstück?«

»Tja, und außerdem ein Auto.«

Ira hatte bisher geschwiegen, doch nun grunzte er zufrieden. Vielleicht war er stolz darauf, dass seine Assistentin zur Wahrheit vorgestoßen war, oder er freute sich für mich, weil ich mir doch etwas gegönnt hatte.

Zoe dagegen strahlte. »Verstehe. Was für ein Auto denn? Und wie teuer war es? Sie können es mir ruhig sagen, es fällt unter meine Schweigepflicht.«

»Sie sitzen gerade darin.«

Ich genoss die Stille, die darauf folgte.

»Sie haben sich einen Nissan Leaf gekauft, um die dreihundert Millionen Dollar zu feiern?« Als ich Zoes Fassungslosigkeit sah, empfand ich eine absurde, geradezu unverschämte Selbstzufriedenheit.

»Nein«, antwortete ich. »Ich habe den Wagen gekauft, weil sich mein alter Nissan Leaf spontan selbst verbrannt hat und der Händler Mitleid mit mir hatte. Er hat mir ein gutes Angebot für einen Gebrauchtwagen gemacht.«

Anscheinend fühlten sich jetzt beide etwas unwohl. »Keine Sorge«, fuhr ich fort. »Es war ein seltsamer Unfall, der praktisch nie vorkommt. Ich bin sicher, dass dieser Wagen hier nicht in die Luft fliegt.«

Inzwischen hatten wir Colma erreicht. Ich parkte am Friedhof und schüttelte ihnen die Hand. Sie bedankten sich für die Fahrt und eilten zum Leichenwagen. Irgendwie hatte ich das Gefühl, dass sie auf jeden Fall mit Lyft zurückfahren wollten, auch wenn sie lange warten mussten.

Ich traf mich mit den anderen Sargträgern am Leichenwagen und schleppte die Kiste an die vorgesehene Stelle, wo wir sie am Grab auf die Riemen stellten, die mit einer Winde verbunden waren. Es war ein schöner, klarer Tag, und die vielen glänzenden schwarzen Schuhe bildeten einen hübschen Kontrast zu dem grünen Gras.

Die Andacht am Grab war glücklicherweise ganz kurz. Der Mann vom Museum für Computergeschichte sprach ein paar knappe Worte, dann setzte sich die Winde in Bewegung, und wir wechselten uns mit den Schaufeln ab.

Wir mussten Schlange stehen, um Sethu zu umarmen und zu kondolieren. Ich schloss mich nicht an, sondern ging ein paar Schritte zur Seite zu Galits Grabstein auf der benachbarten Grabstätte. Irgendwann hatten sie beide gekauft, und Danny hatte diese Vereinbarung nicht brechen wollen, oder es war ihm überhaupt nicht in den Sinn gekommen. Ich fragte mich, ob Sethu auf der anderen Seite neben Danny noch einen Platz finden würde, oder ob sie wieder heiraten und später neben ihrem zweiten Mann liegen würde.

Ich betrachtete Galits Grabstein und las den Spruch: *Ich bin. Ich bin. Ich bin.* In meinem Herzen pochte der Rhythmus des Zitats von Sylvia Plath, dieser tapfere Trommelschlag unseres Lebens, den ich jedes Mal zu hören glaubte, wenn ich an diese Worte dachte. Auf einmal hakte sich jemand bei mir ein.

Ich drehte mich um und brauchte einen Moment, um sie zu erkennen, weil seit unserer letzten Begegnung einige Jahre vergangen waren.

»Ruth?«

»Hallo, Marty.«

Ruth Schwartzburg war bei Keypairs die erste Büroleiterin gewesen – damals in einer Zeit, als man sie noch »Sekretärinnen« nannte. Ruth ließ jedoch nicht zu, dass man sie derart abqualifizierte. Als die Firma wuchs und immer mehr Kunden anzog, waren die Techniker viel zu sehr damit beschäftigt, Code zu schreiben und Bugs zu beheben, um sich auch noch um die Kunden zu kümmern. Also wurde sie zur Leiterin der »Abteilung Kundenkontakte«. Danach, weil sie in ihrem Job gut war, beschloss sie, dass Keypairs eine echte Dokumentation brauchte, nicht nur die Manpages, die man nach der Installation auf der Befehlszeile lesen konnte.

Also wurde sie die erste technische Redakteurin der Firma, dann die erste Dokumentationsspezialistin, und später, als sich ihre Dokumente und die Organisation der Supportanfragen in Form von soliden Verkäufen und hoher Kundenzufriedenheit niederschlugen, bekam sie ein eigenes Team. Sie stellte Leute ein, die ihr ähnlich waren: ehrgeizig, jung und technisch nicht besonders interessiert. Leute, die wie sie aus der Arbeiterklasse kamen und wussten, welchen Wert harte Arbeit hatte, und die Empathie für die verwirrten Benutzer der Produkte von Keypairs zu entwickeln vermochten.

Danny Lazer war ein liebenswerter Typ, weil er fähig war, die Begabung von Menschen wie Ruth zu erkennen – und weil er ihnen die Ressourcen und die Anerkennung gab, die sie verdienten. Er begriff, was sie leistete, bezahlte sie entsprechend und gab ihr einige Aktien.

Schon vor Galits Tod war Ruth auf dem Papier eine Millionärin gewesen und hatte bereits den Rang einer Vizepräsidentin der Kundenabteilung bekleidet. Nachdem Danny die Firma an Oracle verkauft hatte, wurde sie auch noch zur Bargeld-Millionärin. Das erleichterte es ihr, zehn Minuten nach Beginn ihres ersten Treffens mit Larry Ellison zu kündigen. Sie gab ihm ihr Namensschild, stand vom Tisch auf und verließ das Sitzungszimmer. Sie erzählte es niemandem, aber es sprach sich trotzdem herum, und dann war sie für alle eine Königin des Silicon Valley.

»Du siehst gut aus«, sagte sie.

»Du auch«, antwortete ich. Wir umarmten uns.

»Nein, eigentlich siehst du beschissen aus«, korrigierte sie sich.

»Danke für deine Aufrichtigkeit.« Wir lachten. Dann waren wir an der Reihe, eine Schaufel Erde auf Danny zu häufeln. Wir taten es gemeinsam und gingen danach zusammen zu den Autos zurück.

»Ich habe gehört, die Gäste wollen später noch etwas trinken«, sagte sie.

»Das habe ich auch gehört, aber ich habe irgendwie keine Lust.«

Sie schnaubte. »Das dachte ich auch. Ich bin nicht in der Stimmung für eine große Menschenmenge, zumal auch diese Blockchain-Gauner dabei sein werden.«

»Ja, an der Stelle habe ich mich auch ausgeklinkt. Ich weiß noch, wie das Wort ›Krypto‹ früher mal …«

»Richtig, früher stand das mal für ›Kryptografie‹. Damals konnte man nur entweder ein Technikfreak oder ein Geldfreak sein. Es ist unheimlich, wie die beiden Bereiche inzwischen verschmolzen sind. Fast wie aus dem Monster-Handbuch von *Dungeons & Dragons*.«

Sie fuhr einen alten Prius C, dessen Farbe auf der Fahrerseite weitgehend zerkratzt war. Als sie aufschloss, sah sie mir tief in die Augen. »Ich würde wirklich gern reden und etwas trinken, aber nicht in einer großen Gruppe. Vielleicht unter vier Augen mit einem guten alten Freund.«

»Das gefällt mir«, antwortete ich. »Ich bin gerade in San Bruno.«

»Wirklich? Im Flughafenhotel?«

»Walmart-Parkplatz«, erklärte ich.

Sie legte den Kopf schief und schnaubte. »Lebst du etwa immer noch in diesem Bus?«

»Warum etwas verändern, wenn es funktioniert?«

»Also, ich wohne in San Mateo, und dort kenne ich ein gutes Lokal. Ich schicke dir die Adresse.«

Es war ein Lokal von der Art, die in San Francisco längst das Zeitliche gesegnet hatten: dunkles Holz, rotes Leder, viele Nischen, Kellnerinnen in schwarzen Anzügen. Falls in der Stadt wirklich noch ein solches Lokal existierte, wäre es eine Neuauflage und eine große Ausnahme gewesen. Dies hier war jedenfalls das Original. Die Steaks waren nicht so gut wie meine eigenen, aber der Sahnespinat war unglaublich, und im obersten Fach hinter der Bar gab es zwei ausgezeichnete Bourbonsorten: einen Willett Pot und einen in Cabernetfässern veredelten Jefferson's.

Beim Essen plauderten wir ein wenig, und ich ließ nicht zu, dass sie ihren Anteil selbst bezahlte.

»Ich bin gerade gut bei Kasse«, sagte ich, um ihre schwachen Einwände im Keim zu ersticken. »Die nächste Rechnung kannst du ja übernehmen.«

Sie ging geschmeidig darüber hinweg, aber ich konnte erkennen, dass sie erleichtert war. Außerdem sah ich, dass sie an etwas herumkaute, das sie mir anvertrauen wollte. Offenbar konnte sie sich aber noch nicht überwinden, zur Sache zu kommen. Als die Kellnerin die unterschriebene Rechnung abholte und erfreut über die dreißig Prozent Trinkgeld lachte, gab es eine unbehagliche Pause. Ruth nagte unschlüssig an der Unterlippe.

»Hör mal, wenn du mir etwas erzählen willst, ich bin hier. Wenn du noch eine Weile darüber nachdenken möchtest, kannst du mich auch anrufen.«

»Nein«, antwortete sie. Ihr standen schon die Tränen in den Augen und schimmerten im Kerzenlicht. »Geh noch nicht. Danke für den Knuff, Marty. Es gibt da wirklich etwas.« Sie tupfte sich die Augen mit einer sauberen Ecke ihrer Serviette ab und setzte an, etwas zu sagen. Aber dann schloss sie den Mund wieder und wischte sich erneut und etwas energischer die Augen aus. Sie holte mehrmals tief

Luft, um sich zu fassen, und ich konzentrierte mich darauf, Ruhe und Aufmerksamkeit auszustrahlen.

»Es ist wegen Lorrie«, begann sie.

Oh. Ich hatte den hellen Streifen an ihrem Ringfinger bemerkt, aber nichts dazu gesagt.

»Du bist nicht der Einzige gewesen, mit dem ich mich vertraulich über ihn ausgetauscht habe.« Daran konnte ich mich noch gut erinnern. Wir hatten uns auf einer Weihnachtsfeier von Keypairs in einem Nobelrestaurant getroffen. Es war eine Hobbyfarm, wo buchstäblich das ganze Essen direkt vom Hof auf den Tisch kam, und die Farmhelfer kannten jedes Häppchen persönlich. Es war charmant, aber ich war allein gekommen und saß neben einer jungen Programmiererin, die ein ungesundes Interesse an Hintergrundgeschichten entwickelte. Als es mir zu bunt wurde, entschuldigte ich mich und ging nach draußen, um den Nachthimmel zu betrachten. Es war eine klare, mondlose Nacht, und wir waren eine ganze Autostunde von den Lichtern der Stadt entfernt. Zwei Keypairs-Leute hatten sogar ihre Teleskope aufgebaut und zeigten den Gästen die Saturnringe und die Jupitermonde.

Da draußen traf ich sie. Sie lehnte mit verschränkten Armen an einem Baum und wirkte ängstlich. Sie gestand mir, dass sie wegen ihrer Verlobung mit Lawrence Lin Zweifel bekam, und bat mich um meine ehrliche Meinung.

»Ruth, wenn du mir diese Frage stellen musst, dann kennst du die Antwort bereits.«

Sie schluckte schwer. »Das ist richtig, aber ich möchte es trotzdem hören«, quetschte sie hervor.

»Also gut. Dann sage ich es dir so deutlich, wie ich kann, und ohne jede emotionale Beteiligung. Ich kenne Lorrie seit seinem ersten Job bei Apple, damals in den 68K-Zeiten. Er hat einen guten Eindruck hinterlassen, und Jobs hat ihn zu NeXT mitgenommen. Aber alles war nur Fassade. Lorrie war nachlässig. Er hat dumme Fehler gemacht und es nicht zugegeben. Ihm gefiel nicht, vor dem ganzen Team von Steve zur Rechenschaft gezogen zu werden. Als er gefeuert wurde, klagte er. An dieser Stelle kam ich ins Spiel, ich sollte seine Geschichte überprüfen.

Ruth, er hat geschummelt. Er hat sich durch die CalTech geschummelt und den Abschluss nur bekommen, weil sie wussten, dass er Theater machen würde, wenn sie zu streng wären. Bei Apple hat er sich mit der Arbeit anderer Leute gerühmt. Der Buschfunk wusste Bescheid, aber es ist nie bis zum Management durchgedrungen. Ich habe dem CFO von NeXT gesagt, eine Abfindung, damit Lawrence Lin friedlich ausschied, wäre preiswerter, als den Kampf und den Ärger durchzustehen, den er anzetteln würde. Das war aber nur der Hintergrund. Jetzt kommt der schlimmste Teil: Er hat nie für irgendetwas die Verantwortung übernommen. Es war immer die Schuld anderer Leute. Man hätte es auf ihn abgesehen, er würde gemobbt und zu Unrecht verfolgt. Ich habe viele Gauner kennengelernt, aggressive Typen, die Abkürzungen nehmen und sich mit aller Macht gegen die Konsequenzen wehren. Solche Typen gibt es da draußen wirklich. Schnell zuschlagen, alles kaputtmachen. Nicht vorher um Erlaubnis fragen, sondern hinterher um Verzeihung bitten. Aber die meisten dieser Leute wissen, was sie tun. Man kann mit ihnen umgehen, man kann sie einhegen und in den Plänen berücksichtigen.

Aber diejenigen, die in der Nahrungskette höher aufsteigen, die lassen sich nicht mehr einfangen. Soweit es sie selbst betrifft, sind sie nämlich die einzigen echten Spieler, und alle anderen sind NPCs, bloße Randfiguren. Ruth, Lawrence Lin gehört in die zweite Gruppe.«

Sie heiratete ihn trotzdem. Ich schickte ihnen einen schönen deutschen Standmixer.

Sie seufzte und griff über die Lehne der Nische, um sich von dem freien Tisch auf der anderen Seite eine Serviette zu nehmen. »Mir haben mindestens fünf Leute gesagt, dass mit Lorrie etwas faul wäre, aber keiner von ihnen hat es so auf den Punkt gebracht wie du. Für sie war es jedes Mal nur ein Bauchgefühl. Aber du hast eine Diagnose gestellt, die haargenau zutraf.«

»Ruth, ich muss öfter als die meisten deiner anderen Freunde hinter Betrügern aufräumen. Da bekommt man einen scharfen Blick.«

»Mag sein. Ich wünschte nur, ich hätte auf dich gehört.«

»Aber du hast ihn verlassen.« Ich tippte auf ihren vom Ring befreiten Finger.

»Viel zu spät«, entgegnete sie. »Als mir endlich bewusst wurde, dass es nicht besser werden würde, wurde es erst einmal wirklich schlimm. Alle Konten waren leer, sogar diejenigen, die angeblich gesperrt bleiben würden, bis ich fünfundsechzig werde.«

»Autsch«, sagte ich. »Wie viel hat er dir abgenommen?«

»Acht Millionen«, erklärte sie. »Aber jetzt kommt der schlimmste Teil: Er behauptet, *ich* hätte das alles verschleudert. Ich habe hier unten eine kleine Eigentumswohnung, eine winzige Einheit mit nur einem Schlafzimmer, die hundertfünfzigtausend wert ist, und jetzt verklagt er mich, weil er die Hälfte davon haben will. Und außerdem will er die Hälfte meiner Rente, sobald ich sie bekomme. Oracle hat von Keypairs die Verpflichtung für die Zahlungen übernommen, die in zwei Jahren einsetzen sollen.«

»Eine soziale Geste«, sagte ich.

»Das gute alte Kalifornien, der Golden State«, stimmte sie zu. »Ich habe gehört, dass du jetzt im Ruhestand bist, aber ich frage mich, ob du vielleicht ein paar Tipps hast … irgendetwas, das ich versuchen kann, um herauszufinden, wo er das ganze Geld versteckt hat. Oder vielleicht einen Namen, einen Schützling oder einen Konkurrenten? Für die Wohnung kann ich eine Hypothek aufnehmen und als Anzahlung benutzen.«

Mir wurde bewusst, dass ich einfach Ira oder Zoe anrufen und morgen mit Ruth ihr Büro aufsuchen konnte, um ihr eine Firma auf einer fernen Schatzinsel zu überschreiben. Sie wäre saniert, und ich würde den Verlust überhaupt nicht bemerken. Das wusste sie natürlich nicht, und ich fragte mich, wie sie reagieren würde, wenn ich es ihr anbot.

»Ich bin tatsächlich im Ruhestand, aber ich habe gerade nichts zu tun. Ich habe noch kein Hobby, mit dem ich meine Zeit totschlagen kann, und in dem alten Wohnmobil werde ich allmählich verrückt. Wie wäre es, wenn ich mich ein wenig umhöre und sehe, was ich herausfinden kann?«

Da begann sie tatsächlich zu weinen. Ich klaute zwei weitere Servietten vom Tisch hinter mir, bis die Kellnerin bemerkte, was bei uns los war, und rasch zur Anmeldung ging, um eine Schachtel Kosmetiktücher zu holen, die sie mit einem mitfühlenden Nicken auf unseren Tisch stellte.

Ich verfrachtete Ruth in einen Uber und fuhr gemächlich mit dem Leaf zurück zum *Hash*. Als ich auf den Walmart-Parkplatz einbog, wurde mir bewusst, dass ich summte. Dreihundert Millionen Dollar waren ein abstraktes Problem, unfassbar und in Offshore-Anteilen angelegt. Lorrie Lin auf die Schliche zu kommen, war dagegen ein sehr klar umrissenes Problem, unwiderstehlich und verlockend wie ein Kreuzworträtsel.

Drei Tage später traf ich mich mit Ruth im Aloft Hotel im Flughafen von San Francisco. Ich war gleich am ersten Tag eingezogen, weil mir klar wurde, dass ich wertvolle Zeit vergeudete, wenn ich den Bus umherkutschieren musste, um mein Abwasser zu entsorgen und die Wassertanks wieder aufzufüllen. Online hatte ich alle Hotels in einem Umkreis von zwanzig Meilen überprüft, und das Aloft hatte das beste Angebot für fünf Nächte in einer Suite mit zwei Doppelbetten, was die Empfangsdame freundlicherweise vor Ort in ein Einzelzimmer mit einem Doppelbett umwandelte.

»Hier, bitte.« Ich reichte Ruth einen braunen Umschlag, als sie die leichte Jacke über die Lehne eines niedrigen Sessels gehängt hatte. Sie trug ein ärmelloses schwarzes Hemd, das ihre schönen Arme freiließ. Sie war um die sechzig, aber sie hatte sich wirklich gut gehalten und sah mit dem grauen Haar, das sie hübsch geknotet hatte, und den weichen Augen, die nichts übersahen, aber viel verziehen, wirklich wunderbar aus. Sie hatte etwas Besseres verdient als Lorrie Lin.

Besorgt öffnete sie den Umschlag und betrachtete die Papiere, die ich im Business Center des Hotels ausgedruckt hatte. Sie hatten dafür so viel berechnet, dass es günstiger gewesen wäre, bei Amazon einen Tintenstrahler mit Lieferung am selben Tag zu bestellen. Ich bezahlte mit der schwarzen Karte und verbannte den sparsamen Kobold, der mir auf der rechten Schulter mahnende Worte ins Ohr flüsterte.

Sie überflog die erste Seite, sprang nach unten und keuchte, als sie die Zahl sah. Es waren knapp über neun Millionen. Lorrie hatte Aktienoptionen auf drei Start-ups wahrgenommen und behalten, als er hinausgeworfen wurde. Eine davon hatte sich ausgezahlt.

Sie blätterte die Seiten durch und überprüfte auch meine zusätzliche Dokumentation: Kontonummern, wahre Eigentümer, Briefkastenfirmen in Delaware, Versicherungspolicen, Provisionskonten.

»Marty …«

»Lorrie Lin ist ein ziemlich schlechter Gauner«, erklärte ich. »Sein Problem ist, dass er sich für klüger als alle anderen hält. Jeder kann sich ein System überlegen, das er selbst nicht mehr imstande ist zu knacken. Das heißt aber noch nicht, dass dieses System auch wirklich funktioniert. Es bedeutet nur, dass es bei Leuten funktioniert, die dümmer sind als er selbst.«

Sie lachte erleichtert, es waren klare, helle Töne, sogar ein wenig wild, was uns in der Hotellobby einige verwunderte Blicke eintrug. »So spricht jemand, der sein Leben lang im roten Team gespielt hat«, sagte sie. Dann schüttelte sie den Kopf, legte die Papiere sorgsam weg, stand auf und winkte mir, ihrem Beispiel zu folgen. Sie stellte sich auf die Zehenspitzen, schlang mir die Arme um den Hals und umarmte mich so fest, dass mir die angeschlagene alte Rippe fast noch einmal brach. Aber das war mir egal.

Die Umarmung war herzlich, und darauf folgten noch zwei Küsse auf die Wangen, dann ein weicher auf die Lippen, und ich erinnerte mich, wie schön sie war. Nicht nur hübsch oder noch gut in Schuss, sondern wirklich schön. Umwerfend.

Ich erwiderte die Umarmung, drückte sie auf den Sessel zurück und bemerkte, dass wir schon wieder die Aufmerksamkeit der anderen Gäste erregt hatten. Es war mir einerlei. Ich konnte es mir leisten, Aufsehen zu erregen, und diese Situation war es wert.

Ihr liefen die Tränen über das Gesicht, als sie sich setzte und in ihrer schicken kleinen Handtasche nach einem Taschentuch suchte. Sie tupfte sich ab, schob die Blätter in den Umschlag, faltete ihn in der Mitte und steckte ihn mit dem benutzten Tuch in die Handtasche.

»Wohin soll ich das Geld schicken?«, fragte sie. »Hast du eine Briefkastenfirma oder sonst eine Möglichkeit, wohin ich es überweisen kann? Mein Anwalt wird eine Weile brauchen, um alles zurückzuholen, aber sobald es da ist …«

»Ruth, ich bin im Ruhestand. Ich habe einer alten Freundin einen Gefallen getan. Außerdem ist es gemeinsames Eigentum, sodass du möglicherweise immer noch die Hälfte an Lorrie Lin überschreiben musst, selbst wenn du den Richter überzeugen kannst, dass er dich hintergehen wollte.«

»Sei nicht so dumm. Du bist ein Profi, du hast deine Arbeit gemacht, und du verdienst eine Entschädigung. Wenn ich Lorrie die Hälfte gebe und den Rest mit dir teile, bin ich immer noch eine Millionärin mit einer hypothekenfreien Wohnung und einer Pension, die in ein paar Jahren fällig wird. Wer braucht schon mehr als das?«

»Ich nicht«, antwortete ich. »In den Monaten vor Dannys Tod habe ich für ihn einen Job erledigt. Einen großen Job, und das war keine Gefälligkeit. Ich bin gut versorgt, Ruth. Alles bestens.« Beinahe hätte ich ihr die Zahl genannt, aber ich tat es nicht. Zu meinem großen Bekanntenkreis im Silicon Valley gehörten arme Schlucker und Milliardäre, und wir hatten schon vor langer Zeit beschlossen, dass es am besten sei, nicht über Zahlen zu sprechen.

»Also, nun sind wir zwei, die zu dem oberen ein Prozent gehören, sitzen am Flughafen im Hotel und haben etwas zu feiern«, verkündete sie. »Man sollte doch meinen, dass uns etwas Besseres einfällt als dies hier.«

Also tat ich es endlich. Endlich gab ich das Geld so aus, wie es sich alle anderen vorstellten. Mein Betreuer bei

KPMG besorgte uns eine Limousine und bestellte einen Tisch im *French Laundry* und für später eine Suite im Nikko mit einem eigenen Onsen, eine Flasche Pappy Van Winkle mit Whiskypipette und eine kleine blaue Milchglasflasche mit Quellwasser.

Schließlich waren wir in dem tiefen heißen Becken des Onsen und hatten jeder Bourbon im Wert von fünfhundert Dollar im Glas. Wir hatten an diesem Abend viel gelacht, und der Weg vom Restaurant zum Hotel in die Wanne war so natürlich gewesen wie bei einem alten Ehepaar oder bei jungen Cousinen, die miteinander übernachteten.

Erst als unser Fleisch gut durch war und unsere Gesichter in der Hitze rot anliefen, kam ich zu mir und begriff, dass ich binnen wenigen Tagen von einer heißen Quelle in San Luis Obispo, wo ich allein gesessen hatte, hierhergekommen war, ganz oben ins Nikko, wo man ganz San Francisco wie auf einer Postkarte bewundern konnte. Und sehr nahe bei mir saß meine liebe, alte, wundervolle Freundin Ruth Schwartzburg, wunderbar nackt und von den Lichtern der Stadt golden und grau angestrahlt, mit verhangenen braunen Augen, so groß und klug und nachsichtig, dass man sich sofort in sie verlieben konnte.

»Komm her.« Sie klopfte neben sich auf die Bank.

Ich tat es, und sie legte mir den Arm um die Schulter und rutschte auf meinen Schoß. Sie hob den Kopf und sah mich mit den großen braunen Augen an.

Der Morgen danach kommt bei mir kaum vor. Ganz egal, was man über Rockstars hört, es gibt nicht viele Frauen, die die Nacht in einem luxuriösen Tourbus verbringen wollen. Und ich bin ein altmodischer Herr, der nicht lange herumhängen mag wie ein schlechter Geruch, nachdem alles getan ist. Ich möchte mich am nächsten Morgen einfach nicht geräuschvoll in der Toilette beschäftigen und danach auch noch den Kühlschrank plündern. Es gab ein paar Jahre, in denen ich mein Leben mit einer Frau geteilt habe, oder ich war der Mann in ihrem Leben, und das war schön, aber eigentlich bin ich ein Mensch, der lieber allein aufwacht.

Es war ein Zeichen unserer guten Freundschaft, dass es am nächsten Morgen keine Verlegenheit gab. Sie schnarchte sogar niedlich, und als sie spürte, dass ich mich regte, drehte sie sich zu mir herum, legte einen Arm um mich, zog mich wie ein Löffelchen an sich und küsste schläfrig-zärtlich meinen Nacken.

Wir gingen es ruhig an und bestellten das japanische Frühstück aufs Zimmer. Mit eleganter, fröhlicher Präzision deckten die Mitarbeiter den Tisch und verteilten die vielen kleinen Schälchen mit perfekt bemessenen Bewegungen auf dem Tisch.

Dann saßen wir eine Weile auf dem Boden, die Beine unter den Tisch gestreckt, und gaben entzückte und überraschte Laute von uns, als wir verschiedene Dinge probierten. Manchmal boten wir uns gegenseitig ein Stückchen mit den Essstäbchen an. Wir duschten getrennt, und die Mitarbeiter schlichen auf leisen Sohlen herein und räumten alles auf, während wir uns gerade nicht im Esszimmer der Suite befanden.

»Tja«, sagte sie, während sie sich ein Handtuch um die Haare wickelte und den Gürtel des gestreiften Bademantels verknotete.

»Tja«, antwortete ich vom Sofa aus. Der Zimmerservice hatte ein Faksimile der aktuellen Ausgabe von *Asahi Shimbun* gebracht, auf schweres Fotopapier gedruckt und mit Seidenbändern gebunden. Während sie im Bad beschäftigt war, hatte ich das Neueste aus Tokio gelesen.

Sie setzte sich neben mich und kuschelte sich an mich. »Das war eine wirklich wundervolle Art, einen richtig schrecklichen Albtraum zu beenden. Ich kann gar nicht glauben, dass ich zehn Jahre meines Lebens vergeudet habe. Und vor mir liegt immer noch allerhand Unerfreuliches.«

»Du kannst dafür bezahlen, dass das meiste davon verschwindet. Such dir einen angriffslustigen Anwalt, der Lorrie das Leben zur Hölle macht. Das wird erheblich weniger kosten, als du mir geben wolltest, und wenn du klug wählst, bekommst du jemanden, der ihm zusetzt, bis er sich mit dir einigt. Besonders wenn sie ihm zu verstehen geben, dass du mit jedem Tag, den er das Unvermeidliche hinauszögert, Tausende Dollars von eurem gemeinsamen Konto abhebst, um die Anwaltskosten zu begleichen.«

»Du hast recht«, sagte sie. »So sollte ich vorgehen. Mein Gott, ich brauchte so eine schöne Pause. Ich brauchte sie so sehr.« Sie nahm mir die Zeitung ab und legte sie neben sich, dann gab sie mir einen langen, festen Kuss auf die Lippen. Es schmeckte nach dem Punkt am Ende eines Satzes.

»Das gehört zum Service, Madam«, sagte ich und sah ihr in die tiefen, klugen Augen. »Ruth, nur damit du es weißt, ich erwarte nicht von dir, dass so etwas zur Gewohnheit wird. Wir hatten beide etwas zu feiern, und wir hatten Glück, jemanden zu haben, mit dem wir feiern konnten. An diesem Punkt in meinem Leben möchte ich gar nicht mehr als das.«

Ihre Augen wurden noch weicher. Wie kann man zugleich so liebevoll und so klug aussehen? Oh Lorrie, du hast keine Ahnung, was du weggeworfen hast, du dummer Sack. »Danke, Marty. So etwas Ähnliches wollte ich auch schon sagen. Mann, wie kommt es, dass du immer noch Single bist?«

»Tja, vor allem liegt das wohl daran, dass keine Frau einen Mann heiraten will, der in seinem Auto wohnt.«

Sie schnaubte nur.

Wir schlenderten über den Union Square und hielten Händchen wie Kinder. Impulsiv kauften wir Tickets für das Cable Car und fuhren bis Fisherman's Wharf auf dem Trittbrett mit. Dort kauften wir uns Brötchen mit Hummer und fütterten die Möwen mit hochgeworfenen Fritten. Schließlich fanden wir eine Bank, von der aus wir die Bucht überblicken und den Leuten, den Möwen, den Bettlern, den Gaunern und den traurigen und kaputten Leuten zusehen konnten. Wir wurden aggressiv angebettelt, und ich wollte dem Mädchen – dürr, traurig, erschöpft und höchstens achtzehn Jahre alt – schon sagen, dass sie sich verziehen sollte, doch dann fiel mir ein, dass ich dreihundert Millionen Dollar besaß, und ich gab ihr fünf Zwanziger. Sie lächelte etwas misstrauisch und huschte davon.

»Das war nett«, sagte Ruth.

»Letzten Endes wird es nichts ändern«, sagte ich.

»Aber kurzfristig schon. Sie kann etwas essen und sich ein Zimmer leisten.«

»Und einen Schuss«, ergänzte ich.

»Wenn ich so leben müsste, würde ich auch etwas brauchen, das mich betäubt.« Das war Ruth, klug und freundlich.

Wir schwiegen eine Weile, dann schnaubte sie vor Lachen.

»Was ist denn so witzig?«

Sie zeigte auf das Meer. »Die Tatsache, dass wir hier sitzen und auf das Meer starren. Jetzt müsste nur noch Otis Redding ›Dock of the Bay‹ pfeifen.«

»Das war Danny Lazers Lieblingslied«, sagte ich. »Er hat mich verrückt gemacht, weil er es ständig gesummt hat.«

»Denkst du, das weiß ich nicht? Junge, glaub mir, er hat seine Mitarbeiter noch viel verrückter gemacht als seine Freunde. Deshalb ist es mir überhaupt eingefallen. Der arme Danny.«

»Der arme Danny«, stimmte ich zu. »Aber alles in allem war es kein schlechtes Leben. Er ist fünfundsiebzig geworden und war bis zuletzt ganz gesund, und dann ist er als reicher Mann schnell gestorben und hatte bis zuletzt eine schöne und fähige Frau an seiner Seite, die ihm gutgetan hat.«

»Also hast du nichts gegen Sethu?«

»Du etwa?«, fragte ich.

»Oh nein, ich mag sie. Aber ich kenne dich doch, Martin Hench. Du spielst im roten Team. Du suchst immer nach den Schwächen in der Verteidigung der anderen. Und Danny hatte jede Menge Schwächen. Als Sethu bei Keypairs angefangen hat, war sie ein Sonderling, sie kannte sich sehr gut mit Finanzfragen aus, aber sie war in meiner Abteilung und hat sich um die Kundenbetreuung gekümmert. Stattdessen hätte sie die Bücher der Abteilung führen können. Mensch, immer wenn ich unser Budget nicht durchschaut habe, konnte sie es mir erklären.

Und dann, nachdem Galit gestorben war und sie in Dannys Leben eine Rolle spielte, haben sich viele von uns Sorgen gemacht. Wir mochten Danny, auch wenn er hinterrücks die Firma verkauft hat. Galit war sein Leben gewesen. Er hat nur noch darauf gewartet, dass er auch starb. Aber wenn man Sethus Geschäftstüchtigkeit und Dannys Verletzlichkeit sah, und dann diesen Altersunterschied …«

»Daran habe ich auch schon gedacht«, gestand ich. »Aber das ging mich nichts an, und außerdem, es hat sich ja schnell herausgestellt, dass sie es wirklich verdient hat, wenn Danny ihr etwas hinterlassen wollte. Ohne sie …«

»Ja«, stimmte Ruth zu. »Ja. Ich weiß, du bist lange mit ihm befreundet gewesen, und ich kannte ihn nicht so lange wie du. Aber, Marty, ich glaube, ich kannte ihn trotzdem besser. Ich habe ihn mindestens fünf Tage in der Woche gesehen. Oft auch an den Wochenenden, besonders in den ersten Jahren. Es war schrecklich zu sehen, wie es nach Galits Tod mit ihm bergab ging. Als hätte bei ihm jemand den Stöpsel gezogen, und er verlöre Luft. Er ist so schnell gealtert, und er … er war einfach nicht mehr richtig da, als ich ihn mal besucht habe. Also stimme ich dir zu. Was Sethu jetzt auch bekommt, sie hat es verdient.«

An diese Worte musste ich ständig denken, als ich am Abend auf dem Parkplatz des Aloft im *Hash* saß. Schließlich schickte ich Sethu eine Nachricht.

> Tut mir leid, dass ich nach der Beerdigung nicht mitgekommen bin. Zu viele Leute. Aber ich würde gern wirklich kondolieren, sobald du dazu bereit bist. Sag mir Bescheid, dann schau ich mal vorbei.

In weniger als einer Minute kam ihre Antwort.

> Morgen zum Essen? Gegen Mittag?

14

Dieses Mal kam Sethu an die Tür, und ich wurde mit einer steifen Umarmung statt mit Dannys gewohntem Rückenrubbeln empfangen. Sie trug einen zu weiten gestreiften Herrenschlafanzug mit einem Monogramm. Dannys Schlafanzug. Sie hatte sich noch nicht gebürstet und sich seit gestern auch noch nicht abgeschminkt.

Das fotogene Wohnzimmer mit den Stilmöbeln war sichtlich durcheinander, man sah den Staub, ein paar Kissen lagen auf dem Boden, am Fußende des Sofas war eine Decke zusammengeknüllt, die verdächtige Dellen hatte. Wäre ich neben meiner toten Gattin aufgewacht, ich hätte auch nicht in dem Bett schlafen wollen.

Auf dem Weg durch die Küche zur Dachterrasse sah ich eine Reihe leerer Weinflaschen. In der Spüle standen langstielige Gläser im kalten Spülwasser.

Sie hatte weiter an dem Bild gearbeitet, das ich schon kannte, und nun auch die letzten Farbflecken entfernt, die noch da gewesen waren. Jetzt gab es nur noch Schwarz und viele Grautöne. Sie hatte die Palette neben der Staffelei auf den Boden gelegt, die Pinsel waren in den getrockneten Farbklecksen festgeklebt.

Ich setzte mich auf meinen gewohnten Sessel. Es war ein schöner Tag und ein wundervoller Ausblick. Trotz der

Mittagszeit herrschte in der Stadt ungewöhnlich viel Betrieb. Die Leute stürmten aus ihren Firmen und suchten irgendwo etwas zu essen, um schnell wieder zurückzueilen, während sie wie gebannt ihre Handys anstarrten.

Sethu setzte sich neben mich. Sie roch ungewaschen. An ihrem Handgelenk blinkte etwas. Die kleine Rolex-Oyster aus der Kriegszeit, die Danny immer getragen hatte. Sie stand ihr. Ich bemerkte, dass die Uhr nicht lief.

»Sethu«, begann ich, »es tut mir so leid, dass Danny gestorben ist. Ich sehe, wie sehr es dir wehtut. Mir hat mal jemand gesagt, dass es nichts nützt, wenn man einen trauernden Menschen fragt, wie man helfen kann, und deshalb versuche ich mal etwas anderes: Ich räume die Küche und das Wohnzimmer auf, und inzwischen machst du dich zurecht, damit wir essen gehen können.«

Sie sah mich traurig, aber dankbar an. »Danke, Marty. Das wäre schön. Aber ich bin noch nicht ganz so weit, dass ich auswärts essen will. Ich muss mich noch ein wenig sammeln.«

»Lass dir so lange Zeit, wie du brauchst, Sethu. Ich habe es nicht eilig.«

Also saßen wir da und betrachteten unter der Mittagssonne den Wettlauf zum Essen. Ich dachte an Danny und seinen Kummer, als er frisch verwitwet war, und fragte mich, ob Sethu jemanden brauchte, der für sie das tat, was sie für ihn getan hatte. Ich hoffte, sie fände jemanden, und er würde sich nicht als Kopie von Lorrie Lin erweisen.

Schließlich stand sie auf, griff sich mit der Hand in die Haare und lächelte wehmütig. »Na gut«, sagte sie. »Dann werde ich mich mal stiefeln und spornen. Aber du musst hier wirklich nicht putzen, Marty. Ehrlich.«

»Ich weiß, dass ich nicht muss«, antwortete ich. »Aber ich mache es trotzdem.«

Und richtig, wie verwandelt tauchte sie wieder auf. Als sie aus dem Schlafzimmer kam, hatte sie die Haare mit einem braunen Tuch bedeckt und trug eine weite Hose und eine steife weiße Baumwollbluse, die tailliert und eine Spur zu kurz war, sodass an der Hüfte ein Millimeter Bauch frei blieb. Dann steckte sie die Füße in Ledersandalen und hob wie ein Yogi die Füße, um die Schnallen zu schließen.

Sie bedankte sich für das aufgeräumte Wohnzimmer und die Küche und nahm mir den Beutel mit den Weinflaschen ab, die sie auf dem Weg zum Aufzug in den Abfallschacht warf. Wir hörten, wie sie weit unten klirrten und barsten.

»Wohin?«, fragte ich, als wir auf dem Fußweg standen. Sie antwortete nicht, sondern musterte die Straße und betrachtete durch ihre Sonnenbrille blinzelnd die geparkten Autos. Dabei wirkte sie angespannt und ängstlich. Dann fasste sie mich am Arm und ging schnell die Straße hinunter.

»Stimmt etwas nicht?«, fragte ich, als wir über den Gehweg eilten.

»Alles gut«, antwortete sie und zerrte mich ungestüm in einen Sandwichladen mit Plastiktischen und einer Speisekarte über der Theke. Sie suchte sich einen Tisch in einer hinteren Ecke aus, außer Sichtweite des Fensters, und bat mich, ihr Toastbrot mit Eiersalat, Tomaten und Kresse zu bringen. Ich reihte mich ein und bestellte für uns beide.

Als ich mit dem Rücken zum Fenster vor ihr saß, griff ihre Nervosität auch auf mich über. »Sethu, ich weiß ja, wie schwer das für dich ist. Falls du Angst hast, irgendjemand könnte uns zusammen sehen und glauben, du würdest dich wenige Tage nach dem Tod deines Mannes mit einem Fremden herumtreiben …«

Sie gab einen erschrockenen Laut von sich, der sich rasch in ein Lachen verwandelte. Sie lachte und lachte und wurde immer lauter, bis sie sich mühsam beherrschte. »Nein, darüber mache ich mir überhaupt keine Gedanken. Zuerst mal, weil es niemanden etwas angeht, mit wem ich ins Bett gehe, und zweitens, weil Danny und ich sowieso poly waren. Er ist immer mit seinen Freundinnen hierher gegangen, und ich habe das Gleiche mit meinen Freunden gemacht.«

Sie nahm die Brille ab und sah mich offen und trotzig an. »Wusstest du das nicht?«

»Nein. Aber es ist mir auch egal. Wie du schon sagtest, es geht mich nichts an.«

Die Sandwiches kamen. Sie waren besser als erwartet, dick und in Einschlagpapier verpackt, diagonal durchgeschnitten und mit Zahnstochern aufgespießt. Ich hatte Zunge auf Roggenbrot mit Schweizer Käse. Die Bestellung war mit einem Fettstift auf dem Papier notiert.

»Bäh«, sagte sie.

»Jedem das, was er mag«, erklärte ich und wackelte mit den Augenbrauen. Das heiterte sie ein wenig auf, was umgekehrt wiederum mich etwas aufheiterte.

»Tut mir leid, dass ich so daneben bin«, sagte sie, zog die obere Scheibe ihres Sandwichs ab und biss zaghaft in den entblößten Rest. »Es war eine schreckliche Woche.«

»Du hast ja wirklich gute Gründe, durch den Wind zu sein«, antwortete ich. Mein Sandwich war so dick, dass ich es nicht durchbeißen konnte. Ich klappte es auf und schaufelte mir etwas Fleisch und Käse in den Mund, um das Sandwich abzuarbeiten, bis ich es besser handhaben konnte. »Sethu, mir scheint, du bist nicht nur in Trauer. Verzeih mir, aber ich habe den Eindruck, dass du auch Angst hast.«

Sie presste die Lippen zusammen. »Das ist wahr.« Sie knabberte an ihrem Sandwich und sammelte ihre Gedanken. »Deshalb wollte ich mit dir sprechen. Ich wollte dich warnen.«

»Mich warnen?«, erwiderte ich.

Sie legte das Sandwich weg. »Vielleicht steckt nichts weiter dahinter, aber ich dachte, du solltest es wissen. Danny hätte es dir auch noch gesagt. Er wollte es auf jeden Fall tun.«

Ich schob mein Essen weg. Schlagartig war mein Hunger verflogen, und ich hatte eine üble Vorahnung. Die drei jungen Leute, der alberne Ausdruck in Ales' geschwollenem, zerquetschtem Gesicht. Wie bei einer Cartoonfigur, deren Kopf unter die Räder gekommen war. Wegen der kryptografischen Schlüssel, die ich zurückgeholt hatte, waren Menschen gestorben. Ich hatte angenommen, die Täter seien inzwischen zu der Überzeugung gelangt, dass die Schlüssel unwiederbringlich verloren waren. Aber vielleicht sahen sie das anders. Vielleicht würden sie weitertöten, um die Schlüssel doch noch zu bekommen.

»Was ist denn, Sethu?«

Sie starrte ihr offenes Sandwich an, verlor offenbar ebenfalls den Appetit und legte es weg.

»Letzte Woche, einen Tag vor Dannys Tod, haben uns drei junge Männer besucht. Sie haben ausgezeichnet und fast akzentfrei Englisch gesprochen, aber es klang ein ganz kleines bisschen nach Russland.«

»Wollten sie die Schlüssel haben?«

Sie legte den Kopf schief, als hätte ich sie damit überrascht. Dann wurde ihr bewusst, welche Schlüssel ich meinte, und sie schloss die Augen, als müsste sie in sich nach den richtigen Worten suchen. Schließlich schlug sie die Augen wieder auf. »Nein, Marty. Sie haben *dich* gesucht.«

Nur zwei von Dannys Geschäftspartnern hatten überhaupt gewusst, dass er die Schlüssel besaß. Erst als ich ihm den Laptop gebracht und er ihn zerstört hatte, informierte er sie darüber, dass die Schlüssel kompromittiert worden waren. Seine Gedanken hatten sich in die gleiche Richtung bewegt wie meine: Irgendwo in seiner Organisation gab es ein Leck, und dieses Leck hatte den Diebstahl überhaupt erst ermöglicht. Wenn er verbreiten wollte, dass es nichts zu stehlen gab, musste er den Leuten, die von den Schlüsseln wussten, erzählen, dass er den Laptop zerstört hatte. Andernfalls wäre alles noch viel schlimmer geworden.

Als die drei jungen Männer am Empfangstisch im Camino Real gestanden hatten, hatte er sie durch die Kamera in der Lobby beobachtet und sich schon entschlossen, sie wieder wegzuschicken. Dann aber hatte einer von ihnen etwas zu dem Wachmann gesagt, woraufhin dieser Danny berichtete, die Besucher würden sich gern über Grundstücke in Jordan's Mill unterhalten.

Da er sie nicht in die Wohnung lassen wollte, ging er hinunter, um mit ihnen zu reden. Sie hatten sich in eine Nische in der Lobby zurückgezogen, wo drei niedrige Sessel an einem Tisch mit einer echten Orchidee standen. Einer der männlichen Besucher musste stehen bleiben. Die Wachleute des Gebäudes waren gut geschult und begriffen schnell, dass sie Abstand halten und trotzdem wachsam bleiben sollten.

»Als er wieder heraufkam, zitterte er«, berichtete Sethu. »Er hatte die Unterhaltung mit dem Handy mitgeschnitten und spielte die Aufnahme für mich ab. Sie waren höflich und drückten sich kultiviert aus, als lebten sie schon eine ganze Weile in den USA, vielleicht seit dem College. Vermutlich waren sie Ende zwanzig. Die Unterhaltung bestand aus vielen Auslassungen, weil sie nicht direkt auf den Punkt kamen. *So eine Tragödie, diese drei armen Kinder.* Und dann haben sie dich erwähnt. Nicht deinen Namen, aber genug Details, um deutlich zu machen, dass du gemeint warst. Angeblich hätten sie gehört, dass du die jungen Leute als Letzter gesehen hast, und sie würden dich gern etwas fragen. Einer von ihnen behauptete wohl, er sei wegen des Russen da, der offenbar Sergey hieß …«

»Er kam aus Aserbaidschan, aber da er Preobrazhensky hieß, könnte er aus einer russischen Familie stammen.«

Sie zuckte mit den Achseln. »Sie wollten Danny nach dir ausfragen. Dabei waren sie nicht sehr subtil. Sie sagten, der Vater wollte alles über die letzten Augenblicke seines Sohnes erfahren, und versicherten Danny, sie könnten es natürlich verstehen, wenn du vielleicht beunruhigt bist, weil du irgendwie in etwas hineingezogen wurdest, das schrecklich schief gegangen sei, aber sie wollten dir keine Schwierigkeiten machen. Sie sagten …«

Ich hörte nicht mehr zu, weil es in meinen Ohren summte und mein Magen ins Leere zu stürzen schien. Sie hatten mehr oder weniger wiederholt, was ich im *Graciela's* Laura gesagt hatte. Ich war also nicht der Einzige gewesen, der seine Schuhsohlen abgenutzt und den Ort gesucht hatte, wo die Kinder auf dem Weg nach Jordan's Mill den Laptop versteckt hatten.

»Hast du die Aufnahme von Dannys Handy dabei?«, fragte ich.

Sie schüttelte den Kopf. »Die Passwörter für seine Geräte kenne ich nicht. Er hat in seinem Testament Anweisungen hinterlassen, wie man auf seine Geschäftsunterlagen zugreifen kann, aber nichts für seine persönlichen Daten. Marty, Danny war ein Kryptograf. Er wusste doch, dass niemand auf seine Sachen zugreifen konnte, wenn er starb, ohne die Zugangsdaten weitergegeben zu haben.« Ihr rannen die Tränen über die Wangen. »Ich wusste es ja, aber mir war nicht klar, dass er alle unsere Fotos auf seiner persönlichen Partition gesichert hatte. Nun sind sie für immer verloren. Dieses Arschloch.«

Ich riss mich zusammen und kehrte in die Gegenwart zurück, obwohl ich die ganze Zeit an Laura und ihren Mann Tomas denken musste.

»Sethu, das tut mir leid. Er wollte sicher nicht, dass es so kommt. Anscheinend hatte er eine Festplatte für ›Geschäftliches‹ und eine für ›Persönliches‹, und eure Fotos waren eben nicht geschäftlich.«

Sie putzte sich mit einer Serviette die Nase. »Ich weiß. Ich bin ja nicht blöd. Aber trotzdem, alles ist weg. Er hat die sozialen Medien nicht benutzt. Ich habe ein paar Fotos, die er mir im Laufe der Jahre geschickt hat, und dann noch diejenigen, die ich selbst gemacht habe, aber es gibt so viel von meinem Leben, das ich aufbewahren wollte, und jetzt kann ich es nie mehr sehen.« Sie weinte noch eine Weile. »Ich würde alles geben, um die Fotos zu bekommen.«

»Und dann haben sie doch noch meinen Namen genannt«, sagte ich. Damit lag ich richtig, denn sie nickte.

»Danny hat sich furchtbar aufgeregt. Ich musste nicht einmal nach dem Grund fragen. Die Art und Weise, wie die jungen Leute getötet wurden, und es war doch klar, dass es irgendeine Verbindung zu diesen dreien gab …« Sie schob das verschmähte Sandwich noch weiter weg. Ich hatte auch keinen Appetit mehr auf meines. »Er hat ihnen nichts verraten, was nicht ohnehin schon öffentlich bekannt war. Aber wie sie geredet haben, diese Andeutungen, mit denen sie ihm zu verstehen gaben, dass sie von den Schlüsseln wussten, und dann diese versteckte Drohung, dass sie alles auffliegen lassen würden, wenn Danny ihnen nicht half, dich zu finden. Also hat er ihnen ein paar Dinge erzählt, aber nichts ...« Sie suchte nach dem richtigen Wort. »Nichts Heikles.«

Sie biss sich auf die Unterlippe. Wieder traten ihr die Tränen in die Augen, die sie sofort abtupfte. Es kam mir wie ein Déjà-vu vor, als ich mir Servietten vom Nachbartisch schnappte und ihr anreichte. »Ich muss ständig daran ...« Sie bekam es nicht heraus, atmete tief durch und nahm sich zusammen. »Ich muss immer daran denken, dass die Angst vor dem, was ...« Wieder tupfte sie Tränen ab, schnaufte und fuhr fort. »Dass es die Angst vor dem war, was noch kommen könnte, die Danny getötet hat.«

Das war mein Stichwort, um zu erwidern, das sei meiner Ansicht nach völlig ausgeschlossen. Aber ich war überhaupt nicht sicher.

15

Den Leaf hatte ich ein paar Häuserblocks entfernt abgestellt. Ich wollte dringend herausfinden, ob in dem entlegenen kleinen *Graciela's* in der Nähe der Kreuzung zwischen der 101 und der 128 etwas Schreckliches geschehen war. Zuerst musste ich aber Sethu nach Hause bringen, und sie hatte gute Gründe, nicht allein gehen zu wollen. Ich bin ein alter Mann und nicht mehr ganz frisch, aber ich hatte viele Prügeleien eher stehend als am Boden liegend überstanden. Andererseits bin ich natürlich auch nicht kugelfest.

Der Rückweg zum Camino Real verlief ereignislos. Nur ein übermäßig paranoider Teil meines Bewusstseins suchte ständig nach Informationen, die irgendwie beunruhigend sein konnten: Hatte dieser Tesla schon vorher dort gestanden? War uns dieser Tech-Bro mit dem Haarknoten nicht schon einmal begegnet? (In Palo Alto gibt es viele Teslas und viele Männer mit Haarknoten.)

Ich begleitete sie bis zum Aufzug. Unterwegs hatten wir nicht viel gesprochen, aber sobald wir in der Lobby des Gebäudes standen, fasste sie mich am Arm und murmelte: »Komm mit hoch. Bitte.«

Wieder schossen mir wilde Gedanken durch den Kopf, die mit polyamourösen Witwen zu tun hatten, die sich irgendwie ablenken wollten, wenn ihnen alles zu viel wurde.

Das wollte ich nicht. Nicht weil Sethu nicht begehrenswert war, und auch nicht, weil sie »Dannys Mädchen« war. Schon bevor ich etwas über ethisch einwandfreie nichtmonogame Beziehungen gehört hatte, war mir die Idee, eine erwachsene Frau könne irgendjemandes »Mädchen« sein, nachhaltig ausgetrieben worden. Diese Lektion hatte ich einer geduldigen und mehreren ungeduldigen Frauen zu verdanken, die dafür gesorgt hatten, dass ich sie nie wieder vergessen würde.

Sobald wir in ihrem Apartment waren, wirkte sie auffallend ängstlich. Sie räumte das Wohnzimmer auf, das ich schon vorher aufgeräumt hatte, rückte die Kissen einige Millimeter zurecht und entfernte unsichtbare Staubkörnchen von den Blättern der Zimmerpflanzen. Ich saß aufrecht auf einem eleganten Teakholzsessel, der eigentlich für eine eher ruhende Position gemacht war, und sah ihr zu, ohne sie anzustarren, während sie ihre Gedanken oder ihren Mut oder was auch immer sammelte.

»Marty«, sagte sie schließlich mit dem Rücken zu mir gewandt, während sie sich scheinbar fürsorglich um eine Topfpalme kümmerte.

»Ja?«

»Ich habe mich in deiner Nähe nie wirklich wohlgefühlt, und das tut mir leid. Du bist Danny wirklich wichtig gewesen, und ich weiß, dass ihr lange befreundet wart. Ich wünschte, ich wäre dabei gewesen, als ihr so viel Zeit miteinander verbracht habt. Er hat oft gefragt, aber ich habe immer wieder abgelehnt, dabei konnte ich doch sehen, wie enttäuscht er war.«

»Schon gut«, antwortete ich. »Es muss ja nicht jeder mit jedem eng befreundet sein. Und um ehrlich zu sein, ich war auch etwas skeptisch, als du und Danny von persönlicher Assistentin und Boss gewechselt seid zu, äh …«

»Freund und Freundin?« Sie ließ die Pflanze in Ruhe und drehte sich mit einem traurigen Lächeln zu mir um. »Das habe ich gespürt. Alle alten Freunde von Danny haben genauso empfunden, und natürlich war mir der Grund klar. Junge Frau, reicher alter Witwer. Das liegt doch auf der Hand. Und ich muss gestehen, dass ich die Sicherheit ebenso gesucht habe wie die Liebe, aber Marty – ich habe Danny wirklich geliebt. Ich habe ihn so sehr geliebt, dass es wehtat.« Wieder drangen ihr die Tränen die Augen. In der Nähe fand sie Schachteln mit Tüchern, und ich bewunderte den Ausblick aus dem Panoramafenster, während sie sich in Ordnung brachte.

»Aber das ist nicht der Grund dafür, dass ich mich in deiner Nähe nicht wohlgefühlt habe. Mit deinen Vorbehalten konnte ich umgehen. Der wahre Grund …« Sie unterbrach sich. »Ich mache mir einen Tee. Möchtest du auch etwas?«

»Nein, nein, ich brauche nichts. Danke.«

»Bin gleich wieder da.«

Der Ausblick war schön. Palo Alto war leer, alle Aktivitäten fanden wieder in geschlossenen Räumen statt. Es sah wie eine Filmkulisse aus. Gleich würde das Team kommen und die Aufnahme vorbereiten. Dabei fielen mir einige Freunde in Burbank ein, die direkt neben dem Gelände von Warner lebten. Wir hatten lose verabredet, dass wir im Angeles Forest wandern und danach im *Smoke House* zu Abend essen würden, wenn ich das nächste Mal in der Nähe wäre.

Sie kehrte mit einem Keramikpott zurück und fummelte mit einem Untersetzer herum, ehe sie sich auf einem rechtwinkligen Sofa niederließ. »Marty Hench, du bist ein Pionier.«

»Ja, draußen steht mein Planwagen«, antwortete ich.

»Ich meine, was die digitale Finanzforensik angeht. Danny sagte mir, du seist auf die Welt gekommen, als die ersten Steuerstraftaten mithilfe von Computern begangen wurden.«

»Das passt so ungefähr.«

»So ungefähr, ja. Dann kennst du alle Legenden und alle wichtigen Wendepunkte.«

»Die meisten«, bestätigte ich.

»Dann kennst du auch den Namen ›Jim Hannah‹.«

Ich ließ mir nichts anmerken. »Den kenne ich«, bestätigte ich. »Allerdings bin ich ihm zu Lebzeiten nie begegnet.«

Sie sah mir in die Augen, die schon wieder feucht waren. Ihre Stimme jedoch blieb fest. »Ich kannte ihn. Ich habe fünf Jahre mit ihm zusammengelebt.«

Hannah war ein Finanzexperte gewesen, hatte aber nicht auf Seiten der Rechtschaffenen gestanden. In einer Branche, wo man keine Hemmungen hatte, das Geld von Saudis, Russen und Chinesen zu waschen, hatte Hannah die Gelder angenommen, die sonst niemand haben wollte. Er hatte sich als »Portfoliomanager« bezeichnet, aber nie offen gesagt, wessen Portfolios er verwaltete. Er kümmerte sich oft um Abmachungen, bei denen ein renommierter Partner ein wenig Geld einsetzen und umfangreiche Anteile erwerben wollte, während die Inhaber um mehr Geld bettelten, damit ihr Geschäft größer werden konnte, ohne allzu viele Anteile abgeben zu müssen. Dafür war Hannah der richtige Mann. Er stieg groß ein, erwartete wenig Gewinn und war bei vielen Gründungen früh dabei. Winzige Einsätze warfen später, wenn er ausstieg, eine Menge Geld ab, und dank seiner Erfolge galt Hannah bald als der gerissenste Investor im Valley. Er hatte sich schon früh für RISC, SGI, Pixar, Netscape, Yahoo und LinkedIn interessiert. Und für viele kleinere Firmen, kleine Start-ups, die nie als eigenständige Unternehmen geplant gewesen waren, sondern eher als Einkaufsware für die großen Konzerne dienten.

Als er starb, sprach es sich herum, dass er in siebenundzwanzig Firmen investiert hatte, die Apple aufgekauft hatte. Das klingt beeindruckender, als es ist, denn Apple kauft öfter Firmen als ich Lebensmittel.

Sein Tod war spektakulär. Er hatte ein Angeberauto gekauft, ein dummes Auto, ein Superauto von Bugatti, mit dem er auf dem El Camino Real und dem 101 umhergerast war. Er hatte wie besessen Strafmandate und Vorladungen gesammelt, gegen die er dann vor Gericht wie ein Dämon ankämpfte. Larry Ellison flitzte in seinem ausgemusterten Kampfjet durch das Valley, Jim Hannah machte mit seinem Bugatti die Straßen unsicher. Keiner der beiden glaubte, andere Menschen seien irgendwie real, oder jedenfalls nicht so real wie sie selbst. Daher waren ihnen die Gefahren und Nöte, die sie dem Rest der Menschheit zumuteten, herzlich gleichgültig.

Der Bugatti ging auf der San Mateo Bridge über die Leitplanke und versank in der Bucht. Es hieß, Jim sei mit dem Kopf hart gegen das Lenkrad geprallt, weil von seinem Gesicht nicht mehr viel vorhanden war, als sie ihn aus dem Wasser zogen.

»Ich lernte Jim kennen, als ich zwanzig war. Bis dahin war mein Leben ziemlich chaotisch verlaufen. Ich wusste zwar, dass ich klug war, aber immer, wenn ich eine Prüfung ablegen sollte, hatte ich einen Knoten im Kopf. Auf meinen Bewertungen standen schlechte Noten und Anmerkungen der Lehrer, dass ich klug sei, mich aber anpassen müsse.

Für meine Eltern war das nur der Beweis, dass ich zu einem faulen und dummen amerikanischen Mädchen herangewachsen war. Sie redeten darüber, mich nach Kolkata zurückzuschicken, damit ich auf die Universität ging oder einen anständigen Beruf erlernte. Das konnte ich zwar vermeiden, aber nach meinem Highschoolabschluss wurde die Situation zu Hause immer schlimmer. Kein anständiges College wollte mich aufnehmen. Neben denen, die bereit waren, mich zu akzeptieren, hätte die Trump University wie Yale ausgesehen. Meine Eltern nahmen das nicht hin und stellten mir ein Ultimatum: Wenn ich weiter unter ihrem Dach leben wollte, musste ich einen akademischen Abschluss machen.

Also zog ich aus. Es ist ja wirklich nichts Neues, dass ein achtzehnjähriges Mädchen zu Hause auszieht, aber ich war noch so unreif. Ich hüpfte von einer Wohngemeinschaft zur nächsten, mietete miese Zimmer, nahm vier Gelegenheitsjobs gleichzeitig an, um die Miete zu bezahlen, und dann hat es immer noch nicht gereicht. Irgendwann war ich so weit im Rückstand, dass mich meine Mitbewohner aufforderten, woanders zu wohnen. Dieses ›Woanders‹ war mein Auto, das zweimal geknackt wurde. Man hat mir die Kleidung, den Laptop und das Handy gestohlen. Ich habe Geld zusammengekratzt, um mir billigen gebrauchten Ersatz zu kaufen, und musste noch mehr Gelegenheitsjobs annehmen. Als Uber-Fahrerin konnte ich nicht mehr arbeiten, weil mein Auto nicht den Anforderungen entsprach. Also habe ich für Imbisse Essen ausgeliefert und Wohnungen geputzt.

So lernte ich Jim kennen. Ja, es war genauso schmierig, wie es klingt. Ein fünfzig Jahre alter Kerl mit einem Haufen Geld lässt eine arme junge Frau kommen, die sein Haus putzen soll, und macht sich über sie her. Aber etwas komplizierter war es doch. Ich bin damals nicht nur pleite und verzweifelt gewesen, sondern auch einsam. Als Gesprächspartner hatte ich meist nur die Leute im Restaurant, die mir die Beutel mit den Bestellungen in die Hand drückten, und die Empfänger grunzten halbwegs dankbar, wenn ich ihnen die Sachen brachte.

Jim war vor allem körperlich an mir interessiert, aber eben nicht nur. Er war witzig und klug und wusste alles Mögliche. Ich war immer dilettantisch gewesen, zehn Kilometer breit und keine Tiefe, und so waren die Gespräche mit Jim für mich so berauschend wie Katzenminze. Er sprang von Thema zu Thema und stellte Verbindungen her, auf die ich nie gekommen wäre, die im Rückblick aber völlig einleuchtend waren.

An diesem Tag kam ich nicht mehr zum Putzen, aber das war Jim egal. Er buchte mich auch für den nächsten und den übernächsten Tag und so weiter. Es war schmeichelhaft, dass dieser mächtige und intelligente Mann einfach nur dasitzen und mit mir reden wollte. Als er auf mich zukam, hatte ich mich schon halb in ihn verliebt.

Es war nicht ganz ausgeglichen. Jim ließ mich bei sich wohnen, gab mir Taschengeld, nahm mich zu Partys und Meetings mit und stellte mich seinen Freunden vor. Ich hatte ein eigenes Zimmer, aber in den meisten Nächten landete ich in seinem. Das war mir egal. Ich mochte es sogar. Ich hatte andere Freunde, er hatte andere Freundinnen, und das ging in Ordnung.

Das Beste war, dass ich eine Menge von ihm lernen konnte. Er wickelte viele Geschäfte im Alleingang ab und war so vorsichtig, möglichst wenig schriftlich zu fixieren, was die Sache jedoch komplizierter machte. Nach und nach stieg ich zu seiner Stellvertreterin auf. Er zeigte mir, wie die Formulare und Verfahren funktionierten und brachte mir bei, wie man internationale Firmen gründete und zwischen ihnen Geld verschob, bis man es nicht mehr aufspüren konnte.

Als er das erste Mal von Bitcoin hörte – es war auf einer kleinen Dinnerparty mit zwei anderen Paaren –, hat es ihn wie ein Schock getroffen. Er zitterte während des ganzen Essens und wollte möglichst früh wieder nach Hause, um sich ein Bild von der Sache zu machen. Er baute sogar eine kleine Schürfstation, ließ eine Leitung mit sechzig Ampere legen, um die Klimaanlage im Fernsehzimmer zu versorgen, das von da an gehäuselose Computer mit nackten Grafikkarten beherbergte. Zur Kühlung setzte er die größten Ventilatoren ein, die er finden konnte.

Aber was ihn wirklich interessierte, waren die Zugänge und Ausgänge. Die Möglichkeiten, Fiatgeld in Bitcoins und zurückzuverwandeln. Er wusste so viel darüber, wie man Geld auch ohne die Blockchain hin und her schieben konnte, und das verschaffte ihm einen großen Vorsprung. Er begriff sofort, wie man mithilfe der Kryptowährung die Flaschenhälse in der realen Welt umgehen konnte, und er wusste außerdem, wie man die Kontrollen der Kryptowährung mithilfe erprobter Geheimnisse der Finanzwirtschaft aushebeln konnte. Er bezeichnete sich selbst als Zentauren: Das ist ein halb menschliches Wesen, das von einer Maschine unterstützt wird und dadurch stärker ist als die Bestandteile für sich allein genommen.«

Sie hielt inne und trank einen Schluck Tee. Wahrscheinlich war er inzwischen kalt, aber sie brauchte offenbar etwas Zeit, um sich zu sammeln.

»So etwas habe ich auch über Jim gehört«, sagte ich. »Er hatte da einen gewissen Ruf.«

»Ja«, bekräftigte sie mit einem traurigen Lächeln. »Das war auch seine Schwäche. Er musste den Leuten zeigen, wie schlau er war. Er sagte, das brächte ihm Aufträge ein, aber in Wirklichkeit ging es nur um sein Ego. Seine Kindheit war nicht viel besser als meine eigene, und uns verband das gemeinsame Bedürfnis zu beweisen, dass wir besser waren als alle anderen.« Sie trank noch etwas Tee. Ihre Hand zitterte, als sie den Pott klappernd auf den Untersetzer stellte.

»Seine Angeberei rief die Leute aus Aserbaidschan auf den Plan. Spitzenbeamte aus dem Finanzministerium, die große Mittel zur Verfügung hatten. Und zwar größere, als ihm geheuer war, und das hatte etwas zu bedeuten, weil Jim große Abschlüsse mochte, je größer desto besser. Aber die Summen, um die es da ging … da wurde sogar Jim kopfscheu. Die Aserbaidschaner waren allerdings … ausgesprochen nachdrücklich. Jim hatte oft mit knallharten Leuten zu tun, aber vor denen hatte er Angst. Er hat viele Stunden in ihr Projekt gesteckt und konnte oft nicht schlafen, stand um zwei Uhr morgens auf und wanderte umher oder fuhr einfach weg.

Schließlich sagte er, er hätte die Sache geknackt. Er wollte mir nichts erzählen und alles selbst abwickeln. Er schickte mich sogar eine Woche nach Palm Springs, während er das Geschäft zum Abschluss brachte. Drei Tage später war er tot.«

»Sethu, verzeih mir, aber er war nicht unbedingt ein vorsichtiger Fahrer.«

Darüber musste sie sogar lachen, auch wenn es fast nach einem Bellen klang. »Nein, das war er wirklich nicht. Vor allem nicht mit diesem Bugatti. Aber nach der Beerdigung fragten mich zwei Männer, die ich zuvor noch nie gesehen hatte, ziemlich freundlich, ob sie Jims Computer und Passwörter und Handys haben könnten, die bei mir herumlagen. Sie sagten, sie wollten sicherstellen, dass die Informationen nicht in die falschen Hände gerieten, und sie würden mich gut bezahlen, wenn ich das für sie erledigen könne.

Gewiss, ich tat es auch, weil ich das Geld brauchte, und in Jims Testament wurde ich ja nicht bedacht. Er hatte einen Bruder, der mir zu verstehen gegeben hatte, dass ich sobald, wie es mir nur möglich war, die Wohnung verlassen sollte. Die Männer machten allerdings auch deutlich, dass sie andernfalls einfach kommen und die Sachen holen würden, und sie würden sich erinnern, dass ich die Person war, die sich ihnen vorher in den Weg gestellt hatte. Während der Zusammenarbeit mit Jim hatte ich bereits einige gefährliche Leute kennengelernt, aber diese Typen waren, na ja, auf dem nächsten Level.«

Sie zuckte mit den Achseln. »Und warum auch nicht? Jim war tot. Seine Kunden waren Gauner. Und ich wusste ganz genau, dass er fast keine schriftlichen Aufzeichnungen gemacht und alle Dateien vernichtet hatte, sobald sie nicht mehr gebraucht wurden.« Wieder zuckte sie mit den Achseln. »Also habe ich es getan.«

»Das klingt, als hättest du dich richtig entschieden«, sagte ich. »Es war ja nicht deine Aufgabe, die Geheimnisse von Jims früheren Kunden zu hüten, und es hätte niemandem geholfen, wenn du verprügelt und mittellos auf die Straße gesetzt worden wärst.«

Sie seufzte und trank etwas Tee. »Das habe ich mir auch gesagt. Jims Bruder war wütend, als er im Haus keine Computer oder Akten fand und drohte mir, mich zu verklagen oder die Polizei zu rufen. Ich habe ihn ausgelacht. Ich war jung und hatte Kummer, und ich hatte Angst vor den Männern, die Jim höchstwahrscheinlich getötet hatten. Vor diesem Mistkerl hatte ich aber ganz sicher keine Angst. Er hatte einen Kopierladen in einer Universitätsstadt in Ohio und seit zwanzig Jahren nicht mehr mit Jim gesprochen. Er hatte eine Frau und Kinder, die zuhause auf ihn warteten. Selbst wenn er Jims Unterlagen bekommen hätte, er hätte keine Ahnung gehabt, was er mit ihnen anfangen sollte.«

»Glaubst du, er hat Jims Geld gefunden?«

Darüber lachte sie etwas unbefangener. »Verdammt, nein. Auf keinen Fall. Ich wette, du hättest es finden können. Ich wusste, wo eine Menge davon war, aber ich wollte es nicht anrühren. Es gehörte mir nicht, und die Herren, die Jims Geräte besaßen, konnten ja die Absicht haben, es sich zu holen. In diesem Fall sollten sie nicht auf die Idee kommen, ich hätte mich dort womöglich bereits bedient. Wenn ich eines von Jim gelernt habe, dann die Gewissheit, dass es da draußen immer noch mehr Geld gibt.«

»Was hast du danach gemacht?«

Sie legte den Kopf schief, als hätte sie die Frage nicht verstanden. Schließlich fuhr sie fort: »Oh! Ich habe mir einen Job gesucht. Bei Keypairs. Zuerst in der Kundenbetreuung, dann in der Finanz-Compliance, und schließlich war ich Dannys persönliche Assistentin.«

Nun war es an mir zu lachen. »Das passt«, sagte ich. »Du kanntest ja die Tricks, also wusstest du, worauf du achten musstest.«

»Genau. Danny hat Keypairs vollkommen sauber geführt. Er wusste, dass die Kryptografie von Leuten benutzt wurde, die legitime Gründe hatten, etwas vor der Regierung zu verbergen – iranische Dissidenten beispielsweise –, und er wollte nicht, dass sein Unternehmen ein Helfershelfer für Ganoven wurde. Nicht nur weil er moralische Bedenken hatte, sondern auch, um den guten Ruf der Firma zu wahren. Er hatte den Laden zusammen mit Galit aufgebaut, und so war das alles ebenso ihr Werk wie seines. Sie mochte keine krummen Dinger, und deshalb sorgte er immer dafür, dass es so wenig krumme Dinger gab wie möglich.«

»Danny war zu allen Zeiten ziemlich anständig«, stimmte ich zu.

»Ja, aber das war bei Trustlesscoin ausgesprochen schwierig. Ich habe übrigens geholfen, die Stolperdrähte einzubauen. Danny wollte nicht, dass sein System offensichtlich kriminell war. Er konnte allerdings nicht mehr tun, als die besonders dummen Kriminellen draußen zu halten, und damit fand er sich ab. Im Hinterkopf wusste er aber auch, dass er ohne Geldwäsche und die Mittel von Verbrechern nie die nötige Liquidität bekommen würde, die Trustlesscoin brauchte, um sich zu einer echten Währung zu entwickeln. Deshalb habe ich mit den Entwicklern zusammengearbeitet und geschäftliche Regeln erstellt, die alle bis auf die schlauesten Gauner aussieben würden, ohne den legalen Spekulanten allzu große Steine in den Weg zu legen. Die Kunden haben ja keine Lust, jedes Mal eine Servicenummer anzurufen, nur weil die Algorithmen sofort Alarm schlagen, sobald man Gelder nach Trustless übertragen oder herausziehen will.

Das konnte ich gut. Ich kann es immer noch. Genau genommen bin ich wegen eines Trauerfalls beurlaubt, aber der Aufsichtsrat hat mir gegenüber angedeutet, dass sie mich als Interims-CEO einsetzen wollen, sobald ich bereit bin, die Arbeit wieder aufzunehmen. Bei der nächsten regulären vierteljährlichen Sitzung wollen sie es offiziell machen. Ich meine, das liegt ja auch nahe. Bis dahin ist der Nachlass geregelt, und dann halte ich meine eigenen und seine Anteile. Die Aufsichtsratsmitglieder, die mich nicht als CEO wollen, können ihre Sachen packen.«

»Willst du denn CEO von Trustless werden?«

Sie stellte den Pott energisch ab und starrte mich lange an. Sie war eine schöne Frau, und durch den Kummer war sie auch noch gereift. Jetzt wirkte sie beeindruckend und war wunderschön. Sie war schon lange kein Kind mehr, aber jetzt schien sie mir eindeutig und endgültig erwachsen.

Über ihre Wange rann eine einzelne Träne. »Das bin ich Danny schuldig«, erklärte sie. »Er hat Trustless für mich aufgebaut. Er wusste, dass ich ihn überleben würde, und ich sollte sein Vermächtnis bekommen. Ein eigenes Reich, das ich aufbauen konnte, und das zuvor ihm und mir gemeinsam gehört hatte. Deshalb wollte er die Schlüssel für die geschützten Enklaven haben – nicht, weil er fürchtete, einen Fehler begangen zu haben, sondern weil er Angst hatte, *ich* könnte Fehler machen. Trotz meiner Compliance-Regeln schien es ihm möglich, dass jemand wie Jim das System für sich nutzen und Trustless in ein Synonym für Wirtschaftskriminalität verwandeln könnte. Danny wollte eine Versicherungspolice haben. Eine Möglichkeit, die betreffenden Transaktionen rückgängig zu machen, falls er jemanden erwischte. Trustless sollte für mich sicher sein.« Sie weinte, blieb aber aufrecht. Allmählich kam ihr ganzer Kummer zum Vorschein. »Für mich. Oh Danny«, keuchte sie.

Ich ging zu ihr, blieb neben ihr stehen und legte sachte die Hand auf die ihre. Sie nahm die Hand, zog mich an sich und umarmte mich so fest, dass meine Rippe knackte, aber das störte mich nicht. Von ihren Tränen wurde meine Schulter feucht. Ich hielt sie und wiegte sie, während sie weinte, damit sie es herauslassen konnte, solange sie es brauchte. Nach einer Weile ebbten die Tränen ab, und sie hob den Kopf. Die schrägen Strahlen der Nachmittagssonne verwandelten ihr Gesicht in eine tragische Maske, was mir ganz unerwartet einen Stich versetzte. Im Laufe der Jahre hatte ich so viele Menschen verloren, die mir wichtig gewesen waren, und das Tempo nahm sogar zu. Es würde immer schneller gehen, weil wir alle älter wurden, und erst aufhören, wenn es mich selbst traf.

Wann hatte ich aufgehört, über meine eigenen Toten zu weinen? Warum hatte ich nicht genauso um Danny geweint? Früher hätte ich es getan. Aber jetzt war mein Kummer irgendwie taub und weit entfernt, eine Art inhaltslose Feierlichkeit. Als würde ich ihm einsam zuprosten und mich bemühen, tatsächlich an ihn zu denken, statt mich unentwegt zu fragen, wie ich eigentlich über ihn dachte.

Sie wischte sich die Augen aus, dann wischte sie die Hände auf dem Sofapolster ab. »Danke«, sagte sie. »Ehrlich, ich danke dir. Oft weiß man nicht, wie man jemandem helfen soll, der durcheinander ist, aber du hast es … genau richtig gemacht.«

Nie im Leben wäre ich auf die Idee gekommen, so etwas zu jemandem zu sagen, aber jetzt dämmerte mir, dass es mir guttat, wenn es jemand zu mir sagte. Das nennt man wohl »emotionale Intelligenz«. Vielleicht sollte ich meine verbleibenden Jahre darauf verwenden, diese Fähigkeit zu kultivieren.

Sie stand auf und strich sich mit den Händen über die Beine. »Ich glaube, ich muss mich hinlegen. Der Tag war … anstrengend.«

»Das kann ich mir vorstellen. Danke, Sethu. Und wenn du etwas brauchst …«

»Es gibt da tatsächlich etwas«, sagte sie leise und sah mir tief in die Augen.

»Was immer du willst.«

»Kannst du … kannst du dich mit mir hinlegen? Einfach da sein? Seit Danny tot ist, spüre ich neben mir diesen leeren traurigen Raum, und es dauert eine Ewigkeit, bis ich einschlafen kann. Da fehlt etwas, und das spüre ich unbewusst und kann nicht loslassen. Bleib einfach da, bis ich einschlafe.«

Das ist eine ganz schlechte Idee. »Aber natürlich«, sagte ich.

Seltsam, aber auch ich schlief ein. Voll bekleidet und in Socken lag ich in diesem abgedunkelten Zimmer mit einem halben Sandwich im Bauch auf der Bettdecke. Ich hätte eine halbe Million Dinge tun sollen, von denen einige durchaus über Leben und Tod entscheiden konnten.

Vielleicht lag es an der Nacht, die ich mit Ruth verbracht hatte. Es entsprach mir einfach nicht, mit jemandem zusammen zu schlafen. Ehrlich gesagt war der Grund nicht nur der, dass niemand in meinem absurden Rockstar-Tourbus übernachten wollte. Vor allem lag es an mir. Ich bin einfach kein Übernachtungstyp.

Aber vielleicht wurde ich allmählich einer. Die Stunden, die ich schlafend neben Sethu verbrachte, waren die erholsamsten meines ganzen Lebens. Als ich aufwachte, hatte sich Sethu an mich gekuschelt und ihre Knie in meine Kniekehlen geschoben, mir einen Arm über die Brust gelegt und das Gesicht in meinen Nacken geschmiegt, wo mich ihr Atem kitzelte.

Lange lag ich wach, es war ein träger, warmer, sirupzäher Moment, mit geschlossenen Augen machte ich eine Bestandsaufnahme der einzigartigen Begleitumstände und klärte mich halbwegs darüber auf, dass dies alles ausgesprochen unklug war, während ich es in jeder Hinsicht genoss. Sethu roch gut. Es war die frisch gebadete Version des säuerlichen Geruchs am Morgen, als ich sie aufgesucht hatte. Ein warmer Duft mit einer Blumennote, und dahinter tatsächlich ein sehr menschlicher Geruch.

Auch sie war wach. Ihre Hand streichelte in kleinen sanften Kreisen meine Brust, und ihr Atem ging in meinem Nacken etwas schneller. Dann berührten ihre Lippen meine

Haut, und sie küsste mich. Sanft zuerst, dann fester. Als Nächstes knabberte sie an meinem Hals.

Ich hielt ihre Hand fest. Sie war warm und klein und erwiderte meinen Druck.

»Sethu …«, setzte ich an.

»Ich weiß«, sagte sie. »Ich weiß. Aber lass es uns tun. Lass es uns trotzdem tun. Es tut niemandem weh, und ich brauche es jetzt.« Sie küsste mich im Nacken. »Danny hätte nichts dagegen, wenn er noch da wäre. Und jetzt stört es ihn sowieso nicht mehr.«

Wir waren in seinem Bett. Sie war seine Frau. Ethisch einwandfreie Nichtmonogamie mochte eine ganz vernünftige Idee sein, aber ich hatte immer die gute alte amerikanische Tradition der seriellen Monogamie bevorzugt. Das fand ich sicherer. Und man musste nicht ganz so oft über seine Gefühle reden.

Sie küsste wieder meinen Nacken und entzog mir ihre Hand, um sie über meine Brust und den Bauch wandern zu lassen. Irgendjemand stöhnte. Das war ich. Ich drehte mich um und fand ihre Lippen.

16

»Ich bin nicht der Typ, der direkt danach einschläft«, entschuldigte ich mich, als ich aufstand, nachdem ich eine angemessene Zeit abgewartet hatte. Das ist eine Berechnung, die mir äußerst geläufig ist.

Nackt, wie sie war, richtete sie sich auf. Die tragische Maske, deren Anblick mich vorher so getroffen hatte, war immer noch da, wurde jetzt aber von einer Art fauler Zufriedenheit überlagert. Alle Befürchtungen, dass sie zerbrechlich war und nicht wusste, was sie wollte, lösten sich in Wohlgefallen auf. Sie wusste ganz genau, was sie tat.

»Ich wünschte, ich könnte dich malen«, sagte ich. »Ehrlich.«

Sie lächelte. »Ich habe ein paar Selbstporträts gemacht. Ich wollte sie nicht aufhängen, weil mir das wie Selbstbeweihräucherung vorgekommen wäre. Vielleicht möchtest du eins mitnehmen.«

Im *Unsalted Hash* hatte ich keinen Platz, um Bilder aufzuhängen. Aber das war mir egal. Ich würde trotzdem eines mitnehmen. Ich hatte einen Lagerraum gemietet, den ich sowieso mal wieder aufsuchen musste. »Das wäre wirklich schön.«

Sie führte mich ins Atelier, wo rundherum zahlreiche Leinwände angelehnt waren, sah einige durch und zog schließlich eine heraus. Das Bild zeigte ihren Kopf und ihre Schultern im Dreiviertelprofil, und in ihrem Gesicht lag ein Ausdruck, irgendeine Art Härte, die ich geradezu hässlich fand. Auch die echte Sethu besaß ein wenig von dieser Härte, aber das entsprach nicht dem, was sie dort in sich selbst sah. Ich fragte mich, ob sie die Porträts vor allem deshalb nicht aufhängte, weil sie zeigten, was sie von sich selbst hielt. Der Anblick dieses Selbstporträts war intimer als alles, was wir in dem Bett getan hatten, in dem Danny gestorben war.

Ich nahm es, und sie begleitete mich zur Tür. Dort umarmte sie mich noch einmal, bis die Rippen schmerzten, und zog mein Gesicht zu sich herunter, um mir einen langen Kuss auf die Lippen zu geben. Schließlich flüsterte sie mir ins Ohr: »Jim hatte einen Freund namens Sebo Szarka. Er hat für die Aserbaidschaner den Kontakt mit Jim hergestellt. In dieser Region bringt niemand ohne sein Wissen einen Rubel in das globale Finanzsystem oder holt ihn wieder heraus. Möglicherweise weiß er etwas über die Männer, die nach dir gefragt haben. Nur für den Fall, dass du es herausfinden möchtest.«

Auf der Rückfahrt zum *Unsalted Hash* wälzte ich Sebo Szarkas Namen im Kopf herum und hörte auch nicht auf, als ich den *Hash* für die Fahrt vorbereitete, um Abwasser abzulassen und Frischwasser aufzufüllen.

Allmählich wurde es mir zu dumm. Ich besaß einige hundert Millionen Dollar und hatte noch nicht einmal eine dauerhafte Wasserversorgung für meinen Luxusbus. Ich rief den Betreuer von KPMG an und bat ihn, mir möglichst nahe an San Francisco einen Stellplatz zu besorgen. Fünf Minuten später hatte er auf dem Chabot Campground – gegenüber in Oakland – etwas Passendes gefunden. Dort gab es alles, was man sich wünschen konnte, und außerdem einen See und einen Wald. Das Grün in San Luis Obispo hatte mich beeindruckt und mich an das erinnert, was mir auf den vielen Walmart-Parkplätzen immer gefehlt hatte.

Ich hakte den Leaf in die Zugvorrichtung hinter dem Bus ein, kletterte auf den Fahrersitz und tippte die Route ein. Der Verkehr auf der Bay Bridge war allerdings dunkelrot, dort rührte sich nichts. Also blieb ich erst einmal stehen und gab »Sebo Szarka« in die Suchmaschinen ein.

Es gab einen Grund dafür, dass ich noch nie von Mr. Sarka gehört hatte: Er war blitzsauber. Er war der Partner einer Kanzlei, die sich auf die Finanzierung von Hightechunternehmen spezialisiert hatte. Dem Computer History Museum, aber auch dem Museum für moderne Kunst in San Francisco hatte er große Summen gespendet. Er war ein beinahe altmodischer Hightech-Anwalt von der Sorte, die kein LinkedIn-Profil brauchte, und er war ganz und gar sauber und noch nie in einem Polizeiprotokoll oder auf einem Polizeifoto in Erscheinung getreten. In der Bay Area gab es Tausende solcher Anwälte wie ihn. Sie waren lediglich Millionäre, die Vereinbarungen zwischen den Vertretern von Milliardären und den Entwicklern trafen, die ebenfalls gern Milliardäre werden wollten.

Wenn Sethu richtig lag und Szarka der Mann war, an den man sich wenden musste, falls man in der ehemaligen

Sowjetunion Gelder verschieben wollte, dann musste er etwas von seinem Handwerk verstehen, denn nichts davon war nach außen durchgesickert.

Ich beschloss, ihm einen Besuch abzustatten. Schließlich hatte ich viel Geld und war möglicherweise daran interessiert, in ein Hightechunternehmen zu investieren. Ich ließ meinen Betreuer bei KPMG einen Termin mit ihm vereinbaren und überprüfte noch einmal den Verkehr auf der Bay Bridge. Er hatte sich von Rot zu Orange verfärbt. Also startete ich eine Playlist mit Liveaufnahmen von der Preservation Hall Band, setzte den *Hash* in Bewegung und verließ den Walmart-Parkplatz.

Der Mitarbeiter von KPMG hatte einen Volltreffer gelandet. Von meinem Stellplatz aus konnte ich den See überblicken. Nebenan wohnte eine freundliche schwarze Familie in einem Wohnwagen mit einem Vorzelt. Sie kamen gleich herüber und sagten mir, ich solle mich melden, wenn ihre Kinder zu laut tobten. Die Kinder waren so süß, wie es nur die Kinder von Fremden sein können, grinsend und schmutzig und offenbar ganz und gar in ihrem Element. Irgendwo fand ich noch ein paar It's-It-Eispackungen in der Tiefkühltruhe, die ich verteilte, während ich Mom und Dad versicherte, dass ich ein absoluter Fan von fröhlichem Lärm sei.

KPMG hatte inzwischen Mister Sarka erreicht und für den nächsten Morgen einen Termin vereinbart. Wie erwartet hatte eine Anfrage von der Premiumkundenabteilung einer großen, weltweit operierenden Vermögensverwaltung bei dieser Art von Anwalt die gewünschte Wirkung gezeitigt.

Ich löste den Leaf vom Haken, warf in einer Wäscherei einen Haufen Schmutzwäsche ab, besorgte mir einige Lebensmittel und hielt an einem teuren Schnapsladen, um mir Nachschub zu kaufen. Als ich eine Flasche Widow Jane ausgesucht hatte, bemerkte ich in einem gesicherten Plastikkasten hinter der Theke einen zweiundzwanzig Jahre alten Willett für zweitausend Dollar. Mir fiel ein, dass ich geradezu unverschämt reich war – und dass ich dieses absurde Vermögen ins Spiel bringen wollte, um am nächsten Tag einem Fremden neugierige Fragen stellen zu können.

»Ich nehme den Willett«, sagte ich der Mitarbeiterin und gab ihr meine schwarze Kreditkarte. Sie war in mittleren Jahren, offensichtlich gelangweilt und stammte anscheinend aus Korea. Als ich hereingekommen war, hatte sie höflich genickt und kurz gelächelt, sobald ich mich entschieden hatte. Erst jetzt sah sie mich richtig an und schätzte mich ein.

»Den da hinten für zweitausend Dollar«, sagte ich, als könnte es irgendeinen Zweifel geben.

Sie nahm die schwarze Karte entgegen, tippte die Daten ein und zog die Karte durch das Lesegerät, um anschließend die Unterschrift zu vergleichen. Nachdem die Transaktion durch war, verharrte sie einen Augenblick vor der Kasse, als wartete sie auf einen Anruf von der Betrugsabteilung von Amex. Dann schloss sie die Kasse, steckte den Schlüssel ein und entfaltete eine Trittleiter, um die

Flasche aus dem Verlies zu holen. Ehe sie herunterstieg, schloss sie den Kasten wieder ab. Hinter der Theke holte sie einen Stoffbeutel mit dem aufgedruckten Namen des Ladens hervor, schlug den Willett mit Papier ein, steckte ihn in die Stofftasche, schob meinen Widow Jane daneben und übergab mir alles.

»Bei Einkäufen über hundert Dollar gibt es eine Stofftasche dazu«, erklärte sie.

»Danke«, antwortete ich. Aber eine Tragetasche brauchte ich wirklich nicht.

»Mögen Sie diesen Bourbon sehr?«, fragte sie und deutete auf die Tasche.

»Nein«, antwortete ich. »Ich habe ihn noch nie probiert, aber ich dachte, eine Flasche für zweitausend Dollar muss gut sein, und ich habe etwas zu feiern.«

»Also dann, herzlichen Glückwunsch«, sagte sie. Und ich fuhr zum Campingplatz zurück.

Am Stellplatz gab es sogar einen kleinen Grill. Ich zündete die Hartholzkohle an und warf ein paar Kirschholzspäne dazu, anschließend schlug ich mit einer schweren Bratpfanne ein paar Hähnchenfilets platt, marinierte sie mit Rotweinessig, Olivenöl, Knoblauch und Dill und ließ sie auf der heißen Holzkohle rösten. Währenddessen dünstete ich etwas Spargel und stellte einen Teller bereit. Der Picknicktisch, der ebenfalls zu dem Stellplatz gehörte, musste dringend mit dem Dampfstrahler behandelt werden. Ich klappte lieber meinen kleinen Campingtisch und meinen Stuhl auf und fing langsam an zu essen.

Als ich mir einen Nachschlag holte, tauchten die Kinder von nebenan auf und brachten mir eine Schale Erdbeeren mit Sahne von ihrer Mutter. Ich bedankte mich höflich und bat sie, der Mutter meinen Dank zu übermitteln, und sie könnten gern herüberkommen und etwas Hähnchen essen, weil ich viel zu viel zubereitet hatte.

Ein paar Minuten später kam Dad und erklärte, sie hätten schon reichlich zu Abend gegessen, aber er wolle sich für mein großzügiges Angebot bedanken. Ich erwähnte, dass ich die Absicht hatte, mir bei Sonnenuntergang einen Drink zu genehmigen, und ob sie mir nicht Gesellschaft leisten wollten. Er sagte, das sei sehr freundlich. Er hieß Vernon, seine Frau hieß Khloe, und er versicherte mir, dass sie Bourbon mochten. Khloe trank ihren allerdings lieber mit Cola Zero und würde deshalb ihren Cocktailshaker mitbringen.

So konsumierten wir Bourbon im Wert von fünfhundert Dollar, größtenteils mit Cola vermischt, und betrachteten den schönen Sonnenuntergang, während die beiden Jungs sich gegenseitig jagten. Ich erfuhr, dass Vernon als Grafikdesigner arbeitete, während Khloe ihre Ausbildung zur Toningenieurin fast abgeschlossen hatte.

Der Bourbon war … gut. Um ehrlich zu sein, konnte sich der achtzig Dollar teure Widow Jane durchaus damit messen, und das traf sogar auf Razas synthetisches Zeugs zu, das für fünfundzwanzig Dollar die Flasche oder sogar noch günstiger verkauft wurde, wenn man größere Mengen nahm – aber natürlich konnte man den Willett oder den Widow Jane nicht im Fässchen kaufen.

Viel besser als der Bourbon war die Gesellschaft zweier ganz normaler Erwachsener mit ihren ganz normalen Kindern, die an der East Bay Urlaub machten und gerade einen freundlichen Fremden kennengelernt hatten. Ich fragte mich, wie oft die Leute, die Hunderte Millionen Dollar besaßen, so etwas erlebten, und wie beklommen die Stimmung schlagartig werden würde, wenn ich ihnen sagte, wie viel der Whisky, den ich in Khloes Colaglas kippte, wirklich wert war. Nein, nicht wie viel er wert war – die zweitausend Dollar waren lediglich der Preis, den ich *bezahlt* hatte.

»Wir haben jetzt so viel über uns gesprochen«, sagte Vernon auf einmal, »und dabei haben wir ganz vergessen, Sie zu fragen, was Sie so machen. Sind Sie auch auf Urlaub?« Er hatte ein großes offenes Gesicht mit einem struppigen Bart und die feinen ruhelosen Finger eines Künstlers.

»Oh«, antwortete ich. »Ich bin vor Kurzem in den Ruhestand gegangen und überlege mir jetzt, was ich tun will, wenn ich erwachsen bin.«

»Das ist eine seltsame Art, es auszudrücken«, meinte Khloe. Sie hatte kurzes Haar und runde Wangen und lächelte strahlend, sobald ihr Blick auf ihre beiden Jungs fiel. Gleich darauf überfielen uns die beiden und zeigten ihrem Dad gekritzelte Zeichnungen, die sie mit Sharpies auf Altpapier angefertigt hatten. Vernon nahm einen Sharpie und ergänzte die Kritzeleien rasch mit entschlossenen, sicheren Strichen, bis unglaubliche Fantasiewesen entstanden – ein schräg fliegender Drache, der Blasen ausstieß, und ein furzendes Einhorn mit gewaltigen Wellen von Gestank. Die Jungs heulten vor Lachen und hüpften davon.

Khloe sah ihnen strahlend lächelnd nach. »Halten Sie es für möglich, dass es eine gute Idee sein könnte, überhaupt nicht erwachsen zu werden?«

»Das finde ich vielleicht bald heraus.« Der Bourbon ging zur Neige. Zweitausend Dollar, blitzschnell auf Nimmerwiedersehen verschwunden.

»Was haben Sie denn früher gemacht, Marty?«, fragte Vernon.

»Buchhaltung«, erklärte ich. Wenn ich wirklich über meinen Job reden wollte, antwortete ich mit »Finanzforensik«. Wenn ich keine Lust hatte, beschränkte ich mich auf »Buchhaltung«. Darüber wollte niemand reden.

Vernon nickte. »Tja, das ist wohl ein Job, aus dem man schlecht aussteigen kann. Alle Buchhalter, die ich kenne, ob im Ruhestand oder nicht, nehmen zum Steuertermin zusätzliche Aufträge an.«

Nicht diese Art Buchhaltung. »Ich glaube, darauf kann ich verzichten«, antwortete ich. »Von dieser Art Arbeit habe ich genug.«

Sebo Szarkas Büro befand sich in der Montgomery Street 555 im Financial District in der Nähe der Transamerica Pyramid, nur wenige Stockwerke unter dem Reich von Morrison Forrester, wo viele kleine Anwälte in heimelig winzigen Büros Jura und Finanzwirtschaft praktizierten.

Sein Sekretär, ein effizienter junger Mann mit markanten Wangenknochen und freundlichem Auftreten, kam sogar in die Lobby herunter, um mich abzuholen, und schwatzte höflich über den Regen und den Verkehr, während wir im Aufzug nach oben schossen. Er öffnete das biometrische Schloss mithilfe seines Gesichts und bat mich herein, bot mir Kaffee, Tee oder ungarischen Aprikosensaft an. Ich entschied mich für den Saft, der in einem schweren breiten Glas zusammen mit einem Stück Schichtkuchen – Walnuss-Aprikose mit Schokoladenüberzug – serviert wurde. Er sagte mir, dies sei ein »Zserbó«. Der Kuchen war süßer, als es mir lieb war, aber ich griff trotzdem zu.

Gleich darauf kam Sebo, gab mir die Hand und sagte, er freue sich, mich kennenzulernen. Auch er bot mir Aprikosensaft oder ein Stück Zserbó an. Ich versicherte ihm, ich sei gut versorgt, und folgte ihm in sein Büro.

Er hatte Hängebacken, war für einen Mann von Ende sechzig aber noch recht fit und wirkte mit seinem nicht sehr modischen teuren Anzug, den gestärkten Hemdsärmeln und den schweren Silber- oder Platinmanschettenknöpfen, dem dicken Ehering sowie einer Art Siegelring, wie man sie zum Abschluss eines Ingenieurstudiums bekam, ein wenig altbacken. Er strahlte den manchmal schwer fassbaren Charme der alten Welt aus und schien völlig gelassen, als wir uns auf eher gewöhnlichen Stühlen niederließen. Meiner bot mir einen schönen Ausblick aus dem Panoramafenster auf die Nebellandschaft von San Francisco.

»Also gut, Mr. Hench, wie kann ich Ihnen helfen?«

Ich hatte mich auf beide Varianten vorbereitet. Entweder, ich tat so, als hätte ich Geld, das ich verschieben wollte, und sei auf seinen Rat angewiesen, oder ich käme direkt zur Sache. Sein Selbstvertrauen und seine Gelassenheit überzeugten mich, es geradeheraus zu versuchen.

»Mr. Szarka ...«

»Sebo, bitte.«

»Sebo. Ich bin durch Sethu Lazer auf Sie gekommen. Sie hieß früher Sethu Balakrishnan und stand über Jim Hannah mit Ihnen in Verbindung.«

Seine Miene veränderte sich nicht, was ich bemerkenswert fand. Er dachte kurz nach und nickte leicht. »Was mit Jim passiert ist, war sehr traurig«, erklärte er schließlich.

»Das stimmt. Ich kannte ihn zwar nicht persönlich, aber für Sethu war es eine Tragödie und ein Wendepunkt in ihrem Leben. Trotzdem ging sie danach nicht unter, weil sie eine fähige und entschlossene Frau ist, und obwohl sie kürzlich noch einmal eine Tragödie erlebt hat, ist sie wohlauf.«

»Es freut mich sehr, das zu hören.« Er zeigte jetzt einen winzigen Hauch genau kalkulierten Überdrusses. Ein viel beschäftigter Mann, der wichtige Dinge zu tun hatte.

»Sebo, ich möchte Ihre Zeit nicht verschwenden. Ich bin zu Ihnen gekommen, weil in Jordan's Mill drei junge Menschen ermordet wurden. Es war eine ganz dumme Geschichte, die möglicherweise mit einigen Familien aus Aserbaidschan zu tun hat. Unter den Toten war auch der Sohn einer prominenten Bankiersfamilie. Sein Nachname war Preobrazhensky.«

Wieder ließ er sich äußerlich nichts anmerken, sondern nickte nur leicht.

»Sethu sagte mir, dass Sie die Familie möglicherweise kennen.«

»Zufällig kenne ich sie.« Abermals nickte er leicht. »Was für eine hässliche Geschichte.«

»Sethu sagte mir auch, Sie seien der richtige Mann, mit dem ich sprechen sollte, wenn ich in Erfahrung bringen möchte, wie die … Gemeinschaft mit einer solchen Tragödie umgeht.«

Jetzt zeigte er sogar ein wenig Frustration. »Ich fürchte, Sethu hat eine recht lebhafte Fantasie. Ich bin 1956 hierhergekommen, nachdem die Panzer nach Budapest hereingerollt sind, und habe einigen anderen geholfen, die mein Heimatland und die Region verlassen wollten. Ich habe eben getan, was ich dort oder hier für sie tun konnte. Daher haben manche Leute den Eindruck gewonnen, ich sei eine Art Mafiabankier oder ein Handlanger der Oligarchen. Die Realität ist aber weitaus weniger aufregend. Ich fürchte, ich bin einfach nur ein Anwalt mit einer kleinen Kanzlei.«

Daraufhin zeigte ich ihm meinerseits eine Spur von Enttäuschung. »Ja, aber Sethu sieht das anders …«

Er fiel mir ins Wort und hob die Stimme. »Sethu …«

Daraufhin erhob ich ebenfalls meine Stimme. »*Sethu sagt*, dass Sie das Geschäft eingefädelt haben, bei dem Jim Hannah umgekommen ist. Ein Geschäft, bei dem Kryptowährung im Wert des halben Bruttosozialprodukts von Aserbaidschan verschoben werden sollte.« Er wollte mich unterbrechen, doch ich ließ ihn nicht zu Wort kommen. »Jetzt ist der Sohn einer aserbaidschanischen Oligarchenfamilie tot, und irgendjemand hat Sethu nach mir gefragt. Außerdem hat jemand versucht, mich umzubringen. Also bitte, Sebo, können wir offen und ohne Vorbehalte miteinander reden?«

Er stand auf, ging zum Fenster und starrte hinaus auf den weißen Nebel, durch den die benachbarten Gebäude kaum noch zu erkennen waren. »Mr. Hench, ich fürchte, ich kann Ihnen nicht helfen.«

»Ich glaube, das können Sie doch, Mr. Szarka. Und um eines ganz klar zu sagen, ich bin nicht auf Geschenke aus. Diese Morde hatten mit etwas zu tun, das Danny Lazer gestohlen worden war. Es war sehr wertvoll, und eigentlich hätte es gar nicht existieren dürfen. Ich habe Danny geholfen, es zu bergen und zu zerstören, und dabei habe ich die Toten entdeckt. Danny hat mich für meine Arbeit gut bezahlt, und ich möchte jetzt in den Ruhestand gehen. Ich brauche einen Manager für mein Geld und einen Anwalt, der meine Finanzen regelt. Ich habe nur Gutes über Sie gehört.«

Er drehte sich um und starrte mich an. »Mr. Hench, ich weiß nicht, inwieweit Sie diese Situation überhaupt verstehen …«

»Nicht sehr weit«, gab ich zu.

»… aber Sie sind da in eine ziemlich hässliche Angelegenheit hineingeraten. Sehr gefährlich. Die Familie ist äußerst wütend. Sie sind stark motiviert und verfügen über viele Ressourcen, um sich intensiv mit dem zu beschäftigen, was mit ihrem armen Jungen geschehen ist. Es tut mir leid, dass ich Ihnen diese schlechten Nachrichten überbringen muss, aber ganz egal, wie viel Geld Danny Lazer Ihnen bezahlt hat, ich fürchte, Sie werden Ihren Ruhestand nicht wirklich genießen können.«

»Aber ich hatte damit überhaupt nichts zu tun«, wandte ich ein. »Ich bin nur der Mann, der die Toten gefunden hat.«

»So werden sie es nicht sehen«, erklärte er mir. Dann setzte er sich hinter seinen Schreibtisch auf einen ergonomisch geformten Stuhl und bemühte sich, wie der rechtschaffene Bürger auszusehen, der zu sein er vorgab. »Mr. Hench, es gibt nur eine gute Information, die ich Ihnen geben kann: Ihr Name wurde noch nicht genannt. Noch nicht. Wäre das anders, dann hätte ich Sie nicht empfangen. Aber alle Freunde der Preobrazhenskys wissen, dass es einen Mann gibt, nach dem die Familie sucht. Einen Mann, den sie für Sergeys Tod verantwortlich macht. Offenbar sind Sie dieser Mann, und Sie scheinen ein anständiger Kerl zu sein, aber ich fürchte, weder ich noch sonst jemand wird irgendetwas tun können, um Ihnen zu helfen. Ich sage Ihnen das, weil mir leidtut, was mit Jim geschehen ist. Ja, ich habe ihn einem meiner Mandanten vorgestellt, und ja, es ist nicht gut für ihn verlaufen.

Sethu hat zwar übertriebene Vorstellungen von mir, aber sie liegt nicht völlig falsch. Es gab viele Menschen, die die UdSSR verlassen wollten, und ich habe ihnen hier und dort geholfen. Nachdem der eiserne Vorhang gefallen war, gab es Menschen, die ihre Länder wiederaufbauen wollten, und auch diese habe ich unterstützt. Mr. Hench, ich mag es, etwas Gutes zu tun und den Menschen zu helfen. Das ist alles. Glauben Sie mir, wenn ich könnte, würde ich Ihnen helfen.«

»Ich glaube Ihnen, Mr. Szarka.« Nach seinen Erklärungen hatte ich einen Eisklumpen im Bauch.

»Es tut mir wirklich leid, dass ich nicht mehr für Sie tun kann.« Er wollte aufstehen und mich zur Tür bringen. Ich hielt ihn auf.

»Mr. Szarka, darf ich Sie um einen kleinen Gefallen bitten?«

»Aber natürlich, Mr. Hench. Wenn ich helfen kann, werde ich es gern tun.«

»Falls Sie irgendwann einmal mit den Freunden der Preobrazhenskys sprechen sollten, könnten Sie ihnen dann etwas ausrichten?«

Er machte einen Schmollmund. »Diese Gelegenheit wird sich mir höchstwahrscheinlich gar nicht bieten, Mr. Hench.«

»Trotzdem. Falls sich diese Gelegenheit dennoch bieten sollte, sagen Sie ihnen bitte, dass Sergey und seine Freunde für jemanden anders etwas gestohlen haben, das sie dann für sich selbst behalten wollten. Der Betrug der jungen Leute flog auf, und ihr Kunde wurde wütend. Ich bin dieser Kunde nicht gewesen. Ich habe für den Mann gearbeitet, dem die Dinge gestohlen wurden. Ich bin nicht für den Kummer der Familie verantwortlich, und wenn sie Rache oder Gerechtigkeit wollen, dann wird es ihnen überhaupt nichts nützen, wenn sie auf mich losgehen.«

Er legte den Kopf auf die eine und dann auf die andere Seite, als müsste er sich entscheiden, ob ich mir diese Geschichte nur ausgedacht hatte, oder ob sie möglicherweise der Wahrheit entsprach. »Danke, dass Sie mir das gesagt haben. Falls sich die Gelegenheit bietet, gebe ich es gern weiter. Es wird die Familie sicherlich trösten, wenn sie einige Informationen darüber bekommt, was mit Sergey geschehen ist.«

»Danke, Mr. Szarka. Das ist mehr, als ich erwarten konnte.«

Sein Sekretär packte mir noch einen Zserbó in Wachspapier ein, den ich mit nach Hause nehmen konnte. Vor dem Gebäude schenkte ich den Kuchen einem Obdachlosen und gab ihm fünfzig Dollar dazu. Es hätten auch zehntausend sein können, und ich hätte es nicht einmal bemerkt. Für meine Finanzen und meine Zukunft wäre es bedeutungslos gewesen. Ich fragte mich, ob es für seine Zukunft irgendeine Rolle gespielt hätte.

17

Ich ließ den Betreuer von KPMG einen neuen Stellplatz unten in Colma suchen. Zwar mochte ich meinen Platz, aber auf der Rückfahrt über die Bay Bridge sah ich vor meinem inneren Auge, wie Vernon, Khloe und ihre kleinen Jungs durch einen Brandanschlag auf den *Hash* verletzt wurden.

Der Verkehr auf der Brücke war so übel, dass ich Zeit für eine lange Unterhaltung mit meinem Betreuer bei KPMG fand. Er hatte seit der Einrichtung meines Kontos immer wieder versucht, mich für ein Gespräch über »Investmentstrategien« zu gewinnen. Geduldig hörte ich zu, wie der sehr kluge Kerl mit der sehr teuren Ausbildung erklärte, dass ich einige Anteile an meinen schottischen Firmen auf die Kanalinseln verlegen konnte, ehe ein neues Gesetz über die Offenlegung von Eigentumsverhältnissen in Kraft trat. Von dort aus wäre es leicht möglich, die Firmen in eine neue LLC in Gibraltar einzugliedern, deren Aufsichtsrat aus Nummernfirmen auf den British Virgin Islands bestünde.

Ich brauchte ungefähr zehn Minuten, um zu begreifen, dass dies etwa fünfmal komplizierter war als nötig, und dass diese Komplexität hunderttausend Dollar Gebühren für die Firma brächte und danach laufende Managementgebühren von acht- bis zehntausend Dollar für diesen Burschen nach sich zöge. Davon würde der Typ eine laufende Kommission erhalten, bis mir ein anderer »Berater« hunderttausend Riesen für die nächste Umstrukturierung abknöpfte. Ich erklärte ihm, ich wollte darüber nachdenken.

Als ich meinen Stellplatz erreichte, war Vernons und Khloes Auto nicht da, also brauchte ich mich nicht zu verabschieden. Ich koppelte den Leaf an und fuhr los.

Als ich mich auf dem Campingplatz in Colma einrichtete, klingelte mein Handy. Es war Ruth, also ging ich dran.

»Hallo, du«, sagte ich.

»Hallo, du«, antwortete sie. Ich wollte den Leaf gerade wieder abkoppeln, doch nun beschloss ich, dass dies auch bis zum nächsten Morgen warten konnte. Stattdessen stieg ich in den Bus, streifte die Schuhe ab und machte mir einen Drink. Dann streckte ich mich auf dem Bett aus.

»Heute ist der zwölfte September«, sagte sie.

»Äh, was ist denn am zwölften September?«, fragte ich.

»Danny Lazers fünfundsiebzigster Geburtstag«, erklärte sie. »Facebook hat mich daran erinnert. Frag mich nicht, warum ich noch einen Facebook-Account habe.«

»Tja, herzlichen Glückwunsch für den armen alten Danny«, sagte ich. »Er war einer von den Guten.«

»Das war er«, bestätigte sie. »Diese Arschlöcher, mit denen ich D&D spiele, wollen das Spiel nicht per E-Mail organisieren.«

»Was?«

»Deshalb bin ich noch auf Facebook. Ich bin eine Geisel von Venphira Ghostbane, meiner Paladin-Halbelfin, die immerhin schon Level siebenundzwanzig erreicht hat.«

»Das klingt, als hättest du einen besseren Grund als achtundneunzig Prozent aller anderen Facebook-Benutzer.«

Sie schnaubte, dann schwieg sie eine Weile. »Marty, wo bist du?«

»In Colma«, antwortete ich. »Ich habe gerade meinen Bus umgesetzt.«

»Colma ist nicht weit weg«, überlegte sie. »Zwanzig Minuten bis San Mateo.«

Ah. »Ah.«

»Komm schon, Marty, lass mich nicht betteln.« Sie sagte es leichthin, aber doch auch ein wenig drängend. Ich wurde vorsichtig und schämte mich dafür.

»Ich hatte den Eindruck, dass es nichts Regelmäßiges werden sollte.«

»Soll es auch nicht«, antwortete sie. »Aber in zehn Jahren bin ich fünfundsiebzig. Du weißt doch, es heißt immer, das Leben sei viel zu kurz. Als ich das neulich wieder gelesen habe, ist es mir unter die Haut gegangen.«

»Also versuchst du es mit einem Booty Call?«

Sie musste lachen. Ihr kehliges Kichern war so sexy, dass ich im Nacken eine Gänsehaut bekam. Ich stellte den Whisky weg, den ich nicht angerührt hatte.

»Wie lange fährt man von Colma bis San Mateo?«

»Fünfundzwanzig Minuten«, antwortete sie.

»Schick mir die Adresse, in zwanzig Minuten bin ich da.«

Sie hatte schon die Hälfte eingepackt – »Ich habe mich gerade für ein Apartment in der Half Moon Bay entschieden« –, und der Charme, den diese Wohnung einmal gehabt haben mochte, war längst verflogen. Es war ein schlecht geschnittenes Apartment, das früher zu einer größeren Wohneinheit gehört hatte, und es befand sich in einem Gebäude, das seine besten Jahre längst hinter sich hatte. Sie wohnte im zweiten Stock, und nachdem ich eine Ewigkeit auf den Aufzug gewartet hatte, stieg ich kurzerhand die Treppe hinauf. Nach den Kratzern und dem Geruch zu urteilen war ich keineswegs der Einzige, der sich dazu entschieden hatte. Auf ihrem Treppenabsatz entdeckte ich eine gebrauchte Spritze auf dem Boden. Ich schob den Ärmel über meine Hand, hob sie auf und brach die Nadel vorsichtig ab.

Ruth selbst wirkte so prächtig wie immer. Sie trug einen blauen Männerschlafanzug, in dem sie besonders zierlich wirkte. Oben hatte sie drei Knöpfe offengelassen, und sie roch nach einem guten Parfüm. Sie umarmte mich innig, als ich ankam, küsste mich in der Mulde zwischen Kiefer und Ohr auf den Hals und flüsterte: »Ich freue mich, dass du gekommen bist.«

»Ich mich auch«, antwortete ich, drückte sie und zog sie so fest an mich, dass sich ihre Füße vom Boden hoben. Durch die Kisten gingen wir in ihr Schlafzimmer und hatten ein paar wirklich schöne Stunden.

Um Mitternacht riss ich mich aus dem Halbschlaf und zog den Arm unter ihr weg. Sie wachte beinahe auf. »Verschwindest du jetzt wieder?«, murmelte sie.

»Ich habe dich ja gewarnt«, antwortete ich. »Und ich wollte dir eine Nachricht hinterlassen.«

»Das hast du. Vergiss die Nachricht, gib mir einfach nur einen Kuss.« Ich tat es. Sie hatte recht, das war schöner als eine Nachricht.

Ich schaltete das Licht im Wohnzimmer an und öffnete die Schlafzimmertür einen Spalt weit, um genug Licht zu haben, damit ich mich anziehen konnte. Ich schob die nackten Füße in die Schuhe und stopfte die zusammengeknüllten Socken in die Jackentasche. Als ich ging, achtete ich darauf, dass die Tür hinter mir ins Schloss fiel.

Langsam ging ich die Treppe hinunter. Das Licht war trüb, und das Treppenhaus roch, als könnte ich jeden Augenblick in etwas Unschönes treten.

Als ich unten die Tür des Treppenhauses ein Stück weit geöffnet hatte, bemerkte ich im Vorraum einen Mann, der an der Wand lehnte und auf sein Handy starrte. Ich schloss die Tür bis auf einen kleinen Spalt und betrachtete ihn. Er war jung, vielleicht noch ein Jugendlicher. Sicher nicht älter als fünfundzwanzig. Er trug Timberlake-Stiefel und Selvedge-Jeans, ein heißes Ed-Hardy-T-Shirt mit einem verzerrten Schädel, der mich an den mexikanischen Tag der Toten erinnerte, eine Armbanduhr in der Größe einer Taschenuhr – und er hatte jede Menge Gel im Haar. In seinem Hosenbund steckte etwas, das schräg herausragte. Keine Pistole, und es war auch nicht wie ein Messer geformt, aber ich dachte sofort an irgendeine Art von Waffe.

Er hatte einen Fuß hinter sich gegen die Wand gestemmt, als stünde er dort schon lange. Während ich ihn beobachtete, seufzte er und wechselte die Position, blickte von seinem Handy auf, bemerkte mich jedoch nicht. Nun konnte ich die Waffe etwas genauer betrachten. Anscheinend war es ein Teleskopschlagstock. Er seufzte noch einmal. Ich ließ die Tür ganz zugleiten.

Das Treppenhaus hatte einen Hinterausgang, der als Notausgang diente. Er war mit Hinweisen beklebt, welche Regeln man in Bezug auf Müllentsorgung und Recycling zu beachten hatte. Leise öffnete ich den Riegel, sah mich um und huschte hinaus. Sofort duckte ich mich hinter einen Müllcontainer.

Der Parkplatz war zu etwa zwei Dritteln gefüllt, die Autos waren dunkel. Der Leaf stand unter einer der wenigen funktionierenden Laternen. Das hatte ich bewusst und aus Gewohnheit getan. Lange und gründlich beobachtete ich die anderen Autos. Es schien mir, als säßen in den Autos vor und hinter dem Leaf mehrere Personen. Ich sah so lange dorthin, bis ein Handybildschirm aufflammte, kurz danach ein zweiter. Irgendjemand hatte einem Kumpel eine Nachricht geschickt.

In jedem Auto saßen zwei Leute, die ich nur als Schatten erkennen konnte, doch es waren auf jeden Fall Männer. Der Fahrer des Autos, das vor dem Leaf stand, war groß und kräftig, mit dem Kopf berührte er fast die Decke seines Wagens. Wieder flammten die kleinen Bildschirme auf, als die Antwort abgesendet wurde.

Der große Kerl öffnete die Fahrertür und entfaltete sich, stemmte die Hände ins Kreuz und streckte sich. Dann berührte er seine Zehenspitzen. Langsam ging er zu dem anderen Wagen. Der Fahrer ließ das Fenster herunter, und sie unterhielten sich.

Die Unterhaltung, die ich nicht belauschen konnte, endete damit, dass der große Mann zu seinem Auto zurückkehrte – es war ein alter Crown Victoria – und den Kofferraum öffnete. Er holte etwas heraus, ging zu dem hinteren Fahrzeug und reichte einen Baseballschläger durch das Fenster.

Als der Große wieder in den Crown Vic stieg, dachte ich über den Baseballschläger und den Teleskopschlagstock des Burschen in der Vorhalle nach. Fünf bewaffnete Männer. Ich würde nicht sagen, dass ich mich nie geprügelt habe. Vor zwanzig Jahren hätte ich versucht, mir aus Abfallholz und anderem Müll aus dem Container eine Waffe zu basteln und wäre zum Angriff übergegangen. Sie hätten mir zwar den Kopf eingeschlagen, aber ich hätte auch ein paar andere Köpfe eingeschlagen.

Inzwischen war ich klüger. Ich zog es vor, für solche Aktionen Profis einzusetzen. Die Gegner waren gut zwanzig Meter entfernt, und von meinem Standort aus konnte ich mit dem Zoom meiner Handykamera das Nummernschild des vorderen Wagens komplett und vom hinteren Wagen mindestens drei Ziffern erfassen.

Anschließend sah ich mich noch einmal sehr gründlich auf dem Parkplatz um. War sonst noch jemand dort? Es war sehr dunkel. Ich fand, dass meine Aussichten gar nicht so schlecht waren, und ging in einem weiten Bogen rings um den Parkplatz. Dabei blieb ich im Dunklen außer Sicht der Typen und hielt nur einmal an, um auch das Nummernschild des hinteren Wagens zu fotografieren.

Ruths Haus grenzte an eine Zufahrt, die es sich mit einem vier Stockwerke hohen und ganz und gar dunklen Bürogebäude teilte. Sogar die Spätschicht war schon nach Hause gegangen. Ich umrundete es und saß schließlich auf dem Mäuerchen vor dem Eingang, wo mit großen Bronzeziffern die Adresse des Gebäudes prangte. Ich notierte die Adresse und bestellte mir einen Uber.

Während ich wartete, wählte ich über einen Anrufweiterleiter, den ich immer einsetzte, wenn ich meine Quellen in Behörden anrief, die normale Rufnummer der Polizei von San Mateo.

»Hallo, ich weiß nicht, ob das die richtige Nummer ist«, sagte ich zu dem schläfrigen Mitarbeiter, der beim sechsten Schellen abhob, »aber ich glaube, ich habe gerade zwei Gruppen von Männern gesehen, die auf dem Parkplatz eines Apartmenthauses einen Drogendeal abgewickelt haben. Sie sind wohl auch bewaffnet. Ich habe zwei Baseballschläger gesehen, und ich glaube, einer hatte eine Pistole im Hosenbund.«

Auf einmal war er überhaupt nicht mehr schläfrig. Er fragte nach der Adresse und der Personenbeschreibung, nach den Nummernschildern, nach dem Fahrzeugtyp und dem Modell. Ich nannte ihm die Details und bemühte mich, ängstlich und aufgeregt zu klingen. Als er nach meinem Namen fragte, sagte ich, ich hieße Edmund Chowdhury, aber ich wolle ihm meine Nummer nicht geben, weil ich keinen Ärger bekommen wollte.

»Sir, können Sie die Männer gerade sehen?«

»Nein, ich habe mich entfernt, ehe ich angerufen habe. Ich möchte wirklich keinen Ärger haben.«

»Mr. Chowdhury, Sie sind Zeuge eines Verbrechens. Sobald die Beamten eintreffen, müssen wir mit Ihnen sprechen. Bitte nennen Sie mir Ihre Nummer und Ihren gegenwärtigen Aufenthaltsort, und bleiben Sie bitte dort, bis ein Beamter Sie abholt.«

»Nein, nein«, sagte ich. »Die Beamten müssen nicht mit mir reden. Die Männer da haben Waffen und Drogen. Mehr müssen Sie nicht wissen. Ich bin da doch nur vorbeigekommen.«

»Sir, wenn unsere Beamten eintreffen, sind die Leute vielleicht nicht mehr dort. In diesem Fall könnten Sie uns helfen, die Betreffenden zu identifizieren …«

»Ich habe Ihnen die Autokennzeichen genannt. Das müsste doch reichen. Sie brauchen mich nicht. Ich gehe jetzt weiter.« Damit legte ich auf. Inzwischen war der Uber da.

Am nächsten Morgen suchte ich nach Meldungen über das *Graciela's* an den Highways 101 und 128. Es gab keine Meldungen. Ich überprüfte ihren Laden und sah, dass sie ganz normal öffneten. Ich machte mir ihretwegen Sorgen.

Anschließend rief ich Ruth an, um mich zu vergewissern, dass sie wohlauf war. Sie sagte, alles sei in Ordnung, und fragte, ob ich meinen Leaf auf dem Parkplatz gelassen hätte. Ich bejahte und sagte, ich würde ihn sobald wie möglich abholen. Sie erzählte mir, nachdem ich gegangen sei, habe es ein großes Drama gegeben. Vier Streifenwagen seien mit lautem Getöse auf den Parkplatz gefahren, die Leute hätten geschrien, ein Mann hätte mit gezogener Waffe zu fliehen versucht. Man hätte die Leute verhaftet, und am Morgen hätte im Vorraum ein Cop die Bewohner gefragt, ob sie etwas wüssten.

»Was für eine verrückte Sache. Morgen kommt mein Umzugsunternehmen. Das wird auch höchste Zeit.«

»Nimm dir doch lieber heute Nacht ein Hotelzimmer«, schlug ich vor. »Damit du nicht dortbleiben musst.«

»Daran habe ich schon gedacht, aber dann ist mir eingefallen, dass ich womöglich nicht hier bin, wenn du dein Auto abholst.« Sie ließ das einen Moment auf mich wirken. »Es sei denn, du würdest auch ins Hotel kommen. Jetzt bin ich an der Reihe, dich einzuladen.«

Marty, sei jetzt sehr vorsichtig. Ruth ist ein guter Mensch und verdient es, dass du ehrlich mit ihr bist. Wenn du jetzt zusagst, wird sie glauben, dass du es ernst meinst. »Ja«, sagte ich.

Es gab eine lange Pause. Dann: »Ja, dass ich nicht hier sein soll, wenn du das Auto holst? Ja, dass ich an der Reihe bin? Ja, dass du ins Hotel kommst?«

»Nein. Ja. Ja.«

»Oh«, machte sie.

»Oh, wie gut? Oder oh, verdammt?«

»Oh wie gut natürlich, Marty. Sehr gut. Ich suche mir ein Zimmer und gebe dir Bescheid, wo wir uns heute Abend treffen. Sagen wir um sechs?«

»Ja. Eher in der Stadt, oder lieber im Valley?«

»Ich melde mich.«

»Ich werde da sein.«

Mir fiel ein, dass ich den Leaf einfach aufgeben konnte. Ich konnte ihn stehen lassen und mir ein anderes Auto kaufen. Schließlich konnte ich mir jeden Tag ein neues Auto kaufen.

Ich fragte mich, wie mich die Ganoven bei Ruth aufgespürt hatten. Ich wusste, wie ich es selbst getan hätte. Neuzulassungen von Fahrzeugen waren nur theoretisch vertraulich. In der Praxis hatten so viele Leute bei so vielen Behörden Zugriff auf die Daten, dass man es leicht herausfinden und die Nummer bekommen konnte, wenn jemand ein neues Auto angemeldet hatte.

Von da an war es einfach. Die Privatfirmen, die für paranoide Stadtverwaltungen und Hausbesitzer die Kennzeichenerfassung erledigten, betrieben alle ein Nebengeschäft und verkauften die Informationen an Marketingleute und andere schmierige Typen. Die ersten fünf Anfragen konnte man üblicherweise für einen niedrigen Einstiegspreis absetzen, der unter zehn Dollar lag. Manchmal, bei Werbeaktionen, war es sogar kostenlos. Ein Jahresabo kostete zweihundert Dollar.

Wenn sie mich auf diese Weise gefunden hatten, dann konnten sie auch den *Hash* finden, sobald ich ihn wieder bewegte. Möglicherweise versuchten sie auch, meine Standortdaten von meinem Mobilfunkanbieter zu bekommen, aber ich hatte alle ablehnenden Häkchen aktiviert, seit das kalifornische Verbraucherschutzgesetz erlassen worden war, was bedeutete, dass meine Daten zumindest theoretisch nicht mehr an Marketingagenturen verkauft werden durften. Also mussten die Angreifer zuerst einmal herausfinden, bei welchem Betreiber ich Kunde war, und dann jemanden bestechen, um die Standortdaten zu bekommen.

In meinen Apps hatte ich die Standortdaten jedoch grundsätzlich blockiert. Blieb noch die Gesichtserkennung. Intelligente Türöffner schossen Zufallsaufnahmen von Passanten auf der Straße, die für Amazon und andere Anbieter ein lukratives Nebengeschäft darstellten. Ich kramte eine große Sonnenbrille und die alte Mechanikerkappe mit langer Krempe von der Air Force heraus, die meinem Onkel Ed gehört hatte.

Und was war mit Uber? Nach einigen Skandalen hatten sie behauptet, sie hätten den Zugang zu den Beförderungsdaten abgesichert. Seit der Verschärfung der Verbraucherrechte waren sowieso alle Firmen erheblich vorsichtiger im Umgang mit den Kundendaten. Trotzdem beschloss ich, ab sofort mindestens zwei Häuserblocks von meinen eigentlichen Zielen entfernt ein- oder auszusteigen. Das Laufen würde mir auf jeden Fall guttun.

Nach diesem paranoiden Zirkus beschloss ich, Mr. Szarka anzurufen. Sein Sekretär meldete sich.

»Mr. Szarka spricht gerade mit einem Mandanten, Mr. Hench. Könnte ich ihm eine Nachricht übermitteln?«

»Könnten Sie einfach nur bei ihm hineinschauen und ihm sagen, dass die Polizei von San Mateo gestern Abend fünf Leute verhaftet hat, und dass ich weiß, wo man den Zeugen findet, der die Polizei gerufen hat?«

Der Sekretär schwieg.

»Oder schreiben Sie es ihm auf einen Zettel, wenn er mit einem Mandanten spricht. Ich kann warten.«

»Einen Moment«, antwortete der Sekretär. Szarkas Warteschleifenmusik war der Standard-Technotrack von Cisco.

Ich nickte im Takt, während ich in einem dicken Kreuzworträtselbuch von der Sonntagsausgabe der *New York Times* herumkritzelte, das ich irgendwo unterwegs günstig gekauft hatte.

Als ich über »Siedler auf der Halbinsel Yukatan« nachdachte (vier Buchstaben, der vierte war ein »A«) und gerade »Maya« notieren wollte, meldete sich Szarka.

»Mr. Hench.« Er klang aufgeregt.

»Mr. Szarka.«

»Ich glaube, Sie sollten besser in die Kanzlei kommen«, fuhr er fort. »Gegen Mittag habe ich einen Termin frei. Können Sie um diese Zeit hier sein?«

»Ich glaube, das kann ich einrichten.«

Der Uber kostete fünfundsiebzig Dollar, aber so bekam ich eine Stunde Zeit für die Kreuzworträtsel und konnte in einem Hardcover über die Paradise Papers ein ganzes Kapitel lesen. Ich hatte es vor so langer Zeit erworben, dass es inzwischen als Taschenbuch herausgekommen war. Früher hatte ich mal zwei Jahre lang in New York gelebt und in der U-Bahn wirklich viel gelesen. Da der *Hash* vorerst feststeckte, konnte ich jetzt vielleicht ein bisschen was nachholen.

Als Fahrtziel hatte ich das SoMa-Viertel angegeben und ließ mich am Civic Center absetzen. Ich dachte mir, falls wirklich jemand meine Uber-Fahrten in Echtzeit überwachte, hielt ihn die belebte Umgebung davon ab, mich abzufangen. Ich gab dem Fahrer zwanzig Dollar Trinkgeld und wünschte ihm alles Gute für seinen ersten Job bei einer

Hightechfirma (wir hatten uns unterhalten, während ich das Kreuzworträtsel löste).

Der Weg durch das Tenderloin-Viertel zum Finanzdistrikt erinnerte mich nachdrücklich an die Widersprüche dieser Stadt, von dem enormen Reichtum, der sich mittags in der Warteschlange vor einem angesagten Lokal versammelte, bis hin zu den kleinen Zelten auf dem Fußweg, deren Planen mit Flaschen voller Pisse festgeklemmt waren.

Dicht nebeneinander existierten gut situierte junge Leute und wettergegerbte Obdachlose, die nickten, bettelten oder einfach nur elend und verloren die Welt der Reichen anstarrten. Ich nahm mir vor, eine gemeinnützige Organisation zu suchen, die sich um Obdachlose kümmerte, und ihr eine Million zu spenden.

Einen Häuserblock weiter war ich bei zehn Millionen. Wieder einen Häuserblock weiter dachte ich über hundert Millionen nach. Was für ein Albtraum. Wie konnte eine so reiche Stadt so arm sein? Ich meine, eigentlich wusste ich es ja. Man brauchte nur das Bankgeheimnis, damit die Reichen ihr Einkommen vor dem Finanzamt verstecken konnten, und genügend Lobbyisten, damit sie ihre Gewinne in eine Politik investieren konnten, die auch weiterhin die Reichen begünstigen würde.

Dieses Mal holte mich nicht Szarkas Sekretär ab, sondern der Wachmann schickte mich direkt nach oben. Ich verließ den Aufzug einen Stock zu früh und stieg die Treppe hinauf, um mich vorsichtig umzusehen, ehe ich den Flur betrat.

Dann wartete ich vor Szarkas Büro, bis die Tür vollständig geöffnet war, ehe ich eintrat. Das war auf jeden Fall umsichtig, aber natürlich konnte ich nicht verhindern, dass ein halbes Dutzend Schläger vorne hereinkamen, während ich hinten in Szarkas Büro saß. Manchmal ist es eben gut, trotzdem unter der Laterne nach dem Schlüssel zu suchen, weil man ihn ja möglicherweise wirklich dort verloren hat.

Niemand bot mir Kuchen oder Saft an. Szarka öffnete die Bürotür und nickte mir zu. Ich trat ein.

»Ich habe mich umgehört«, begann er. »Es gibt fünf sehr unglückliche junge Männer, die gern mit Ihnen reden möchten. Drei von ihnen werden das aber nicht tun können, weil sie ihre Bewährungsauflagen verletzt haben und sich in Untersuchungshaft befinden.«

»Vielleicht besuche ich sie mal in San Quentin«, antwortete ich. »Vorausgesetzt, sie sind noch dort, wenn diese Sache vorbei ist.«

Er schürzte die Lippen. »Mr. Hench, bitte verstehen Sie das nicht falsch, aber es ist wahrscheinlich besser, wenn Sie meine Kanzlei nicht mehr anrufen oder aufsuchen.«

»Oh Sebo, ich dachte, wir wären Freunde.«

Schmerzlich berührt verzog er das Gesicht. »Es ist ja nicht so, dass ich Sie nicht mag oder Ihnen nicht glaube. Ganz im Gegenteil, aber das ist ja gerade der Haken bei dieser Angelegenheit. Ich mache mir meinetwegen gar keine Sorgen. Ich mache mir *Ihretwegen* Sorgen. Wenn Sie öfter hier vorbeischauen oder Verbindung zu mir aufnehmen, werde ich mich irgendwann genötigt sehen, anderen Menschen eine unangenehme Begegnung mit Ihnen zu ermöglichen, und das möchte ich nicht.«

»Sebo, das ist wirklich ausgesprochen freundlich von Ihnen. Haben Sie schon einmal darüber nachgedacht, sich andere Geschäftspartner zu suchen?«

Auf einmal sah er mich wie ein sehr alter Mann an. »Ich stehe kurz vor dem Ruhestand, und trotz allem, was Sie vielleicht denken, arbeite ich nicht wahllos mit jedem zusammen. Es gibt Menschen, deren Aufträge ich nicht will und um die ich einen großen Bogen mache.«

»Aber das gilt nicht für die Preobrazhenskys?«

»Nein, für sie nicht. Es sind Menschen, denen ich lieber aus dem Weg gehen würde, aber in dieser Angelegenheit habe ich keine andere Wahl.«

Ich schnaubte. »Die sind doch nicht zu Ihnen gekommen und haben gesagt: ›Hilf uns, unser Geld zu waschen, oder wir verprügeln dich.‹«

»Nein, nichts dergleichen. Die Preobrazhenskys organisieren schon seit vielen Jahren das Bankwesen in Aserbaidschan, manchmal dank offizieller Ministerposten, manchmal auch als Drahtzieher hinter den Kulissen. Sie haben es den Leuten in meiner Branche ziemlich leicht gemacht, und so kam es, dass sie schließlich das Vermögen meiner Mandanten in Händen hielten.«

»Und Ihr eigenes?«, hakte ich nach.

Er war so anständig, ein wenig verlegen dreinzuschauen. »Natürlich. Wenn die Möglichkeiten des aserbaidschanischen Finanzmarkts für meine Mandanten gut genug sind, dann sind sie es auch für mich.«

»Da haben Sie recht. Wie man in der IT-Welt sagt: Man muss halt sein eigenes Hundefutter essen.«

Er schnitt eine Grimasse. »Ja. Nun, irgendwann kam der Punkt, an dem mir die Preobrazhenskys zu verstehen gaben, dass sie eine etwas intensivere Zusammenarbeit wünschten, und …« Er zuckte sehr altmodisch-hilflos mit den Achseln.

»Ich weiß Ihre Aufrichtigkeit zu schätzen und werde gleich gehen. Aber vorher möchte ich noch darauf hinweisen, dass die Situation, die Sie beschreiben, gar nicht so ungewöhnlich ist. Meiner Erfahrung nach ist das sogar typisch. Sie haben es sich zum Beruf gemacht, Kriminellen das Leben zu erleichtern, und Sie dachten, Sie könnten selbst bestimmen, wie die Beziehung aussieht. In dieser Hinsicht haben Sie sich geirrt. Ich glaube sogar, Sie haben die ganze Zeit gewusst, dass Sie sich geirrt haben, aber Sie haben das mit einem Händewedeln abgetan, weil der Anteil, der im Rahmen dieser Geschäfte bei Ihnen hängen blieb, so aufregend war, dass Sie lieber nicht weiter darüber nachdenken wollten.«

Sein eingeübtes Lächeln bekam einen traurigen Zug. »Mr. Hench, ich mag Sie wirklich. Wir haben unser Berufsleben auf entgegengesetzten Seiten verbracht, aber im Grunde hatten wir den gleichen Job. Ohne Leute wie mich hätten Leute wie Sie keine Arbeit, und umgekehrt. Nur ganz wenige Menschen verstehen, was wir tun. Nicht einmal unsere Kunden begreifen es. Ich stand schon kurz davor, in den Ruhestand zu gehen, und betreibe meine Kanzlei jetzt nur noch, um die letzten Vorgänge endgültig abzuschließen. Ich dachte, ich könnte es schaffen, ohne in eine Sache wie diese verwickelt zu werden, aber nun ist es passiert. Ich vermute, das habe ich Sethu Lazer zu verdanken. Aber ich mache ihr keinen Vorwurf. Wie Sie schon sagten, der Einzige, dem ich etwas vorzuwerfen habe, bin ich selbst.

Der größte Teil meines Lebens ist wie ein groß angelegtes Strategiespiel verlaufen. Ich habe meinen Verstand gegen unsichtbare Gegner eingesetzt und mir Methoden überlegt, wie ich ihnen immer einen Schritt voraus sein könnte. Ich habe viel gearbeitet und bin in schwierige Situationen geraten, aber erst vor ein paar Wochen habe ich mich selbst beglückwünscht, weil ich die ganze Breite des Flusses auf dem Rücken von Alligatoren überwinden konnte, ohne ein Bein zu verlieren. Jetzt bin ich am anderen Ufer angekommen, aber ein schreckliches altes Gebiss hat mich am Fuß gepackt.

Mr. Hench, ich will einfach nur das andere Ufer erreichen, und deshalb möchte ich keinen weiteren Kontakt mit Ihnen haben. Ich habe eine Frau, eine Tochter, drei Enkelkinder und vielleicht noch ein paar Jahrzehnte Zeit, um all das zu genießen. Bitte verstehen Sie es nicht falsch, aber ich möchte, dass Sie jetzt gehen und nie wieder herkommen.«

Zum Abschied gab ich ihm die Hand. Sein Händedruck war immer noch fest. »Viel Glück in Ihrem Ruhestand«, sagte ich.

»Danke, Mr. Hench.«

Ich ging im Treppenhaus zwei Stockwerke nach oben und rief den Aufzug. Im ersten Stock stieg ich aus und lief wieder über die Treppe ganz hinunter.

Ehe ich die Lobby betrat, rief ich eine Karte des Finanzdistrikts auf, suchte mir eine passende Ecke aus und setzte für Uber eine Markierung, wo sie mich abholen sollten. Die Wartezeit wurde mit zehn Minuten angegeben. Ich bestätigte und verließ vorsichtig das Gebäude.

Als ich die Ecke erreicht hatte, lehnte ich mich an das Schaufenster eines Starbucks. Die Fensterbank war mit Dornen garniert, damit kein Obdachloser den Gästen den Ausblick verdarb. Gleich darauf hielt mein Uber vor mir. Ich überprüfte das Nummernschild und den Namen des Fahrers und stieg hinten ein. Dort holte ich das Buch aus dem Rucksack und schlug die richtige Seite auf.

Die Innenstadt von San Francisco ist ein Labyrinth von Einbahnstraßen und Abbiegeverboten. Deshalb dachte ich zuerst nicht weiter über die Route nach, die wir einschlugen. Dann aber wurde mir bewusst, dass wir bergauf fuhren, obwohl es bergab in die Richtung der Freeway-Auffahrten in SoMa gehen sollte. Ich sah den Fahrer an, einen jungen Chinesen, der laut App »Clarence« hieß. Sein Handybildschirm war voller chinesischer Symbole.

»Clarence, entschuldigen Sie, aber ich glaube, Sie fahren in die falsche Richtung.«

Er sah mich verständnislos an. Ich schielte auf das Handy auf seinem Armaturenbrett. Er befand sich auf der Route, die die Uber-App ihm gegeben hatte, doch das Ziel sollte bereits in einer Minute erreicht werden. Als ich hinsah, fiel die Zeit auf null Minuten. Anscheinend waren wir bereits angekommen. Clarence sagte »Auf Wiedersehen«, und als ich auf mein eigenes Handy sah, verkündete meine eigene App, dass ich das Fahrtziel erreicht hätte, und wollte wissen, wie viel Trinkgeld ich dem Fahrer geben wollte, und wie viele Sterne er wohl verdient hätte.

Ich kannte ungefähr vier Wörter Mandarin, und außerdem … kann man sich mit einer App nicht streiten. Ich gab ihm fünf Sterne und zwanzig Dollar Trinkgeld und stieg mit einem Kribbeln im Nacken aus.

Nun stand ich vor einem zweistöckigen Parkhaus, das mit zwei Schildern geschmückt war: »FESTPREIS 50 DOLLAR PRO TAG« und: »LEIDER AUSGEBUCHT«. Ich sah mich um und bemerkte Dutzende Fahrzeuge und Leute, die mir womöglich feindlich gesinnt waren … oder es waren einfach nur Passanten, die an einem ganz normalen Tag auf einer ganz normalen Straße in San Francisco ihren Geschäften nachgingen. Das Prinzip Vorsicht riet mir, ich solle dies als mögliche Falle betrachten. Deshalb beschloss ich, rasch und zugleich vorsichtig zwei Häuserblocks weiterzugehen und nach einem Hotel Ausschau zu halten, wo ich ein richtiges Taxi rufen konnte, das ich dann bar bezahlen würde.

Ich hatte kaum einen Schritt gemacht, als mir ein verlegener Mann in mittleren Jahren in den Weg trat. Er war wie ein Tourist gekleidet, trug ein Sweatshirt von der Indiana State University und altmodische Jeans. Die Laufschuhe verrieten ihn allerdings. So etwas trug man, wenn man wirklich schnell rennen wollte, und wenn es nicht nur darum ging, mal etwas anderes zu tragen als die Treter, zu denen einen die Firma während des restlichen Jahres zwang.

Er war ein Weißer, sein schütteres braunes Haar war teils ergraut, und er hatte ein gerötetes Gesicht mit ein paar alten Aknenarben. In einem Ohr saß ein kleiner silberner Stecker, und insgesamt wirkte der Mann ein wenig zerknirscht. In einer Hand hatte er ein zusammengefaltetes Stück Papier. Eine Straßenkarte. »Mr. Hench«, sagte er, »hätten Sie einen Augenblick Zeit für mich?« Es klang unbeschwert und ganz alltäglich.

»Lieber nicht.« Ich wollte ihm ausweichen und überlegte mir, ob ich irgendwie Aufsehen erregen konnte, damit er darauf verzichtete, etwas zu versuchen. Vielleicht konnte ich kurz vor dem Bus, der sich den Hügel hinaufquälte, über die Straße rennen …

Er trat mir wieder in den Weg. Er bewegte sich schnell. »Ich möchte Ihnen hier lieber nicht meine Dienstmarke zeigen«, erklärte er. »Aber wenn Sie darauf bestehen, werde ich es tun. Wenn ich Sie aber bitten dürfte, einfach nur bis zu diesem Eingang dort mitzukommen, dann könnten wir etwas diskreter vorgehen, und das wäre für uns beide von Vorteil.«

»Was für eine Art Abzeichen ist das denn?«

»Mr. Hench, ich arbeite für das Department of Homeland Security.«

»Das ist eine große Behörde. Welche Abteilung?«

»Sie hat keinen speziellen Namen«, antwortete er, entfaltete die Karte und hielt sie vor uns auf, damit wir sie beide betrachten konnten. »Aber ich versichere Ihnen, dass mein Abzeichen echt ist. Ich warte gern bei Ihnen, während Sie das Regionalbüro in San Francisco anrufen und sich bei meinen Vorgesetzten vergewissern.«

»Verdammt auch«, sagte ich. »Entweder, Sie sind vom DHS und können eine Uber-Fahrt umleiten, oder Sie sind ein Gangster und können eine Uber-Fahrt umleiten, oder Sie sind beim DHS und arbeiten für die Gangster.«

»Ich bin einer von den Guten«, behauptete er. »Und ich möchte Ihnen bei Ihrem Problem helfen. Ich weiß etwas über die Situation in Jordan's Mill, das für Sie und einige andere Leute äußerst interessant sein könnte.« Er faltete die Karte zurecht, bis das Stadtzentrum zu sehen war, und zeigte willkürlich auf irgendeine Stelle. Ich nickte und zeigte auf eine andere Stelle in der Nähe. Seine Fingernägel waren kurz und gepflegt. Irgendwann hatte er sich offenbar einmal zwei Knöchel gebrochen.

»Und darüber möchten Sie in einem Hauseingang mit mir reden?«

»Nein.« Er faltete die Karte neu. Es war wirklich ein gekonnter Auftritt, nur dass niemand mehr Stadtpläne benutzte. Aber vielleicht passte dies auch gut zu einem ahnungslosen, hilflosen und vor allem harmlosen Touristen, der den Passanten mit seinen lästigen Nachfragen auf die Nerven ging. Gerade deshalb wollte man ihn möglichst schnell wieder vergessen. »Sobald Sie einen Blick auf meine Dienstmarke geworfen haben, werde ich einen Ort nennen, den wir aufsuchen können.«

Ich dachte an all die Waffen, die man unter einem Sweatshirt verbergen konnte, das den Hosenbund verdeckte. Ich fragte mich, ob jemand mit gebrochenen Knöcheln überhaupt eine Waffe brauchte.

Verdammt.

»Dann lassen Sie uns gehen«, antwortete ich. »Vergessen Sie den Hauseingang, damit wir möglichst schnell von der Straße herunterkommen.«

»Wie schön, dass Sie sich entschlossen haben.«

Der Weg durch das Parkhaus war mir unheimlich. Genug Verstecke, um eine ganze Hundertschaft zu verbergen, und erheblich weniger Überwachungskameras, als ich erwartet hätte. Im ersten Stock gab es jedoch eine mit Zahlenfeld gesicherte Tür, durch die wir einen Flur des teuren Wohngebäudes nebenan erreichen konnten. Dort ging es über die Nottreppe eine Etage weiter nach oben. Das Apartment im zweiten Stock bot einen besseren Ausblick als die weiter unten gelegenen Wohnungen, war sonst allerdings völlig unauffällig.

Er schaltete das Licht ein, und ich sah einen Flur mit einem metallenen Kleiderständer, auf dem zwei Anzüge in den Klarsichtbeuteln einer Reinigung steckten, und einen Steppmantel. Auf einer Fußmatte standen ein Paar Straßenschuhe und ein Paar halbhohe braune Lederstiefel.

»So, jetzt kann ich Ihnen endlich meine Dienstmarke zeigen.« Langsam schob er die Hand in die Brusttasche und zückte eine Schutzhülle, die er mir zeigte. Entweder war dies ein Abzeichen vom DHS, oder es war ein gefälschtes Abzeichen vom DHS. Der Beschriftung nach hieß der

Besitzer Waterman Bates. Einen Dienstgrad oder Titel gab es nicht.

»Es freut mich, Sie kennenzulernen, Mr. Bates«, sagte ich. »Wollen Sie jetzt anrufen?«

»Wenn Sie all das hier inszenieren können, dann können Sie auch einen Anruf fälschen. Ich werde mir aber Ihren Namen merken und mich später ein wenig umhören.«

Er nickte. »Das ist sicher vernünftig. Kommen Sie doch herein.«

Das Wohnzimmer wirkte ganz und gar nicht wohnlich. Die Wände waren kahl, aber es gab zwei gute Bürostühle und einen Schreibtisch, auf einem Aktenschrank lag eine Laptophülle. In Reichweite des Schreibtischs summte ein kleiner Barkühlschrank. Die Rollläden waren so weit herabgelassen, dass gerade noch ein schwacher Lichtschein hereindrang. Er betätigte einen Schalter, worauf die nackte Birne unter der Decke grelles weißes LED-Licht in den Raum warf und die Schmierflecken und Risse in der weißen Wandfarbe offenbarte. Und die bleichen Stellen, wo früher einmal Bilder gehangen hatten, sowie die Dübellöcher an den Stellen, wo die Nägel gesteckt hatten.

»Setzen Sie sich doch.« Er rollte einen Bürostuhl zu mir herüber und holte das Gegenstück hinter dem Schreibtisch hervor. Dann kramte er im Kühlschrank und nahm eine Dose mit zuckerfreiem Red Bull. »Möchten Sie?«

»Nein«, lehnte ich ab. Dabei dachte ich: Er kann gut und gerne fünfzig sein, aber er lebt von Red Bull wie ein Zwanzigjähriger. Meine Meinung von ihm war nicht mehr ganz so hoch.

»Der Betrug war Maxim Preobrazhenskys Idee. Er ist Sergeys älterer Bruder. Genauer gesagt, sein Halbbruder. Verschiedene Mütter. Er wird das Familiengeschäft übernehmen, wenn der alte Mann abtritt, was nicht mehr lange dauern kann, weil er zum dritten Mal Krebs bekommen und nur noch einen Lungenflügel hat. Maxim ist ein Hightech-Visionär, der glaubt, die Zukunft des Finanzwesens liege in der Blockchain. Er hat sich in den Kopf gesetzt, dass er der Louis Pasteur des Gangster-Bankenwesens werden könnte, wenn er eine Hintertür kennt, durch die er einen eigentlich nicht veränderbaren Ledger ändern kann.«

»Da liegt er sicherlich richtig.« Auf einmal fügten sich all die Puzzleteile zusammen.

»Der Auftrag kam von den Bankiers der Zetas. Seit der Zeit, als HSBC die Einwurfschächte für die Geldbomben vergrößern musste, damit die Duffelbags mit Banknoten hindurchpassten, haben sich die mexikanischen Drogenkartelle stark weiterentwickelt. Sie arbeiten jetzt digital, und sie hatten eine viel bescheidenere Idee als die Preobrazhenskys: Sie wollten ihre Transaktionen im System verbergen, ansonsten aber möglichst nicht auffallen. Maxim will das Umschreiben der Ledger-Daten als Dienstleistung anbieten, sie jedoch wollten die Schlüssel für sich selbst haben. Maxim ist ehrgeizig, und die Zetas sind vorsichtig.

Aber sie sind auch äußerst nachtragend. Als die jungen Leute den Betrug durchgeführt haben … Sie haben es ja gesehen. Ehrlich gesagt, hatten Ales, Jia und Sergey Glück, dass sie nur mit den Bankiers zu tun hatten. Die Vollstrecker der Zetas unten in Laredo hinterlassen viel mehr Dreck und sind ... erheblich fantasievoller.«

»Das ist für ihre Angehörigen sicher ein großer Trost«, antwortete ich. Ich mochte den Typen nicht. Er wusste viel, hatte aber nur wenig unternommen. Wenn er wirklich war, was zu sein er behauptete, dann bezog er ein Gehalt im öffentlichen Dienst und saß einfach nur herum, während einige sehr üble Dinge geschahen.

»Na ja, es geht ja immer um die Familien, oder? Als Sergey gefunden wurde, machte sich Maxim Sorgen, sein alter Herr könne herausfinden, dass Maxim selbst für den Tod des Bruders verantwortlich war. Maxim ist zehn Jahre älter und sollte für seinen kleinen Bruder eine Art Vaterfigur sein. Sergey wollte kein Verbrecher sein, er wollte ein Start-up gründen und an Facebook verkaufen, Vizepräsident werden und vielleicht das Büro in Baku leiten. Erfolgreich sein, ohne mit seinem großen Bruder zu konkurrieren. Irgendwie bekam Maxim Wind davon, dass Sergeys Freunde die Sache geplant hatten. Er schleuste Sergey dort ein und setzte ihnen den Floh ins Ohr, sie könnten nebenbei noch etwas für sich abstauben.

Maxim hat sich vor Angst in die Hosen gemacht. Dann haben seine Leute mit Lazers Witwe gesprochen, sind auf Ihren Namen gestoßen und haben es sich zusammengereimt.«

»Oh je«, antwortete ich. »Wo stehe ich jetzt? Sollte ich die Nationalbank von Aserbaidschan anrufen und um ein Gespräch mit Minister Preobrazhensky bitten?«

Er machte eine saure Miene. »Darüber sollten Sie nicht scherzen. Der Grund für Maxims Angst war nicht die Tatsache, dass sein kleiner Bruder gefoltert und ermordet worden war, sondern er hatte Angst, weil Sergey von den *Zetas* getötet wurde. Die Preobrazhenskys können so etwas nicht auf sich beruhen lassen. Sie müssen etwas tun, und wenn sie etwas tun, werden die Zetas ernsthaft zurückschlagen. So ein Bandenkrieg kann sich über Jahre hinziehen und Millionen kosten, und am Ende wären viele Mitarbeiter ihres Syndikats tot oder im Gefängnis.«

»Das klingt, als wollten Sie es verhindern, Mr. Bates. Agent Bates?«

»›Mister‹ passt schon. Ja, Mr. Hench, ich will es verhindern, und ich glaube, Sie können sich den Grund dafür denken.«

»So ein Bandenkrieg ist unappetitlich«, überlegte ich. »Oft gibt es große Kollateralschäden.«

»Sie sind wirklich so klug, wie ich es vermutet hatte. Im Augenblick haben wir Informanten in beiden Organisationen, wir überwachen viele ihrer Kommunikationskanäle und durchschauen ihre gesamte Lieferkette.«

»Aber Sie brauchen noch etwas Zeit, um sie alle hochzunehmen, oder?«

»Vielleicht sind Sie doch nicht ganz so klug. Nein, Mr. Hench, wir wollen diese Organisationen nicht hochnehmen. Sie müssen verstehen, dass sie Konkurrenten haben. Wenn wir aber ein Vakuum erzeugen, füllen es nur die Konkurrenten, und dann haben wir schon wieder einen großen Schlamassel, der sich auf die übrige Welt auswirkt. Wir möchten diese Leute einfach nur klein halten. Wir beschlagnahmen regelmäßig ihre Kriegskasse und verhaften den alten Boss. Wenn eine Kriegertruppe auftaucht, schicken wir ein paar Uniformierte auf die Straße, damit sie ihre Pläne fallen lassen. Wenn Verbrechen schon sein muss, dann soll es wenigstens organisiert sein. Und wenn wir die Organisation übernehmen, können wir den Schaden erheblich reduzieren.«

Ich stand auf. »Mr. Bates, es kommt mir so vor, als wollten Sie mir sagen, ich solle mich töten lassen, um den Ruf von Maxim Preobrazhensky und den brüchigen Frieden zwischen den Oligarchen aus der ehemaligen Sowjetunion und den Zetas nicht zu gefährden?«

»Mr. Hench, bitte setzen Sie sich doch. Darf ich Sie Marty nennen?«

»Sie können mich nennen, wie Sie wollen, ich befinde mich in Ihrem geheimen Stützpunkt.«

»Bitte, Marty, setzen Sie sich. Es dauert nicht lange. Der Punkt ist, dass dies hier gar nicht mein Stützpunkt ist. Es ist Ihrer. Vorübergehend jedenfalls. Wir können Sie beschützen. Ich weiß, dass Sie vor Kurzem eine Menge Geld bekommen haben. Wir können Ihnen helfen, es lange Zeit zu genießen. An einem weit entfernten Ort, wo Sie sich Ihres wohlverdienten und sicheren Ruhestands erfreuen können. Maxim wird zwar auch weiterhin versuchen, Sie zu finden, aber früher oder später wird er, genau wie der Rest seiner Familie, das Interesse verlieren, sofern Sie nicht mehr auftauchen. Sie können in Ruhe Ihr Leben verbringen, und das Gleiche kann auch er tun, ohne dass

Sie einander noch einmal begegnen müssen. Das ist ein ziemlich gutes Angebot.«

Es war ein widerliches Angebot. Ich setzte mich. »Warum bieten Sie mir das überhaupt an?«

Er spreizte die Finger beider Hände. »Wie gesagt, Marty, der Status Quo ist unschön, aber wenigstens können wir ihn mitgestalten. Wir wollen nicht, dass Sie sterben. Es ist unsere Aufgabe, Sie zu beschützen. Aber wir schützen auch die Interessen all der anderen Menschen, die zu Kollateralschäden werden, wenn Sie *nicht* sterben. Wir verfügen über erhebliche Ressourcen – die Bestimmungen über Beschlagnahmungen von kriminell entstandenem Vermögen erlauben es uns, hin und wieder, wenn uns das Geld ausgeht, eines der vielen Bankkonten zu übernehmen, die wir überwachen. Das können wir uns erlauben, und so lösen sich alle Probleme.«

»Was wird aus meinen Freunden?«

»Was für Freunde meinen Sie? Die Wirtschaftsexpertin? Die Frau, deren Ex-Mann Sie zugrunde gerichtet haben? Wir behalten sie im Auge. Ich glaube nicht, dass Sergey auf diesem Weg an Sie heranzukommen versucht. Wenn Sie Frau und Kinder hätten, bestünde da sicherlich ein Risiko, aber Marty, Sie sind ein siebenundsechzig Jahre alter kinderloser Junggeselle. Sie haben nicht einmal eine Ex-Frau. Sie sind der perfekte Kandidat für die Art von Unsichtbarkeit, auf die wir spezialisiert sind. In ein paar Monaten können Sie sogar wieder mit Ihren alten Freunden Verbindung aufnehmen, sofern Sie auf deren Diskretion vertrauen dürfen und selbstlöschende verschlüsselte Nachrichtenapps benutzen. Wenn Sie noch etwas länger warten, können Sie sich irgendwo, weit entfernt von hier, sogar zu einem netten Strandurlaub treffen.«

»Ich fürchte, ich bin nicht interessiert«, antwortete ich.

Er schien enttäuscht. »Marty, seien Sie nicht dumm. Entweder, Sie nehmen dieses Angebot an, oder Sie verbringen den Rest Ihres vermutlich sehr kurzen Lebens damit, sich ständig über die Schulter umzusehen. Ich glaube kaum, dass Sie es damit irgendjemandem da draußen irgendwie leichter machen. Wir räumen Ihren Bus aus, schicken das Zeug zusammen mit dem Inhalt Ihres Lagerraums an den Zielort und reden mit KPMG, damit Sie weiterhin Ihr Geld ausgeben können. Die Alternative ist erheblich unangenehmer.«

»Und wenn ich mit den Zetas rede und ihnen erkläre, wer hinter dem Betrug steckt?«

Seine Enttäuschung schien sogar noch zuzunehmen. »Ich glaube durchaus, dass es Ihnen gelingen könnte, jemanden in dieser Organisation zu erreichen, aber es würde Ihnen nichts nützen. Die Zetas sind längst einige Schritte weiter. Sie hatten einen Plan, der gescheitert ist, und sind inzwischen zu Plan B übergegangen. Es sei denn, Sie wollen ihnen anbieten, ihnen Danny Lazers geheime Schlüssel zu verkaufen.«

»Die existieren nicht mehr«, antwortete ich. »Danny hat die Festplatte mit der Bohrmaschine bearbeitet und den ganzen Computer in einem Industrieschredder zerhäckseln lassen. Niemand kann diese Daten bergen. Man müsste sich schon an seine Quellen in der Chipfabrik wenden.«

»Das würde auch nichts nützen«, erwiderte Bates. »Wir haben ihnen diskret zu verstehen gegeben, dass sie enttarnt wurden, und sie sind nach einem hysterischen Ausbruch spurlos verschwunden. Nein, es wird Ihnen nicht helfen, wenn Sie sich an die Zetas wenden. Ganz zu schweigen von der Gefahr, in der Sie schweben, wenn die Bande Sie auf dem Schirm hat und auf die Idee kommt, dass man Sie nicht mag. Oder, noch schlimmer, dass man Sie mag und der Ansicht ist, Sie sollten für die Gangster arbeiten. Sie besitzen Fähigkeiten, die man dort sicher nützlich findet.«

»Mr. Bates, ich bin Ihnen dankbar, dass Sie über mein Wohlergehen nachdenken, aber ich fürchte, für Ihren Plan bin ich nicht zu haben. Es ist ja rührend, wie sehr sich die Regierung um mich bemüht, aber ich bin daran gewöhnt, selbst auf mich aufzupassen, und wie Sie schon sagten, mir stehen seit Kurzem erhebliche Mittel zur Verfügung.«

»Bitte, Mr. Hench, setzen Sie sich doch. Marty. Sie können jetzt nirgendwo hin. Ihr Bus wurde von dem Campingplatz in Colma abgeschleppt. Es geschah wenige Minuten, nachdem Sie heute Morgen aufgebrochen sind. Ihr Vermögen ist eingefroren. Ich weiß, dass Sie in Ihrem sozialen Umfeld einige sehr gute Anwälte kennen, und wenn Sie genügend Zeit haben, werden Sie möglicherweise die Behörde zwingen können, Ihnen Ihre Sachen zurückzugeben, aber das ist ein langwieriger Prozess, der zweifellos ausgesprochen unangenehm wird.«

Er machte eine Geste, die das leere Büro umschloss. »Ich weiß, das hier sieht nicht nach einem gemütlichen Zuhause aus. Das ist es auch ganz sicher nicht. Wir benutzen dieses Apartment nicht sehr oft, weshalb ich es Ihnen so kurzfristig anbieten konnte. Wenn Sie mir zwei Tage Zeit geben, finde ich irgendwo im Bundesstaat etwas Besseres für Sie. Das wird nur vorübergehend sein. Wieder ein paar Tage später bekommen Sie etwas noch Besseres, einen dauerhaften und vor allem weit entfernten neuen Wohnsitz.«

Ich öffnete den Mund, um ihm zu sagen, dass er sich zum Teufel scheren sollte, wollte hinausstürmen und mir einen Anwalt nehmen oder einen Journalisten finden oder einen Schreihals von der ACLU, die diese ganze dumme Operation gemeinsam in die Luft jagen würden. Der Agent hatte mir vor Augen geführt, dass sie jeden Bereich meines Lebens durchleuchtet hatten. Sie hatten mich verfolgt und ausgespäht, während ich ihren Job erledigt hatte – ich hatte ein möglicherweise allmächtiges Werkzeug für die Geldwäsche geborgen, ehe nicht eine, sondern gleich zwei internationale Verbrechersyndikate es als Waffe einsetzen konnten.

Er kam mir zuvor. »Normalerweise würde ich Ihnen etwas Bedenkzeit geben. Glauben Sie mir, nichts wäre mir lieber als das. Ich an Ihrer Stelle wäre auch ausgesprochen wütend. Ich würde vielleicht sogar ausrasten und möglicherweise vor Zorn etwas sehr Unüberlegtes tun. Aber ich stelle mir vor, dass ich auch klug genug wäre, um zu erkennen, dass ich damit niemandem einen Gefallen erweisen würde, am allerwenigsten mir selbst. Ich habe diese Situation so wenig geschaffen wie Sie. Es waren rücksichtslose Gangster, die uns das eingebrockt haben. Sie sind zugleich ungeheuer mächtig und verfügen über schier unglaubliche Ressourcen. Sie können später herumschreien, wie unfair das alles sei, aber in der Zwischenzeit müssen Sie sich mit der Lage abfinden, wie sie eben ist. Als Erstes sollten Sie Ihre alte Freundin anrufen und ihr erklären, dass Sie sich heute Abend doch nicht im Hotel mit ihr treffen können.« Er zuckte mit den Achseln. »Es tut mir leid, Marty, aber es ist nun mal, wie es ist.«

Es ist, wie es ist. Das Mantra eines Idioten. Das Schlimmste daran war, dass er völlig recht hatte.

18

Bates hatte noch anderswo zu tun. Ehe er ging, sah er mir lange und tief in die Augen und gab mir nachdrücklich zu verstehen, dass dies kein Spiel sei. Ich sollte lieber ein braver Junge sein und bleiben, wo ich war, und tun, was man mir gesagt hatte. Ich schluckte meinen Stolz herunter, verkniff mir eine scharfe Erwiderung und sagte ihm, ich würde es tun.

Dann rief ich Ruth an.

Ich hatte überlegt, ob ich ihr eine Textnachricht schicken sollte. Die traurige Wahrheit war aber, dass sie mir zu sehr am Herzen lag, um ihr einfach per SMS abzusagen. Also rief ich an. Sie ging beim ersten Klingeln dran und sagte aufgeregt: »Hallo, *du*.« Ich hasste mich selbst.

»Ruth«, sagte ich.

»Oh-oh.« Sie war schon immer sehr gut darin gewesen, Untertöne richtig einzuordnen. »Das klingt nicht gut.«

Trotz allem musste ich lachen. »Und das verrät dir ein einziges Wort?«

»Marty, die Ehe mit Lorrie Lin hat mich gelehrt, auf mein Bauchgefühl zu hören und nach Anzeichen Ausschau zu halten. Die Art und Weise, wie du gerade meinen Namen ausgesprochen hast ...«

»Es tut mir leid«, sagte ich. »Glaub mir, es tut mir wirklich leid. Ich komme aus dieser Sache momentan nicht heraus und kann auch nicht darüber reden, aber es setzt mir sehr zu. Ich hatte mich wirklich gefreut …«

»Ich mich auch.« Es klang auf einmal schroff und sehr sachlich. »Also wird das wohl nichts.«

»Äh …«

Sie schnalzte mit der Zunge. »Marty, wir sind keine jungen Dinger mehr. Wenn du einfach nur Freundschaft willst, können wir das so handhaben. Aber nun komm schon, sei wenigstens ehrlich. Ich habe mir fast eingeredet, du wärst es.«

»Ruth, es ist etwas Schlimmes passiert.«

»Etwas Schlimmes?« Ihre Tonlage schwankte zwischen Sorge und Spott. »Etwas, bei dem ich helfen kann?«

»Das wünschte ich«, antwortete ich. »Wirklich. Aber ich kann nicht einmal darüber reden. Es hängt mit meiner Arbeit zusammen. Ich muss mich so schnell wie möglich darum kümmern, und bis dahin muss ich völlig von der Bildfläche verschwinden. Verdammt, es tut mir so leid, Ruth. Ich weiß nicht, wie lange es dauern wird, aber …«

»Aber ich soll mir keine Hoffnungen machen. Schon gut, Marty.«

Ich konnte hören, dass es überhaupt nicht gut war, und das versetzte mir einen Stich, weil Ruth Schwartzburg etwas Besseres verdient hatte. Und es tat weh, das wurde mir allmählich klar, weil ich fand, auch ich selbst hatte etwas Besseres verdient. Wie dumm ich doch sein konnte.

Wenn ein siebenundsechzig Jahre alter Mann schmollt, dann ist das kein schöner Anblick. Ich meine, wäre ich mit meinen Hunderten Millionen Dollar da draußen in der Welt unterwegs gewesen, dann hätte ich mir eine ganze Truppe von Leuten leisten können, die mir das Ego massierten und mir versicherten, was für eine tragische Gestalt ich doch sei, während ich in dem leeren Apartment an der California Street umherwanderte. Aber ich war allein, und als ich zum Pinkeln in das öde Bad ging – eine Flasche Flüssigseife/Shampoo, ein Sechserpack Badehandtücher von CostCo, eine Rolle Papiertücher –, sah ich mich im Spiegel und mochte nicht, was ich sah. Überhaupt nicht.

Ich hatte immer im roten Team gespielt. Ich war der Angreifer, der Betrüger, Gauner und Verbrecher jagte, die sich gegen mich verteidigen mussten. Während sie ihre bösen Taten verübt hatten, waren *sie* die Angreifer gewesen, hatten die Schwachstellen im Kontrollsystem der Finanzwirtschaft ausgebeutet und die Guthaben von der einen Seite der Ledger auf ihre eigene verschoben.

Danach begann der schwierige Teil für sie. Die Räuber mussten von nun an genauso denken wie die Beute. Sie suchten nicht mehr nach Lücken in den Sicherheitsmaßnahmen anderer Leute, sondern mussten sich selbst so gut absichern, dass niemand ihre Abschirmung knacken konnte. Das gelang ihnen natürlich nicht. Mein ganzes Berufsleben ist ein Zeugnis dafür, wie schwer es ist, vom Angreifer zum Verteidiger zu werden.

Wenn man einmal im roten Team gespielt hatte, konnte man nicht mehr in das blaue Team wechseln. Theoretisch sollte es einem bei der Verteidigung helfen, wenn man wusste, wie man angriff, aber praktisch … praktisch funktionierte das einfach nicht.

Was für eine tragische Ironie, dass ich mich jetzt, am Ende meines Berufslebens, nach einem Zahltag von titanischen Ausmaßen, selbst zu diesem Wechsel gezwungen sah. Wie – zum Teufel – sollte ich das durchziehen? Die Erfahrungen aus mehreren Jahrzehnten sagten mir, dass ich dem Untergang geweiht war.

Verdammt auch.

Ich ging noch einmal pinkeln. Betrachtete mich noch einmal im Spiegel. Und sah einen traurigen, müden alten Mann.

Willkommen im blauen Team.

Manche Leute spielen ja gern im blauen Team. Mit größter Sorgfalt entwickeln sie ihre Systeme, bauen Prüfungen und Gegenprüfungen ein und stellen Regeln auf, um die Risiken zu minimieren. Und vor allem vereinfachen sie.

Komplexität ist der Feind der Sicherheit. Je mehr bewegliche Teile und Verbindungen ein System hat, desto mehr Ansatzpunkte findet ein Angreifer, um in das System einzudringen. Das Team Blau ist das minimalistische Team, gewissermaßen die Marie Kondo der Datenverarbeitung. Wenn dich eine Prozedur nicht mit Freude erfüllt, wirf sie raus und nimm eine andere, die einfacher ist. Ein ideales Sicherheitssystem ist eine Kiste mit nur einer Tür, einem einzigen Schloss und einem einzigen Schlüssel, von dem nur ein einziger Mensch überhaupt weiß.

Wenn ich recht darüber nachdenke: Die ideale Sicherheitsvorkehrung ist eine Kiste ohne Türen, ohne Schloss, ohne Schlüssel und ohne jemanden, der irgendetwas weiß.

Nein, streichen Sie das. Die wirkliche ideale Sicherheitsmaßnahme besteht darin, überhaupt keine Kiste zu haben.

Genau da war Danny Lazer schließlich gelandet. Der beste Weg, seine Hintertürschlüssel zu sichern, bestand darin, sie zu zerstören, damit niemand mehr sie benutzen konnte – nicht einmal mehr er selbst.

Ich konnte vor den rachsüchtigen Freunden der Preobrazhenskys vollkommen sicher sein. Ich musste nur das leere Apartment verlassen, darauf warten, dass jemand nicht aufpasste und viel zu schnell die steile California Street herunterkam, während er eine SMS schrieb, und direkt vor sein Auto springen. Platsch. Alle Risiken beseitigt.

Allerdings war ich sehr an einer weniger radikalen Lösung interessiert.

Also gut, Marty, übe dich in Geduld. Du musst dich gegen dieses Risiko verteidigen, indem du … gar nichts tust. Da draußen laufen haufenweise Agenten von geheimen Behörden herum, die dich als logistisches Problem betrachten, als eigentlich unbewegliche Lieferung, die sie von A nach B transportieren müssen. Lehn dich bequem an, entspanne dich und genieße das Erlebnis. Du hast ein Handy und WLAN, im Kühlschrank sind Aufschnitt, Käse und Plastiktüten mit Salat. Du bist ein Mann, der keine Probleme damit hat, sich an das Steuer des Wohnmobils zu setzen und sechzehn Stunden am Stück zu fahren. Zwei oder drei

Tage in einem leeren Apartment? Das kannst du doch im Kopfstand abreißen.

Überhaupt, warum machst du nicht mal einen Kopfstand? Weißt du noch, wie dein Rücken die Nase voll hatte und der Physiotherapeut dir ein Jahr Yoga verordnet hat? Das war schön. Entspannend. Diese Versenkung in mich selbst. Gewiss, ohne die geschmeidigen jungen Leute in den Elastik-Yogasachen ist es nur halb so schön, aber andererseits ist das doch wieder gar nicht so schlecht, oder?

Ich breitete ein CostCo-Handtuch wie eine Yogamatte aus und suchte mir ein YouTube-Video heraus. Dann unterbrach ich die Vorbereitungen und bereitete mir mit schalem braunem Brot ein Sandwich mit Schinken und Käse. Anschließend kehrte ich zur Yogamatte zurück. Dann hielt ich wieder inne.

Nein, alles in allem gefiel es mir im roten Team erheblich besser.

Endlich nickte ich ein. Im Schlafzimmer gab es eine kleine Doppelmatratze, von der ich schon in der Werbung gehört hatte, und ein Bettgestell von Ikea. Der Karton des Gestells lag in der Ecke, daneben der Inbusschlüssel, der mitgeliefert worden war. Außerdem fand ich eine CostCo-Packung mit weißem Bettzeug und eine kuschelige Decke. Irgendjemand hatte das Bett abgezogen und die schmutzige Bettwäsche in die Ecke geworfen. Ich hatte das Bett gemacht, auch das Kopfkissen neu bezogen und war unter die Decke gekrochen. Das Handy hatte ich neben mir auf die Matratze gelegt und es spielte mehrere Tierdokus ab.

Eine todsichere Methode, wenn ich schnell einschlafen will.

Das Klirren der Türkette weckte mich. Einen Moment lang raste mein Herz, ich war desorientiert und brauchte einen Moment, um zu mir zu kommen. Draußen vor den Jalousien des Schlafzimmers war es dunkel. Ich stieg aus dem Bett und zog die Jalousien ein Stückchen hoch, um herauszufinden, ob ich das Fenster öffnen konnte, und ob es dort in der Nähe eine Feuerleiter oder einen Sims gab, damit ich …

»Marty? Ich bin es, Bates. Sie sind nicht ans Handy gegangen.«

»Nein, bin ich wohl nicht«, murmelte ich und ließ die Jalousie wieder herunterfallen. Ich atmete tief durch. »Bin gleich da«, rief ich.

Bates hatte einen mittelgroßen Rucksack von der Art mitgebracht, die Touristen manchmal herumschleppten. Darin waren noch mehr Waren von CostCo: eine Henkelflasche mit miesem Bourbon, ein Sechserpack Unterwäsche, ein Sechserpack weiße T-Shirts, ein Sechserpack Socken, noch mehr Aufschnitt, noch mehr Käse und eine gemischte Tüte mit heruntergesetzten Minischokoladentafeln für Halloween.

»Sie müssen es nur noch ein oder höchstens zwei Tage hier aushalten. Wir haben einen Ort in einem anderen Bundesstaat gefunden, wo wir Sie unterbringen können. Vorher informieren wir Sie über die örtlichen Gegebenheiten. Sie werden in der Nähe eines Luftwaffenstützpunkts sein. Wir können Sie dorthin fliegen und direkt absetzen. Ganz einfach.«

»Ein anderer Bundesstaat? Welcher wäre das?«

Verlegen schüttelte er den Kopf. »Ich fürchte, das muss ich noch für mich behalten. Ich kann Ihnen nur sagen, dass er überwiegend rechteckig ist, und dass der Name mit einem Vokal beginnt und endet.« Ein schwacher Scherz, mit einem wenig überzeugenden Lächeln vorgetragen. »Marty, es tut mir leid, dass wir so streng auf Geheimhaltung achten müssen. Ich fürchte aber, ich kann es nicht ändern. Darf ich Ihnen in der Zwischenzeit noch etwas besorgen? Haben Sie eine Lieblingseiscreme? Möchten Sie ein Sechserpack von irgendetwas haben? Mein Assistent möchte zwar seine CostCo-Karte strapazieren, aber ich kann Ihnen auch etwas anderes besorgen. Ein paar Steaks vielleicht?«

»Etwas Obst wäre schön.«

Er lachte. »Entschuldigung, alles klar. Sie brauchen ja Ihre Vitamine. Geht klar. Ein Beutel Äpfel, zwei Steigen Erdbeeren. Sonst noch etwas?«

Auf einmal hatte ich Lust, ihn zu verprügeln. Es war viele Jahre her, dass ich das letzte Mal so dumm gewesen war, meiner Frustration auf diese Weise Luft zu machen, aber so wie jetzt hatte ich mich seit meiner Jugend nicht mehr gefühlt – seit mein alter Herr binnen einer Woche die ganze Familie von San Diego nach Alabama verlegt hatte. Es war mein letzter Monat auf der Junior High gewesen, ich konnte mich nicht einmal mehr von meinen Freunden verabschieden oder den Abschluss machen. Dieses Gefühl, nur eine Art Paket zu sein, ein logistisches Problem, ohne eigenen Willen und Rechte.

Ich atmete zweimal tief durch und zählte bis zehn.

Anscheinend ahnte er, was in mir vorging. »Hören Sie, Marty, ich weiß, dass es schwer zu verdauen ist, und es ist jetzt auch sehr schnell über Sie hereingebrochen. Glauben Sie mir, wenn ich einen anderen Weg wüsste, würde ich ihn gehen. Aber sehen Sie es mal so – ein Mann, der wie Sie einen Haufen Geld bekommt, will sich doch eine Weile zurückziehen und es in Ruhe ausgeben – an irgendeinem schönen Ort, wo man mit einem solchen Vermögen wie ein König behandelt wird. Wir beschleunigen diesen Vorgang nur. Sie hätten sowieso kein normales Leben mehr führen können. Sobald herauskommt, wie viel Geld Sie haben, müssen Sie Vorsichtsmaßnahmen ergreifen und nach Gaunern und Kidnappern Ausschau halten. Auch das beschleunigen wir. Ich weiß, Sie haben eine Menge zu verarbeiten.«

»Das sagten Sie schon.«

»Es ist verständlich, wenn Sie auf mich wütend sind. Ich bitte Sie nur, einfach hier zu bleiben und mich meine Arbeit machen zu lassen. Ich habe Ihnen ein Wegwerfhandy mitgebracht. Im Speicher ist eine Nummer, unter der Sie mir eine Nachricht hinterlassen können. Ich habe gute Mitarbeiter. Wenn Sie etwas brauchen, schicken Sie eine Nachricht, und wir besorgen es Ihnen. Vergessen Sie nicht, Sie bleiben höchstens noch ein oder zwei Tage hier.«

Ich überwand mich, erwiderte sein freundliches Grinsen und verzichtete mit Mühe darauf, die Hände zu Fäusten zu ballen. »Danke, Waterman.«

Er zuckte zusammen. »So nennt mich niemand. Meine Eltern mochten Füllfederhalter und dachten, der Firmenname wäre das Richtige für ihren Sohn. Nennen Sie mich

Bates. Also, ich weiß ja, dass Sie ein erwachsener Mann mit einer Menge Erfahrung sind. Das bin ich auch, und *meiner* Erfahrung nach sind Sie genau der Typ, der sich danach sehnt, überhaupt nichts mehr zu tun. Ich sehe es Ihnen doch an. Deshalb bitte ich Sie, Martin Harold Hench, im Namen Ihrer rechtmäßig gewählten Regierung, einfach hier zu bleiben.«

»Das kann ich tun«, antwortete ich.

»Können Sie das wirklich?«

Die Wut wallte so plötzlich in mir empor, dass ich auf einmal mit geballten Fäusten aufrecht stand. Der Bürostuhl, auf dem ich gesessen hatte, rollte nach hinten weg, angetrieben von der abrupten Bewegung meiner Beine, und prallte gegen die Wand.

Er blieb gelassen und zuckte nicht einmal zusammen. Hätte er einen Schritt auf mich zu gemacht, ich hätte ihn geschlagen. So stürmte ich aber nur ins Bad, knallte hinter mir die Tür zu und spritzte mir Wasser ins Gesicht. Dann starrte ich den alten, hässlichen, wütenden Mann im Spiegel an. Noch mehr Wasser. Ich zog ein frisches Handtuch aus der CostCo-Packung, trocknete mich ab und ging zurück, um mich endgültig zu demütigen.

»Ich kann hierbleiben«, sagte ich dann. »Und es tut mir leid.«

Zwei kurze Sätze. Zwei Lügen.

Ich nahm an, dass jemand – oder sogar gleich mehrere von ihnen – am Haupteingang des Gebäudes und in der Tiefgarage aufpasste. Im Flur gab es jedoch keine Kameras. Also zog ich mir den Schirm von Onkel Eds Luftwaffenkappe tief in die Stirn und betrat das Treppenhaus. Zuerst ging ich nach oben und landete vor einer alarmgesicherten Tür, die auf das Dach führte. Dann ging ich nach unten und hatte ein Déjà-vu: Eine Tür führte in die Lobby, die andere zu einer Gasse hinter dem Haus, wo die Müllcontainer standen. Das verrieten mir jedenfalls die Hinweisschilder, die alle Bewohner dazu anhielten, sich bei der Mülltrennung mehr Mühe zu geben. Die Schilder waren zwar grammatisch besser und sauberer geschrieben als diejenigen in Ruths altem Apartmenthaus, aber sie gehörten eindeutig in die gleiche Kategorie. Ich fragte mich, ob es in allen Gebäuden in Tanger, Lima oder Stockholm, in denen ich während der nächsten Jahre leben sollte, derartige Schilder gab.

Ich öffnete die Hintertür einen Spalt weit und löste einen Bewegungsmelder aus, der flackernde Leuchtstoffröhren einschaltete. Der Müllraum war ungefähr so groß wie ein Parkplatz, an beiden Seiten standen blaue und schwarze rollbare Container. Der hintere Bereich diente zugleich als Laderampe, doch das Rolltor war herabgelassen und verriegelt. Offensichtlich hatte der Architekt viel Geld ausgegeben und einen eigenen Notausgang installiert, der sich an einer anderen Stelle im Erdgeschoss befinden musste.

Ganz, ganz langsam zog ich die Tür zur Lobby ein winziges Stückchen auf und spähte hinein. Als Erstes bemerkte ich eine Kamera, die wie eine lauernde Spinne unter der Decke hockte. Sachte schloss ich die Tür wieder und tappte ins Apartment zurück. Jetzt hatte ich wenigstens einen

Eindruck von meiner Situation. Ich trank drei Fingerbreit schlechten CostCo-Bourbon und dachte angestrengt darüber nach, wie ich das Rolltor im Müllraum aufbekommen konnte, falls ich – rein hypothetisch – tatsächlich fliehen wollte. Es war eine geistige Übung für das rote Team, die ich so beruhigend fand, dass ich rasch einschlief.

Der nächste Tag war, wenn überhaupt möglich, noch schwieriger. Ich sah Naturdokus, suchte in der Umgebung nach exotischen Eiscremesorten und ließ sie mir von Bates' Laufburschen besorgen. Ich sah sogar auf Facebook nach, aber zum Glück nicht sehr lange. Ich beobachtete die Schatten, die durch die Räume wanderten.

Raza rief an, doch ich ging nicht dran. Dann schickte sie eine SMS und fragte, ob ich noch in der Bay Area sei. Ihr Schreibprojekt in Santa Cruz war fast vorbei, und sie wollte an der Küste nach Oregon hinauffahren und sich erkundigen, ob wir zusammen essen könnten, wenn sie vorbeikäme.

Ich versuchte zu schlafen. Ich überlegte, ob ich Bates bitten sollte, mir eine Dose Indica-Fruchtgummi zu besorgen, der mich zuverlässig sofort ausknipsen würde. Darüber dachte ich nach, bis ich tatsächlich einschlief. Dann wurde ich wieder wach. Es war fast achtzehn Uhr. Bates hatte gesagt, ich solle zum Abendessen mit ihm rechnen. Aß er wirklich so spät?

Ich wartete. Es wurde neunzehn Uhr und später. Zwanzig Uhr, einundzwanzig Uhr. Ich schickte ihm eine Nachricht:

> Ankunftszeit?

Einundzwanzig Uhr dreißig. Keine Reaktion.

Ich wiederholte meine Übung vom Vorabend und vergewisserte mich, dass das Rolltor noch unten war. Der Steuerkasten konnte nur mit einem runden Feuerwehrschlüssel geöffnet werden. Ich sah mir ein paar YouTube-Videos an, die erklärten, wie man ein solches Schloss knacken konnte. Mit dem richtigen Werkzeug war es überraschend einfach. Leider hatte ich dieses Werkzeug nicht.

Ich ließ Dokumentarfilme laufen und legte mich schlafen.

Der nächste Tag verlief ähnlich, nur dass mir der Aufschnitt ausging. Außerdem schickte ich ihm drei weitere Nachrichten, ohne eine Antwort zu bekommen. Ich machte ein Nickerchen und sah mir weiter die Lehrfilme zum Schlösserknacken an.

An diesem Abend konnte ich nicht einschlafen. Vielleicht lag es an den vielen Nickerchen. Höchstwahrscheinlich war es der Frust. Ich war viel zu wütend, um zu schlafen. Aufgebracht sah ich mir noch mehr Anleitungen zum Schlösserknacken an und dachte ernsthaft über meine Flucht nach. Der übliche Mist, wenn man im roten Team ist.

Die Antwort fand ich schließlich im Jahr 2008. Aus diesem Jahr stammte das YouTube-Video, das ich um zwei Uhr morgens entdeckte. Ein Schlossknacker zeigte, wie man ein rundes Schloss von Kryptonite mit der Hülse eines billigen Kugelschreibers öffnen konnte. Wenn man die Hülse mit einer scharfen Klinge sorgfältig zurechtschnitt, konnte man sie in den Zylinder einführen, damit sie den Mechanismus betätigte.

Der Typ im Video war eine große Hilfe. Ich hatte mit seinen Videos aus dem Jahr 2021 begonnen. Da war er älter und hatte Gewicht zugelegt und sich einen Bart wachsen lassen. Und er war wesentlich eleganter. Das Video von 2008 stammte aus seiner Frühzeit, als er noch ungeschickt war und angesichts seiner wundervollen Entdeckung beinahe gesabbert hätte. Ich überprüfte die Angelegenheit und stellte fest, dass es für Kryptonite ein größerer Skandal war, der eine äußerst kostspielige Rückrufaktion nach sich gezogen hatte.

Außerdem erfuhr ich, dass diese Technik auch bei einer Reihe anderer zylindrischer Schlösser in Aufzügen und für weitere Steuereinheiten erfolgreich eingesetzt worden war.

Schlagartig war ich hellwach und glücklich wie ein Schwein in der Suhle.

Im Computertisch im Wohnzimmer gab es eine Reihe von Kugelschreibern, darunter auch zwei, die meiner Ansicht nach die richtige Größe hatten. Zwischen den Toilettenartikeln im Bad fand ich eine CostCo-Packung mit Einmalrasierern. Mit einem Küchenmesser zerlegte ich mehrere davon, bis ich einige elastische dünne Klingen vor mir liegen hatte. Dann versuchte ich erfolglos, aus einer Zahnbürste, einem Streifen Stoff, den ich aus einem Handtuch gerissen hatte, und einem Stück Verkleidung, das ich aus einem leeren Küchenschrank gebrochen hatte, einen Griff anzufertigen.

Erst später kam ich darauf, einen Apfel zu zerteilen und ein Stück der Frucht als Griff zu benutzen. Das funktionierte recht gut – die Klinge drang ein Stück weit in das Fruchtfleisch ein, während der größte Teil herausragte.

Wieder schlich ich auf Katzenpfoten in den Müllraum. Ich hatte mir im Apartment aus den Kugelschreibern drei »Schlüssel« hergestellt und zwei weitere Stifte und zwei meiner improvisierten Schneidegeräte mitgebracht. Vorsichtig befolgte ich die Anweisungen aus den Videos und schob die »Schlüssel« in das Schloss. Gut möglich, dass es überhaupt nicht funktionierte. Seit Kryptonite die Bauweise der Schlösser verändert hatte, um derartige Angriffe zu verhindern, waren mehr als fünfzehn Jahre vergangen. Andererseits hatten solche gewerblichen Anlagen einen wesentlich längeren Lebenszyklus als ein Fahrradschloss. Es war ein Albtraum, sie auszutauschen, weil man neue Schlüssel anfertigen und an alle Wartungsmitarbeiter, Makler, Eigentümer und so weiter verteilen musste. Wie viel Aufwand betrieb der Eigentümer eines Gebäudes, um einen Einbruch in den Müllraum zu erschweren?

Das sagte ich mir jedenfalls selbst, während ich langsam und methodisch arbeitete. Als Arbeitstisch benutzte ich einen säuerlich riechenden rollbaren Müllcontainer. Einer der Stifte schien perfekt zu passen, zersplitterte jedoch, als ich ihn zu drehen versuchte. Ich fand ein zweites Exemplar dieses Typs, schnitt es zurecht und schob es behutsam in das Schloss. Dann drehte ich es sehr langsam und vorsichtig herum. Mit einem Klicken erwachte der Motor, der das Rolltor steuerte, zum Leben, und die Barriere hob sich wie der Vorhang bei der Premiere. In dem stillen Licht der Leuchtstoffröhren in dem Müllraum kam es mir ungeheuer laut vor. Ich überstürzte es nicht. Langsam drehte ich den Stift in die andere Richtung, und das Rolltor fuhr wieder herunter, bis es klirrend auf dem Betonboden landete.

Danach konnte ich sofort einschlafen.

> Bates, das wird mir jetzt zu dumm. Antworten Sie.

Ich war um zehn aufgestanden und hatte erst einmal Yoga gemacht. Dann hatte ich den Rest Brot und Käse und später auch die letzte Packung Fertignahrung gegessen. Aufgebracht war ich umhergelaufen. Ich wollte mich rasieren, musste aber feststellen, dass ich alle Einwegrasierer vernichtet hatte. Mit den Stoppeln sah ich ganz anders aus. Irgendwie verwegen? Wie ein Landstreicher? Vielleicht beides.

Es war Mittag.

> Bates, nun machen Sie schon.

Nichts.

> WATERMAN.

Das Wegwerfhandy klingelte.

»Das wird aber auch Zeit …«

»Mr. Hench, es tut mir wirklich leid.« Es war eine Frau, der Akzent klang nach dem Südwesten. Vielleicht kam sie aus Texas.

»Was tut Ihnen leid? Und wer ist es, dem da etwas leidtut?«

»Mr. Hench, ich bin Agentin Dirks. Ich bin eine Kollegin von Bates. Er wurde abgezogen, und jetzt bearbeite ich Ihren Fall.«

»Nehmen Sie's nicht persönlich, aber das kommt mir ziemlich chaotisch vor.«

»Mr. Hench, ich kann Sie nur um Entschuldigung bitten. Mir ist klar, dass dies für Sie eine schwierige Situation ist, und ich versichere Ihnen, dass ihr Fall trotz der Verzögerung in guten Händen ist und beschleunigt bearbeitet wird.«

»Das ist wirklich beruhigend«, sagte ich so ausdruckslos, wie es mir nur möglich war.

»Mr. Hench, Agent Bates' Versetzung sagt wirklich nichts über die Bedeutung aus, die wir Ihrem Fall beimessen.«

»Ja, das war schon herauszuhören.«

»Allerdings hat der Personalwechsel eine bedauerliche Verzögerung nach sich gezogen.«

»Das ist verständlich.« So unbeteiligt, als wäre ich völlig zugedröhnt.

»Ich versichere Ihnen, es wird nicht länger als eine Woche dauern.«

»Eine Woche.« Tonlos und zugleich knallhart. Sie tat so, als bemerkte sie es nicht.

»Morgen früh schicken wir jemanden, der Ihnen frische Vorräte mitbringt. Wenn Sie spezielle Wünsche haben, können Sie eine SMS an diese Nummer hier senden.«

»Verstehe.«

»Danke für Ihr Verständnis, Mr. Hench. Ich entschuldige mich noch einmal für das Department und die Behörde für diese Unannehmlichkeiten.«

»Welche Behörde ist das eigentlich?«

»Auf Wiederhören, Mr. Hench.«

Ich ging hinunter und überprüfte noch einmal meinen »Schlüssel«, dann packte ich zusammen, was ich mitnehmen wollte, und verstaute das restliche Essen, das für eine letzte Mahlzeit reichen würde, in einem Fach des Kühlschranks. Anschließend machte ich das gewohnte Nachmittagsnickerchen.

Um siebzehn Uhr dreißig wachte ich heißhungrig auf. Die Naturdoku, die in einer Endlosschleife abspielte, hallte zwischen den kahlen Wänden im leeren Schlafzimmer wider. Ich aß das letzte Brot, den letzten Käse und den einzigen Apfel, in dem keine Rasierklingen steckten, trank zwei Fingerbreit widerlichen Bourbon, ging unter die Dusche, putzte mir die Zähne und betrachtete mein Gesicht. Alt, aber schon besser. Das rote Team wird aktiv, Baby.

Ich schlich zur Tür hinaus und die Treppe hinunter und betrat den Müllraum. In diesem Augenblick summte mein Handy. Es war eine selbstlöschende Signal-Nachricht von einer unbekannten Nummer.

> BATES HIER. DIESE MISTKERLE IM FINANZMINISTERIUM HABEN ENTSCHIEDEN, DASS ES IHRE ZUSTÄNDIGKEIT IST, UND MICH ABGEZOGEN. JETZT GEHT ALLES DEN BACH RUNTER. VIELLEICHT HELFEN DIE IHNEN, VIELLEICHT ABER AUCH NICHT.

ICH DACHTE, SIE SOLLTEN DAS WISSEN. TUT MIR LEID.

Der Timer lief ab. Signal unterband die Möglichkeit, einen Screenshot anzufertigen. Ich hätte blitzschnell die Treppe hochlaufen und mit dem Wegwerfhandy, das Bates mir gegeben hatte, ein Foto aufnehmen können – dieses Telefon hatte ich aus gutem Grund nicht mitgenommen –, aber das wäre sinnlos gewesen. Was nützte mir etwas Kompromittierendes über Bates, wenn ich irgendwann mal wieder mit einer geheimen, namenlosen Abteilung des DHS zu tun hatte?

Ich wartete nicht, bis der Timer abgelaufen war, sondern löschte die Nachricht von meiner Seite aus. Dann schob ich den Schlüssel ins Schloss und drehte ihn herum. Das Rolltor öffnete sich. Ich wartete, bis es zu drei Vierteln geöffnet war, kehrte die Laufrichtung um, damit es sich wieder schloss, und duckte mich darunter hindurch. Als mich der Sensor erfasste, hielt es bebend an, doch sobald ich draußen war, schloss es sich weiter. Mit einem Klappern verriegelte es sich hinter mir. Aber da hatte ich bereits das Ende der Gasse erreicht und bog in die Montgomery Street ab.

Zwei Häuserblocks entfernt standen vor dem japanischen Konsulat einige Taxis. Richtige Taxis, für die man keine App benötigte. Ich gab dem Fahrer hundert Dollar und fragte ihn, ob er in der nächsten Stunde etwas vorhätte.

»Eine Stunde?«, fragte er. Er war ein Latino in mittleren Jahren und nahm kommentarlos die Banknote entgegen.

»Das ist die Anzahlung«, erklärte ich. »Schalten Sie die Uhr ein. Wenn wir hundert Dollar erreichen, bekommen Sie noch einen Schein. Wenn ich fertig bin, ehe die hundert Dollar erreicht sind, behalten Sie den Rest.«

»Alles klar«, antwortete er. »Wohin soll es denn gehen?«

»Das weiß ich noch nicht genau«, sagte ich. »Aber erst mal weg von hier.«

Er fuhr an.

Ich schickte Raza über Signal eine Nachricht. Wenn der Dienst für Bates sicher genug war, um seine Agentenkollegen zu verpfeifen, dann war er es auch für mich. Ich stellte die Selbstzerstörung der Nachricht auf eine Stunde ein.

> Bist du schon in der Nähe?

Rings um uns kroch der Verkehr von San Francisco dahin. Wir erreichten die Embarcadero und fuhren in Richtung Fisherman's Wharf, wo mehr Touristen als Einheimische unterwegs waren.

> Habe schnell gehalten, um die Nachricht zu beantworten. Bin in Pacifica. Essen in einer Stunde?

> Abendessen wäre wundervoll. Aber es ist im Augenblick etwas schwierig. Hat mit früheren Problemen zu tun. Wie wäre es mit dem Laden, wo wir mal gesehen haben, wie ein Tourist in den Schoß seiner Frau gekotzt hat? Aber parke nicht in der Nähe und benutze keine App, um dorthin zu kommen.

So würde sie verstehen, dass ich das W-Hotel in der Nähe des Moscone Center meinte. Das war ein unvergesslicher Vorfall gewesen.

> Alles klar. D hast wirklich ein interessantes Leben.

> Eine Stunde?

> Lieber neunzig Minuten. Ich muss mich erst mal mit BART zurechtfinden.

> Zahl bar.

> Verstanden.

Ich schaltete mein Handy aus und wünschte zum millionsten Mal, es hätte eine auswechselbare Batterie.

Der Fahrer sagte, ich solle ihn Pelon nennen – er war wirklich sehr, sehr kahlköpfig –, und er stammte aus Michoacan. Wir redeten eine Weile über den mexikanischen Präsidenten und die Politik des Landes. Er zeigte mir Fotos von seiner Frau und seinen drei erwachsenen Kindern, darunter eine Tochter, die an der Universität von Berkeley einen Abschluss in Politikwissenschaften gemacht hatte und jetzt in Sacramento für einen Senator arbeitete. Sie sah ungeheuer klug aus. Ich beglückwünschte ihn und verriet ihm nichts über mein Leben.

Er fuhr mich auf einem Umweg nach SoMa, dann durch Richmond, den Golden Gate Park, Haight-Ashbury und Castro und dann zum Mission District. Zwischen Haight-Ashbury und Castro gab ich ihm wieder einhundert Dollar, und dann noch einmal einhundert für die Studienkredite seiner Tochter, als wir vor dem W hielten. Dem Portier, der die Tür des Taxis öffnete, gab ich zwanzig. Ich fragte ihn, wo das Restaurant sei.

Das Lokal war von der Straße aus zu sehen, doch der Portier verstand sofort, was ich wollte. Die zwanzig Dollar erkauften mir eine persönliche Begleitung zum Empfang, wo ich für weitere fünfzig Dollar einen Tisch im Hinterzimmer bekam. Der freundlichen Empfangsdame sagte ich, ich erwarte eine Freundin, die nach Lerners Tisch fragen würde. Anschließend schickte ich Raza eine entsprechende Nachricht.

Sie trug eine Art Strandkleid oder einen Kaftan und Riemchensandalen und war bemerkenswert entspannt und aufgeräumt. Sie strahlte mich an, als sie sich auf ihrem Stuhl niederließ.

»Marty, jetzt läuft das Spiel.«

»Raza, du bist eine gute Freundin und ziemlich witzig. Aber ich fürchte, dies ist kein Spiel.«

Außerhalb des Separees herrschte ein ohrenbetäubender Lärm in dem Restaurant – Konferenzteilnehmer aus dem Moscone Center, mit Whisky-Cocktails gut geschmiert, ließen ihr Geschrei vorn, hinten, oben und unten zwischen den glänzenden harten Flächen des Lokals erschallen. Ich zückte mein Handy und schaltete es ab. Raza folgte meinem Beispiel. Dann steckte ich beide Geräte in meinen Rucksack und stellte den Rucksack neben die Tür zum Hauptraum, die lauteste Stelle in unserem kleinen Nebenzimmer.

Und dann weihte ich Raza mit gedämpfter Stimme ein. Ich hatte genug Zeit gehabt, um darüber nachzudenken, wie ich es erklären wollte, und sobald ich begonnen hatte, ging es ganz schnell. Wir wurden vom Kellner unterbrochen, der unsere Bestellungen aufnehmen wollte, und kurz vor dem Ende meiner Geschichte noch einmal, als er uns zwei Artischocken mit Aioli und einem Habanero-Essig-Dressing brachte.

Wir warteten, bis er wieder verschwunden war. Raza zupfte ein paar Blätter ab und tauchte sie in die beiden Soßen, kostete den Geschmack und dachte gründlich nach.

»Du hast wirklich ein sehr aufregendes Leben«, meinte sie schließlich. »Es klingt schrecklich.«

Ich schnaubte nur. Solche Untertreibungen waren typisch für Raza. »Offenbar sind Verbrechersyndikate dysfunktionale Organisationen, die mit Bitterkeit, Feigheit und Betrug betrieben werden. Das hätte ich schon viel früher erkennen müssen, aber manchmal bin ich schwer von Begriff.«

»Lieber spät als nie«, sagte sie. »Außerdem solltest du mal die scharfe Soße versuchen. Die bildet einen eigenartigen, aber sehr hübschen Kontrast zur Mayonnaise. Ich glaube, der Fettanteil nimmt etwas Schärfe und hebt die anderen Aromen in der Peperoni hervor.«

»Raza ...«

»Marty, ich mache keine Witze. Zuerst einmal ist es wirklich köstlich, und zweitens solltest du mal einen Schritt zurücktreten, um die Lösung zu erkennen. Ehrlich gesagt, ist es gar nicht so kompliziert.«

Ich probierte die Artischocke. Das erste Stück schmeckte ich nicht, auch das zweite nicht, aber dafür das dritte. Sie hatte wieder einmal recht.

»Also gut, ich beruhige mich. Danke, dass du mich auf den Teppich geholt hast, Raza. Ich weiß nur nicht, ob ich einverstanden bin, wenn du meinst, es sei ›gar nicht so kompliziert.‹«

Sie lächelte. Unser Kellner brachte den Hauptgang: Kaninchenrücken und Rosenkohl für sie, einen Avocadoauflauf in der Größe eines Geburtstagskuchens für mich. Wir warteten, bis er gegangen war, und dann …

»Komm schon, Marty. Denk nach. Warum schwebst du in Gefahr?«

»Weil die Preobrazhenskys rachsüchtige Ärsche sind.«

»Aber warum wollen Sie sich an *dir* rächen? Du hast ihnen nichts getan.«

»Weil Maxim der Familie gesagt hat, dass ich …« Oh.

»Kluger Junge.« Sie fiel über ihr Kaninchen her.

Zum Nachtisch bestellte Raza die Käseplatte und kleine Näpfchen mit kaum gesüßtem Reispudding, die unter dem Grill flambiert worden waren und dadurch eine feste, knusprige Zimtkruste gebildet hatten.

Ich hatte drei Whisky intus und wurde langsam gefühlsduselig. Das W hatte erheblich besseren Bourbon als Watermans CostCo-Sorte. Natürlich nicht für zweitausend Dollar pro Flasche, aber in jeder Hinsicht unbedingt empfehlenswert, und das Gebräu erfüllte seinen Zweck. Ich fühlte mich schon viel entspannter.

»Glaubst du, ich sollte die Zetas anrufen und Maxim verpetzen?«

Raza nickte und schnitt ein großzügiges Stück Port Reyes Toma ab, klatschte es auf einen halben Haferbiskuit und knabberte vorsichtig, legte den Kopf schief, während ihre

Zunge den Geschmack auskostete, und biss noch einmal kräftiger hinein. Leise und zufrieden seufzte sie.

»Genau das solltest du meiner Ansicht nach tun. Es wird schwierig, den Bankier der Zetas zu finden, aber das dürfte deine Fähigkeiten nicht übersteigen.«

»Aber wenn ich das mache, löse ich einen Bandenkrieg aus. Bates sagte mir, dabei könnten Unschuldige sterben.«

Sie schüttelte den Kopf. »Bates wollte, dass du ihm hilfst, den Status Quo zu erhalten, diese gemütlichen Zustände also, bei denen sie die Verbrechen auf eine vorhersagbare ruhige Art und Weise einfach laufen lassen. Was sagtest du noch mal, wie er es genannt hat? Schadensbegrenzung?«

»So hat er sich das wohl vorgestellt«, bestätigte ich.

»Schadensbegrenzung ist aber nicht das Gleiche wie das Vermeiden von Schaden. Die Zetas sind eine Besatzerarmee. Massenmörder. Und das Geld, das die Preobrazhenskys waschen? Das ist mindestens genauso schmutzig. Die Zetas sind eine Killerbande, aber das Geld, das durch die aserbaidschanischen Banken läuft, stammt von Leuten, die ein Vermögen damit verdienen, Seen zu vernichten, das Land zu vergiften und Wälder abzuholzen. Ebenfalls Massenmord, nur hinter anonymen LLCs verborgen.«

»Manche berauben dich mit einem Revolver, andere mit dem Füllfederhalter«, zitierte ich.

»Ah, Woody Guthrie. Er wusste schon, wie man es ausdrücken muss. Du solltest das mal auf Französisch hören, da ist es noch eindringlicher. *Plume* hat so viele köstliche

Nebenbedeutungen, da hörst du fast schon den Henker die Guillotine schärfen.«

»Aber was kommt dabei heraus, wenn ich dafür sorge, dass eine Menge Leute umgebracht werden …«

»Du wirst nicht dafür sorgen, dass eine Menge Leute umgebracht werden. Dafür sind Bates und seine Rivalen im Finanzministerium zuständig. Wirtschaftsverbrechen sind ein notwendiger Bestandteil von Gewaltverbrechen. Auch der fanatischste Sadist braucht irgendeine Geschäftsidee, weil er sonst selbst arbeiten gehen muss. Der Unterschied liegt nicht in der Frage, ob es Morde gibt, sondern wo. Was Bates mit ›Schadensbegrenzung‹ meint, ist, dies alles möglichst auf einem anderen Kontinent geschehen zu lassen. Die Morde finden also woanders statt, wo wir sie nicht sehen, und die Toten zählen weniger, weil sie eine braune Haut haben und nicht Englisch sprechen.«

»Ich weiß nicht, Raza. Ich habe einige Dinge getan, die es mir schwer machen, in den Spiegel zu sehen, aber ich bin nicht sicher, ob ich es ertragen könnte, Fremde zum Tode zu verurteilen.«

»Marty, du hast dieses Urteil nicht verhängt. Das hat Bates getan. Er und sein System stecken in einem Widerspruch: Wenn sie das Offshore-Finanzwesen ausschalten, tun sie ihren Freunden weh, den ›guten Leuten‹, deren Familienanwälte dafür sorgen, dass sie keine Einkommensteuer bezahlen müssen und ihren Kindern Milliarden vermachen können. Das ist der wahre Grund dafür, dass niemand den Preobrazhenskys oder Zetas Einhalt gebietet. Würde man da durchgreifen, müsste man auch die

Büros ihrer Handlanger schließen. Ich meine nicht nur Leute wie Sebo Szarka, sondern auch deine Freunde bei KPMG. Angesehene Typen also, die mit dem Füllfederhalter arbeiten.

Bates' Vorschlag ist ebenfalls ein Todesurteil, auch wenn es länger dauert. Ändere deinen Namen, lass deine Freunde im Stich, verlasse das Land, lebe im Untergrund, bis du stirbst. Nicht weil du ein Verbrechen begangen hast, sondern weil Bates keinen Finger rühren will, um die Verbrechen zu verhindern, die geschehen werden, wenn er etwas Ehrenhaftes tut. In Madagaskar gibt es eine alte Redensart für Typen wie ihn: Der Kerl kann dich mal.«

»Diese Redensart gibt es auch in Amerika«, antwortete ich lächelnd.

»Ehrlich, unsere Kulturen sind einander ähnlicher, als wir glauben.« Sie prostete mir mit einem ordentlichen Schluck Bourbon zu. »Also, dieser Typ kann dich mal. Verpetze Maxim, such dir eine Gegend, wo du in Ruhe abwarten kannst, bis sich der Sturm gelegt hat, und dann holst du dir dein Vermögen zurück.«

Ich starrte eine Weile ins Leere und überlegte. »Das ist eine verlockende Möglichkeit.«

»Es ist nicht nur eine Möglichkeit, mein Freund. Es ist unvermeidlich. Es ist schlicht und ergreifend das Einzige, was du tun kannst.«

»Meinst du, es könnte klappen?«

Theatralisch zuckte sie mit den Achseln. »Mal sehen. Das FBI könnte irgendetwas vorschieben, um dich zu verhaften. Die Zetas könnten dir die Kehle durchschneiden, weil du dich einmischst, und die Preobrazhenskys könnten dich zu Tode foltern.«

»Also, wenn du es so ausdrückst …«

Sie hob eine Hand. »Lass mich ausreden. Die Behörden bekommen es mit einer Bandenkrieghölle zu tun, obwohl das Finanzministerium und das DHS viel mehr daran interessiert sind, ihren Einflussbereich zu vergrößern, als Verbrechen zu bekämpfen. Die psychotische Grausamkeit der Zetas ist ein Teil ihres Geschäfts und keine Philosophie, und wenn sie wirklich unfähig wären, ökonomisch sinnvolle Entscheidungen zu treffen, dann hätten sie sich nicht weltweit ausbreiten können. Wusstest du, dass die Organisation mit der 'Ndrangheta in Sizilien zusammenarbeitet? Irgendjemand in dieser Bande ist auf die Idee gekommen, sich einen Pass zu besorgen, ein Flugticket zu kaufen und quer über den Globus zu fliegen, um die Verbrechen zu koordinieren. Wenn du diese Person findest, bekommst du eine Beförderung.«

»Also gut«, sagte ich. »Aber was ist mit den Preobrazhenskys?«

Sie winkte ab. »Die wollten dich sowieso schon töten und werden nicht davon ablassen, ganz egal, was du tust. Sie sind unbeirrbar und nicht durch dein Verhalten zu beeinflussen.«

Ich trank meinen Bourbon aus. »Raza, kann ich mal einen Augenblick lang ganz ernsthaft mit dir reden?«

Die Belustigung war wie weggeblasen. »Natürlich, Marty. Jederzeit.«

»Raza, ich habe Angst. Das sind drei sehr mächtige Gegner, die mir allesamt ziemlich schlimme Dinge antun wollen. Ich habe Angst um mich selbst, aber auch um dich und meine anderen Freunde. Bates sagte zwar, sie würden nicht versuchen, über dich Druck auf mich auszuüben, aber er dachte auch, er könnte mich ins Ausland bringen und verstecken, ohne vom Finanzministerium ausgebootet zu werden. Ich will nicht sterben, und ich möchte ganz bestimmt nicht, dass du stirbst.«

Sie schüttelte den Kopf. »Marty, das verstehe ich. Alles in allem will ich eigentlich auch nicht sterben. Aber wie du selbst schon gesagt hast, du bist kein guter Spieler für das blaue Team. Die Situation ist, wie sie ist, und du musst dich mit den Fakten abfinden, wie sie sind, und nicht wie du es gerne hättest. Dies ist nicht der richtige Augenblick, um in Selbstmitleid zu zerfließen, weil du für das blaue Team einfach nicht genug Erfahrung hast. Dies ist der Augenblick, in dem du auf deine Stärken als Spieler im roten Team zurückgreifen musst. Marty, geh zum Angriff über. Ich habe ein Vierteljahrhundert lang zugesehen, wie du solche Operationen durchgeführt hast, und ich habe dich kein einziges Mal verlieren sehen. Martin Hench, du bist eine verdammte Legende, und du wärst dumm, wenn du das vergisst.«

Raza ist nur einen Meter siebenundfünfzig groß. Eine abtrünnige Wirtschaftswissenschaftlerin, die von der Mehrheit ihrer Kollegen geschmäht und von ihren Studenten und den demokratischen Sozialisten in den USA geliebt wird. Sie ist Kriegsflüchtling, spricht fünf Sprachen fließend und ist eine der besten Köchinnen, die ich je kennengelernt habe. Außerdem ist sie brillant, witzig und mitfühlend. Und sie versteht es, mich aufzumuntern.

»Raza …«

»Marty, du weißt, dass ich recht habe, und jetzt lass es mich beweisen. Lass uns dieses kleine Szenario wie ein Kriegsspiel durchdenken und eine Taktik entwerfen. Dann wirst du sehen, dass Martin Hench dieser Herausforderung mehr als gewachsen ist.«

19

Es war schon Jahrzehnte her, dass ich das letzte Mal im Freien kampiert hatte. Es waren schöne Erinnerungen: auf der Erde schlafen, ganz früh den Sonnenaufgang betrachten, losgelöst von den Regeln der Zivilisation. Ich hatte eine tiefe nomadische Ruhe empfunden.

Mein jetziges Vorhaben war in vielerlei Hinsicht ganz anders als der letzte Ausflug, der mich in den Joshua Tree Nationalpark geführt hatte. Dieses Mal lagerte ich auf der Golden Gate Avenue inmitten einer Gruppe von etwa fünfzig Zelten, die eine Hilfsaktion für Obdachlose gespendet hatte, nachdem sie gegen die Stadt einen Prozess gewonnen und durchgesetzt hatte, dass auch Obdachlose irgendwo schlafen müssen.

Offensichtlich waren die nächtlichen Geräusche in der Stadt andere. Das galt auch für die Nachbarn. Und für die Gerüche. Aber die größte Herausforderung war meine Blase. Auf einmal verstand ich, warum so viele große Plastikflaschen voller Urin vor den Zelten standen. Ich musste um zwei, um drei und um fünf Uhr aufstehen.

Das Zelt und die übrigen Sachen hatte ich in einem rund um die Uhr geöffneten Walmart gekauft und bar bezahlt. Hin und zurück war ich mit einem richtigen Taxi gefahren, das ich vor dem W angehalten hatte. Raza hatte im W unter ihrem eigenen Namen ein Zimmer gemietet, meinen Rucksack in der Lobby in einem Schließfach verstaut und mir den Abschnitt überlassen.

Sobald ich meine Obdachlosenausrüstung und einen Einkaufstrolley hatte, um die Sachen umherzufahren, suchte ich mir auf der Golden Gate Avenue eine Stelle, die ein Stückchen vom Hauptlager entfernt war, baute das Zelt auf und legte mich schlafen.

Wegen meiner Blase, dem Lärm und den Gerüchen schlief ich nicht viel und auch nicht besonders gut. Der Todesstoß war dann der Berufsverkehr, der vor acht Uhr morgens einsetzte. Klackernde Absätze, Rollkoffer, Handytelefonate. Ich stand auf und brach mein Lager ab. Meine Pissflasche entleerte ich etwas verlegen in einen Gully. Dann packte ich alles in meinen Trolley.

Da ich die Sachen vom Vortag trug, wirkte ich immer noch eher wie ein Tourist, der die Nacht durchgemacht hatte, und nicht so sehr wie ein Obdachloser. Mit einer Plane bedeckte ich den Trolley und sicherte alles mit einem Fahrradschloss an einem Telefonmasten an der Ecke vor dem W. Dann ging ich hinein und holte meinen Rucksack mit dem Laptop und dem Handy bei dem Portier ab. Ich gab ihm zwanzig Dollar Trinkgeld. Er bot mir an, ein Taxi zu rufen, doch ich sagte ihm, ich brauchte keines, und eilte zu meinem Trolley zurück, den niemand angerührt hatte.

Dann rollerte ich zur Hauptstelle der Stadtbibliothek von San Francisco im Civic Center und freute mich über meine Unauffälligkeit.

Es kam nicht infrage, das Land zu verlassen. Wenn einer der Gegner das DHS ist, ist es nicht ratsam, eine Grenze zu überschreiten. Also musste ich im Inland untertauchen. Am besten in der Nähe der Orte, wo etwas passieren würde. Als Obdachloser kann man in den USA mühelos verschwinden. Es war wie ein Mantel mit einem Unsichtbarkeitszauber, der hervorragend funktionierte.

Natürlich war ich genau genommen gar nicht obdachlos. Ich tat nur so. Ein Multimillionär, der in einem Einmannzelt Urlaub machte und in eine Flasche pinkelte. Ja, einige Leute wollten mich umbringen, aber hier in dem riesigen unsichtbaren Land der Obdachlosen in San Francisco fiel ich nicht auf. Ich fragte mich, ob eine Spende von hundert Millionen etwas ändern würde. Zweihundert Millionen? Oder alles?

Die Stadtbibliothek war die erste öffentliche Bibliothek des Landes, die einen hauptamtlichen Sozialarbeiter eingestellt hatte, und dort konnte man sich Anzüge und Schlipse für Bewerbungsgespräche leihen. Außerdem gab es eine Garderobe, in der es möglich war, meinen Trolley abzustellen. Und dort arbeiteten Bibliothekare, die auf die Privatsphäre ihrer Kunden großen Wert legten und nicht zuließen, dass die Stadt oder die Bundesbeamten die WLAN-Verbindungen überwachten. Dieser Zugang erlaubte sogar Tor-Sitzungen.

Ich suchte mir einen Platz neben einem Netzwerkanschluss und verband meinen Laptop. Die MAC-Adresse meines Laptops änderte ich manuell, öffnete eine Tor-Sitzung und suchte nach dem Bankier der Zetas.

Das Wichtigste bei den Offshore-Konten ist, dass sie nicht wirklich außerhalb des Landes liegen. Theoretisch wird das Geld aus den USA auf das Konto einer Luxemburger LLC verschoben, aber diese LLC erwirbt dann amerikanische Schatzwechsel, Beteiligungen an einer amerikanischen Liegenschafts-Investmentgesellschaft oder sogar einen großen Anteil eines Aktienfonds, der gerade durch das Silicon Valley galoppiert und hundert Start-ups einkauft, um ein riesiges, klobiges neues Unternehmen zu bilden, dessen wichtigstes Vermögen trollfreundliche Patente und Steuerabschreibungen für Forschungsprojekte darstellen, die im Sande verlaufen sind.

Das Offshore-Geld ist die ganze Zeit in der Nähe und tut sozial nutzlose Dinge, damit die müßigen Reichen noch reicher werden. Für diejenigen, deren Reichtum aus harter Knochenarbeit stammt – wie etwa Petzer im Drogengeschäft lebendig zu häuten und die Leichen an eine Brücke in Chiapas zu hängen –, funktioniert dieses System sogar noch besser, weil es mehr kann, als sie lediglich vor der Besteuerung zu schützen. Es bietet ihnen Schlupflöcher, um das Geld überhaupt behalten zu können.

Regierungsstellen wie die Steuerbehörde haben die Macht, strafbewehrte Vorladungen zu erlassen, was ein gewaltiger Vorteil sein sollte, wenn es darum geht, diese Gelder aufzuspüren. Andererseits sind sie auch deutlich im Hintertreffen, denn sie müssen gerichtsfeste Beweise dafür vorlegen, dass die Guthaben, die sie gefunden haben, dem Menschen gehören, den sie des Steuerbetrugs bezichtigen.

Wenn dann noch der unauslöschliche gesellschaftliche Konsens dazukommt, dass die Steuervermeidung der reichsten Mitbürger schlimmstenfalls ein etwas geschmackloser Sport und bestenfalls der reinste Ausdruck des freien Unternehmertums sei, dann erkennt man, warum die Fahnder so wenig erfolgreich sind.

Ich dagegen habe nicht die Macht, Vorladungen zu erlassen, aber ich muss auch niemandem etwas über jeden vernünftigen Zweifel hinaus beweisen. Außerdem bin ich ein Abweichler, denn ich akzeptiere den erwähnten Konsens hinsichtlich der Geldwäsche nicht. Diese beiden Faktoren verschaffen mir gegenüber meinen Kollegen bei der Steuerfahndung und dem DHS einen erheblichen Vorteil.

Außerdem weiß ich, wie man in der Blockchain suchen muss. Theoretisch sind die Transaktionen zwar anonym, in der Praxis kann man allerdings beobachten, welche Firmen, die einer Drogenbande als Tarnung gedient haben, vom DHS oder den mexikanischen Federales hochgenommen werden. Wenn man dann den Prozess verfolgt, kann man beobachten, wie das Geld zu und von den Konten fließt.

Die spezifischen Beträge sind ein Hinweis. Ein Schlüssel. Wenn man passende Transaktionen in der Blockchain findet – der ewige, unlöschbare, öffentliche Ledger aller Transaktionen –, bekommt man eine Liste mit verdächtigen Kryptowallets. Als Nächstes sieht man sich die übrigen Transaktionen dieser Wallets an und prüft, ob es dort Geldströme gibt, die mit anderen ein- und ausgehenden Zahlungen von weiteren beschlagnahmten Konten übereinstimmen. So lässt sich die Liste weiter einengen. Es dauert nicht lange, bis man ein einziges, bestimmtes Konto gefunden hat.

Hat man erst einmal eine klare Verbindung zwischen einem Wallet und einer kriminellen Organisation entdeckt, erweitert man den Radius und verfolgt alle Transaktionen dieses Kontos, um festzustellen, wohin sie führen. Wurde ein Wallet einmal bei einem Verbrechen benutzt, darf man jedoch nicht annehmen, dass alle Gegenstellen, mit denen es Transaktionen gab, ebenfalls Verbrechern gehören. Kontaktschuld ist strafrechtlich nicht relevant.

Andererseits bin ich kein Cop. Einige dieser Wallets führen zu Menschen. Zu Menschen, die ihre Identität öffentlich gemacht haben, weil sie um Spenden gebeten oder Zahlungen geleistet haben. Diese Leute haben soziale Netzwerke: Freunde und Follower auf Facebook, Twitter und vor allem LinkedIn. Auf LinkedIn sind Firmen vertreten. Firmen sind registriert. Firmenregister führen zu Registern der Nutznießer und Besitzer. Manche Namen erscheinen in diesem Haarballen mehr als einmal. Das sind die losen Enden, mit denen sich der ganze widerspenstige Knoten aufdröseln lässt.

Um dreizehn Uhr verließ ich die Bibliothek, um zu Mittag zu essen. Ich wanderte im Civic Center umher und murmelte leise mit mir selbst, während ich die Informationen verdaute, die ich während meiner ersten vierstündigen Suche zusammengetragen hatte. Ich stellte mich an einem Sandwichladen an und begriff, dass mein Unsichtbarkeitsmantel inzwischen ein Kraftfeld bekommen hatte.

Alle anderen gingen so weit wie möglich auf Abstand, denn allmählich sah ich tatsächlich wie ein Obdachloser aus. Meiner Ansicht nach roch ich aber noch nicht wirklich unangenehm. Es war einfach die soziale Distanz, die wir unwillkürlich zu allen sehr armen Menschen wahren, weil wir fürchten, der Zusammenbruch des Lebens und aller seiner Möglichkeiten könne am Ende ansteckend sein.

Das Sandwich – Thunfischsalat auf einer Kaisersemmel – war genießbar, viel mehr aber auch nicht. Ich aß es auf einer Bank auf der Civic Center Plaza, wischte mir den Mund ab, warf die Verpackung weg und kehrte in die Bibliothek zurück. Niemand verfolgte mich. Niemand wollte etwas von mir, sah man einmal von dem Wunsch ab, mir möglichst fernzubleiben.

Nach der Mittagspause hatte ich meinen Arbeitsplatz verloren, und es gab keine freien Stromanschlüsse mehr. Ich stellte die Bildschirmhelligkeit herunter und senkte den Prozessortakt, um möglichst viel Strom zu sparen, und machte mich an die Nachmittagsarbeit. Ab und zu sah ich mich um, ob eine Steckdose frei geworden war.

Leider vergeblich. Die Leute, die einen Anschluss erobert hatten, steckten in ganz anderen Schwierigkeiten als ich, und ich hätte nicht einmal behaupten können, dass ihre Sorgen unbedeutender waren als meine. Ich konnte ihnen nicht verübeln, dass sie eifersüchtig über ihre Steckdosen wachten. Das führte jedoch dazu, dass mir um sechzehn Uhr der Strom ausging. Ich musste wieder auf die Straße.

Im Tenderloin-Viertel schob ich meinen Trolley den Hügel hinauf und hielt nach einer Stelle Ausschau, wo ich mein Zelt aufbauen konnte. Am Vorabend hatte ich mein Lager aufgeschlagen, als die meisten schon in ihren Zelten gehockt hatten, die Reißverschlüsse zugezogen und abgeschirmt vom Rest der Welt. Zur Essenszeit am Abend waren die Zeltlager jedoch lebhafte und gesellige Orte, wo viele Menschen umherwimmelten. Ich fand einen mexikanischen Grill und schob meinen Trolley hinein. Die Kassiererin gab mir zu verstehen, ich solle das Ding vor der Tür abstellen, worauf ich beschwichtigend die Hände hob und sagte, ich wolle ein ganzes Grillhähnchen mit Beilagen zum Mitnehmen kaufen. *Bitte*, sagte ich und hielt zwei Zwanziger hoch. Sie sah mich mit gerunzelter Stirn an und sagte, dann solle ich draußen warten.

Ein paar Minuten später kam sie mit meinem Essen und schien etwas verlegen, weil ich vor der Tür warten musste. »Ich habe ein paar Bohnen extra dazugetan«, sagte sie, als sie mir die Geldscheine abnahm. »Ich bringe Ihnen gleich das Wechselgeld.«

»Behalten Sie es«, antwortete ich. »Vielen Dank.«

Sie war überrascht und wollte offenbar darauf bestehen, mir das Geld zu geben, doch ich winkte nur und schob meinen Trolley weiter den Hügel hinauf.

Schließlich fand ich auf einem leeren Grundstück direkt an der Ecke Eddy und Van Ness ein passendes Lager, das von einem teilweise zusammengebrochenen Maschendrahtzaun umgeben war. Vorsichtig schob ich meinen Trolley hinein und steuerte eine steinige Ecke an, die wegen der zerbrochenen Hohlblocksteine und des Mülls noch niemand beansprucht hatte. Ich stellte mir vor, ich könnte ein paar Steine wegräumen und etwas Platz schaffen, um mein kleines Zelt aufzubauen.

Als ich über das Grundstück wanderte, wobei die Räder des Trolleys immer wieder am unebenen Boden hängen blieben, behielt ich das Hauptlager im Auge – fünf oder sechs Zelte mit Planen als Sonnenschutz, ein Abstellplatz für Einkaufswagen und ein Wohnzimmer aus herrenlosen Stühlen. Aus einem Zelt kam eine Frau, die das Klappern der Räder gehört hatte. Sie war schwarz, alt und dünn und hatte die Haare unter einem Tuch verborgen. Misstrauisch oder vielleicht auch ängstlich beobachtete sie mich mit zusammengekniffenen Augen. Ich winkte und nickte so freundlich, wie ich nur konnte. Sie starrte mich noch einen Moment an und kehrte schließlich in ihr Zelt zurück.

Gleich danach tauchten zwei Männer auf. Einer trug kein Hemd und schien schläfrig, ein Latino in mittleren Jahren mit einem Schmerbauch, aber offensichtlich recht kräftig. Der andere war ebenfalls farbig, ziemlich jung und gutaussehend oder vielleicht sogar hübsch, wenn man von dem gehetzten Blick absah, den er mir zuwarf.

Wieder winkte und lächelte ich. Der hemdlose Mann hob die Hand zu einem oberflächlichen Gruß und schlenderte zu mir herüber. Ich blieb stehen und wollte möglichst entspannt wirken, auch wenn ich insgeheim schon darüber nachdachte, was ich tun würde, wenn ich an seiner Stelle wäre. Ich hielt mich für einen grundsätzlich anständigen Menschen, aber was wäre, wenn ich auf einem leeren Grundstück scheißen, auf kaputten Hohlblocksteinen schlafen und um das Essen betteln musste? Wie lange konnte ich das ertragen, ohne unangenehm zu werden?

Zwei Meter vor mir blieb er stehen, der Junge wartete halb verdeckt einen Schritt hinter ihm. »Guten Abend«, sagte er. Er war heiser, es war kaum mehr als ein Flüstern und klang nicht besonders einladend.

»Hi«, antwortete ich. »Ich bin Milt. Tut mir leid, dass ich hier auf eurem Grundstück gelandet bin. Ich würde gern heute Nacht da drüben mein Zelt aufstellen.« Ich zeigte auf den betreffenden Bereich.

»Das würde ich nicht tun«, sagte er.

»Oh, na gut. Tut mir leid, dass ich euch gestört habe.« Ich wollte meinen Trolley schon herumdrehen, doch er hielt mich auf.

»Das ist keine gute Ecke. Da ist viel Pisse. Die Stelle dort ist wahrscheinlich besser.« Er zeigte auf eine Ecke, die ich verworfen hatte, weil sie mir relativ angenehm vorgekommen war.

»Oh. Oh! Danke. Und du bist sicher, dass es dich und deine Freunde nicht stört?«

Er zuckte mit den Achseln. »Dies ist ein freies Land.«

»Danke«, sagte ich noch einmal. »Hör mal, ich habe ein großes Hähnchen zum Abendessen. Das ist mehr, als ich selbst essen kann. Willst du für dich und deine Freunde etwas haben?« Ich hob den fettigen Papierbeutel auf meinem Trolley kurz an. Er starrte ihn lange an. Der Junge spähte um seine Schulter herum.

»Ja, gut«, antwortete er.

»Danke«, erwiderte ich zum dritten Mal. »Ich richte mich da drüben ein und bringe es dir rüber, ja?«

»Ja, alles klar«, sagte er noch einmal.

Er hieß Martin, und ich erschrak ein wenig, weil ich dachte, er benutze absichtlich meinen eigenen Namen, den ich aber gar nicht genannt hatte. Ich war nervöser, als ich es vor mir selbst zugeben wollte. Der Junge hieß Laquan, die Frau Tonya. Es gab noch einen weiteren Mitbewohner, Tonyas Bruder Shaq, der aber schon seit zwei Tagen vermisst wurde. Sie machten sich Sorgen.

»Vielleicht ist er im Gefängnis oder im Krankenhaus, oder er hat sich den goldenen Schuss verpasst«, meinte Tonya, die sich im trockenen Sand die Hände abrieb.

»Shaq ist seit mindestens einem Monat clean«, erwiderte Martin heiser. »Aber er mag Oxys oder so was. Es ist viel Fentanyl im Umlauf. Wenn du das genauso nimmst wie Oxys, wachst du nicht mehr auf.«

Ich dachte an das riesige Vermögen, das die Sacklers mit dem Verkauf von Oxycodon verdient hatten. Anschließend hatten sie behauptet, das ganze Geld sei weg, und für die Opfer und die Überlebenden sei nichts mehr da.

Einen Teil des Geldes hatte ich vorher an diesem Tag in der Bibliothek gesehen. Ich hatte eine Zahlung von einem Hersteller gefunden, der gleichzeitig mit den Zetas und Purdue Pharma in geschäftlicher Verbindung stand. Von dort aus führte die Spur zu einem Bitcoin-Wallet, dann zu einem weiteren und schließlich zu noch einem. Weiter ging es zu einer Factoring-Agentur, die Zahlungen an eine

LLC in Kasachstan leistete, die wiederum in den Ermittlungsakten des New Yorker Generalstaatsanwalts aufgetaucht war, als dieser wegen Geldwäsche gegen Purdue ermittelt hatte. Von abstrakten Daten in einem digitalen Ledger kam ich hier also zu dem sehr konkreten Anblick von Tonyas rissigen Händen, die sie endlos rang.

»Hoffentlich geht es ihm gut«, sagte ich. Es war nicht viel, aber wenigstens ehrlich.

Das Hähnchen war ausgezeichnet, und die Beilagen waren sogar noch besser. Martin holte Bier, das er im Innern des Zelts gekühlt hatte, und reichte die Dosen herum. Der Junge sagte nicht viel, verschwand während des Essens in seinem Zelt, schnüffelte einige Male laut und kam ein paar Augenblicke später mit verträumten Augen und schiefem Lächeln wieder heraus. Martin bemerkte, dass ich den Jungen anstarrte, also zuckte ich mit den Achseln, um ihm zu verstehen zu geben, dass es mich nichts anging, woraufhin Martin energisch nickte. Sie trauten mir nicht, und das war genauso, wie es sein sollte.

»Ich musste heute Morgen früh aufstehen«, sagte ich schließlich. »Deshalb lege ich mich jetzt schlafen. Es war schön, euch kennenzulernen. Gebt mir den Müll, dann werfe ich ihn morgen früh weg.« Ich hielt den Papierbeutel auf und sammelte die Servietten und Pappteller und das Plastikbesteck ein.

»Danke für das Abendessen«, sagte Martin. Der Junge murmelte etwas, und Tonya legte die Hände auf das Herz und verbeugte sich leicht. »Gott segne dich«, sagte sie.

In dieser Nacht war es kalt, und ich konnte nicht einschlafen. Ich hatte ein paar Hanfgummis dabei, wollte sie aber nicht nehmen. Danach schlief ich immer so fest, dass ich es womöglich nicht einmal bemerkte, wenn jemand in mein Zelt eindringen wollte. Also warf ich mich im Schlafsack auf der Isomatte hin und her und versuchte, mir vorzustellen, wie es wäre, wenn ich den Rest meines Lebens so verbringen müsste. Ich fand es wirklich unvorstellbar, obwohl ich es in diesem Augenblick bereits tat. Das war eine bemerkenswerte Erkenntnis: Die Gewissheit, dass viele, viele Millionen Menschen, Tausende davon in diesem Augenblick sogar in meiner Nähe, jeden Tag auf eine Weise lebten, die ich mir nicht auszumalen vermochte, obwohl ich es seit fast zwei Tagen genauso machte wie sie.

Ich fragte mich, wie viele Tage es dauern mochte, bis das Unvorstellbare alltäglich wurde.

Endlich nickte ich ein und wachte nur wenig später als am Vortag wieder auf. Da ich ein Stück vom Fußweg entfernt kampierte, blieben mir das geschäftige Klackern der Schuhe und die lauten Telefonate erspart. Ich war wund und wie gerädert und brauchte dringend einen Kaffee. Während ich einpackte, sah ich Laquan, der schüchtern lächelte und winkte, als ich mit meinem Wagen davonrollerte. Ich winkte zurück und hauchte »danke«, um seine Leute nicht zu wecken.

Erst als ich auf die Straße trat, fiel mir ein, dass ich mich sputen musste, um noch einen Platz an einer Steckdose zu ergattern. Ich zerrte meinen Trolley in einen kleinen

Laden, schnappte mir eine Handvoll Jerky von dem Ständer an der Kasse, ehe der Kassierer etwas einwenden konnte, und klatschte zwei Zwanziger auf die Theke. Er starrte mich an, und ich schob ihm das Geld hinüber. Er kassierte, ich steckte das getrocknete Rindfleisch ein und eilte zur Bibliothek. Unterwegs auf der Van Ness pellte ich eine Stange mit den Zähnen ab und schlang sie herunter.

Ich erwischte einen der letzten Plätze mit Stromanschluss und begriff erst jetzt, dass ich es versäumt hatte, mir unterwegs auch einen Kaffee zu besorgen. Diese Einsicht löste das psychosomatische Gespenst von Entzugskopfschmerzen aus, das zweifellos schon sehr bald den realen Kaffeemangelkopfschmerzen weichen würde. Auf dem Laptop machte ich mir nun eine Liste der Dinge, die ich für die kommende Nacht einkaufen musste: weitere haltbare Rationen, Trockenobst, vielleicht ein paar Karottensticks oder andere einigermaßen unverwüstliche Gemüsesorten. Und dann noch ein paar kleine Energydrinks mit Koffein.

Bald darauf schloss ich das Dokument und machte mich wieder auf die Suche nach dem Bankier der Zetas. Ich benutzte umfangreiche Tabellenkalkulationen, um Konten, Beträge und Namen zu verknüpfen.

Nach einer Weile wurde mir bewusst, dass ich alle losen Enden verbunden hatte, die mit Konten und Geldflüssen zu tun hatten. Als Nächstes bearbeitete ich die Namensliste. Eine große Zahl der Leute, die ich identifiziert hatte, waren auf LinkedIn vertreten; von da aus konnte ich sie auch in anderen sozialen Medien finden, die sie teilten.

Ein Blick auf ihre gemeinsamen Follower führte zu ihren Kindern und den Namen und sozialen Netzwerken ihrer Ehepartner.

Die Kinder waren der Schlüssel, das hatte Raza mir beigebracht. Ihre Väter und Mütter mochten hart arbeitende, ernsthafte Wirtschaftskriminelle sein, aber die Kinder waren hemmungslose, verwöhnte Nichtsnutze – die übliche, fast unvermeidliche Konsequenz einer Kindheit in ungeheurem Reichtum, voller Privilegien und völlig isoliert.

Ihre Instagram-Kanäle erwiesen sich als wahre Fundgruben. Das betraf nicht nur ihre Besitztümer und Waffen (eine überraschend große Zahl dieser kleinen Angeber posierte mit richtigen Gewehren, teuren Handfeuerwaffen und in einem Fall sogar mit einem Boden-Luft-Raketenwerfer), sondern auch ihre Freunde, die sie unerbittlich markierten.

Auf diese Weise konnte ich das ganze Sozialgefüge der Verbrecherfamilien nachzeichnen, die ich untersuchte. Ihre Kinder vögelten untereinander, alberten miteinander herum und waren aufeinander sauer, alles im hellen Tageslicht, sodass ich erfuhr, wer wen kannte. Wenn man wusste, wie man es interpretieren musste, bildete das zugleich eine Landkarte der Befehlshierarchie ihrer Eltern, und wie ich gehofft hatte, erfuhr ich dank der Namen noch mehr über die Firmen und die Geldströme.

Ich kam der Sache näher.

Als mein Magen grollte, holte ich heimlich ein Stück Jerky aus der Tasche und schob es mir in den Ärmel, sodass nur das Ende herausragte, um hin und wieder daran zu knabbern. Ich spürte, dass ich zu wenig getrunken hatte, aber das bedeutete ja auch, dass ich nicht auf die Toilette musste. Ich wollte weitermachen, bis ich nicht mehr konnte, dann erst zur Toilette gehen und meine Steckdose aufgeben, um anschließend noch ein paar Stunden mit dem Akku zu arbeiten, ehe ich wieder auf die Straße hinausging. Vielleicht erlaubten mir Martin und seine Freunde, noch einmal bei ihnen mein Zelt aufzuschlagen.

Ich hatte eine Vorstellung von dem, was ich suchte: einen Bankier, der viel zu anständig aussah, um mit all diesen Gaunern zu tun zu haben, deren Leben ich durchforstete, der aber dennoch durch Geldströme und in seinen Sozialkontakten mit ihnen in Verbindung stand, möglichst sogar in einer ganz engen Verbindung. *Das sind dann zwei verschiedene Bezugsebenen.*

Also legte ich mir eine Liste mit vielversprechenden Kandidaten an, und als mein Bauch Alarm schlug und unbedingt eine Pause einlegen wollte, packte ich ein, klappte meinen Laptopdeckel zu, schob das Gerät in meinen Rucksack und ging auf die Herrentoilette. Ich hatte mich noch keine zehn Schritte entfernt, da saß schon jemand an meinem Platz und verband sein Gerät.

Am Waschbecken auf der Toilette wusch ich mir erst die Hände und das Gesicht, dann rieb ich im Nacken und hinter den Ohren mit einem Papierhandtuch den Schweiß ab und wischte mir die Achselhöhlen aus. Nach dem Klumpen nasser Papiertücher im Abfalleimer zu schließen, war ich keineswegs der Einzige, der das so machte. Ich trocknete mich ab und blieb am Wasserspender stehen, um so viel zu trinken, wie mein Magen aufnehmen konnte. Danach suchte ich mir einen anderen Sitzplatz.

Alle Plätze waren besetzt. Am Ende hatte ich mich mit einer Bank vor der Bibliothek zu begnügen, fast schon außerhalb der WLAN-Reichweite, wo ich blinzeln musste, um im hellen Sonnenlicht noch den Bildschirm zu erkennen. Aber das störte mich nicht. Irgendwo zwischen dem Wasserspender und der Bank hatte ich eine Eingebung gehabt.

Theodore Clare war nicht der einzige Verdächtige mit einem angloamerikanischen Namen. Es gab mehrere von seiner Sorte, außerdem einige Italiener, Brasilianer und Russen. Aber irgendetwas an Clare ließ mich aufmerken. Er war nur ein kleines Rädchen im Getriebe einer großen vornehmen Kanzlei mit einer makellosen Liste von Mandanten. Die Liste umfasste Einhörner aus dem Silicon Valley sowie die Büros von angesehenen Investoren und Gründern. Die Kanzlei beschäftigte mehr als hundert Anwälte, und einer davon war Clare. Ich konnte sofort erkennen, wie es ihm seine Position erlaubte, eine Menge Geld zu investieren und wieder abzuziehen, um die Herkunft der ansonsten schwer erklärlichen Vermögen zu verschleiern – schließlich gehörte es zu den Aufgaben einer Kanzlei wie dieser, den vermögenden Mandanten einen äußerst preiswerten Zugang zu den Aktien anderer Klienten zu verschaffen, bevor deren Wert explodierte. So konnte man mühelos viel Geld verdienen und außerdem die Einkünfte aus illegalen Aktivitäten verstecken.

Clare hielt sich im Internet zwar sehr zurück, bei seiner Tochter Mackenzie sah das aber ganz anders aus. Sie war sechzehn Jahre alt, groß und wirkte klug, außerdem war sie beliebt, denn sie hatte viele Freunde, die sich gewissenhaft gegenseitig auf den Instagram-Fotos markierten. Die Fotos gaben wiederum die Aufnahmeorte preis. So erfuhr ich, dass die Clares am liebsten in Mexiko Urlaub machten, allerdings nicht in Tulum oder Cabo, sondern in entlegenen Anlagen, wo vor allem »Einheimische« abstiegen. Zufällig tauchten dort auch die Kinder einiger Zeta-Bosse auf (und die umsichtigen Eltern, die gegen soziale Medien allergisch waren, hielten sich vermutlich ebenfalls an den gleichen Orten auf).

Je mehr ich mich auf Clare versteifte, desto stärker wurde meine Gewissheit. Sein mageres Profil in den sozialen Medien sah nicht nach der üblichen Abneigung und Vorsicht der Boomer aus, sondern machte viel eher den Eindruck von Misstrauen oder Technophobie.

Außerdem hatte er einen geheimen Instagram-Account.

Er nannte sich @PojBu3swof. Theodore Clare, Mackenzie Clare und eine ungeheure Menge an Bots folgten ihm. Waren das die einzigen User, denen er folgte? Theodore Clare und Mackenzie Clare. Seine Online-Aktivitäten beschränkten sich darauf, Posts über Finanzstrategien zu liken, die sich ganz am Rand des legalen und respektablen Bereichs bewegten. Nur einmal hatte er eine Antwort an Mackenzie geschrieben: »Das willst du doch nicht draußen tragen, Kind.« Ich war bereit, dreihundert Millionen Dollar darauf zu wetten, dass @PojBu3swof Theodore Clare war. Wenn ich recht hatte, interessierte sich Clare erheblich stärker für Geldwäsche, als es dem äußeren Anschein entsprach.

Nicht übel für zwei Tage Arbeit. Ich hatte die innere Struktur der Zetas durchschaut, ihre Geldströme verfolgt und ihren Bankier ausfindig gemacht. Die Steuerbehörde mag unterbesetzt sein und höhere Maßstäbe an Beweise anlegen, aber manchmal hatte ich den Eindruck, dass sie es nicht einmal versuchten.

Meine Batterie war leer, und ich hatte Hunger. Morgen wollte ich herausfinden, wie ich Clare erreichen konnte.

Die Frau in dem mexikanischen Grill begrüßte mich und lächelte mich an, und als ich in der Tür stehen blieb, um ihr meine Bestellung zuzurufen, winkte sie mir, ich solle trotz Trolley ganz hereinkommen. Die anderen Gäste starrten schockiert, doch die Frau sah sie böse an.

»Mein Lieber, was kann ich Ihnen heute Abend anbieten?« Ich mochte sie. Sie war lebhaft und hatte ein breites, offenes und freundliches Gesicht. Ich konnte mir gut vorstellen, wie sehr sie es genoss, ihre Gäste gut zu versorgen. Vielleicht war sie sogar die Inhaberin oder gehörte zur Familie der Inhaber.

»Bitte noch einmal das Gleiche, ein ganzes Hähnchen, einmal von jeder Beilage, dazu Pappteller und Besteck.«

»Machen Sie wieder ein Picknick? Dann hat Ihnen das letzte Hähnchen wohl geschmeckt?«

»Und ob, und die Leute, mit denen ich es geteilt habe, mochten es auch.«

Sie lächelte, dann runzelte sie die Stirn. »Also kennen Sie ein paar hungrige Leute, ja?«

Ich zuckte mit den Achseln. »Da draußen gibt es viele hungrige Menschen.«

Sie drehte sich zum Kühlregal um und holte ein Tablett Empanadas heraus. »Nach siebzehn Uhr will die niemand mehr. Könnten Sie die gut unterbringen?«

»Ganz bestimmt. Vielen Dank, Madam.«

»Ich danke *Ihnen*, Sir.«

Ich rollte meinen Trolley die Van Ness hinauf und bog in die Eddy ab, um zu dem unbebauten Grundstück zu gelangen, und als ich dicht davorstand, hatte ich fast das Gefühl, ich käme nach Hause. Beinahe war es so, als würde ich gleich die Tür des *Unsalted Hash* öffnen. Am Rand des Grundstücks rief ich »Hallo«, und gleich darauf kam Martin mit finsterer Miene aus dem Zelt.

»Milt«, sagte er. »Es ist kein guter Zeitpunkt.«

»Oh«, sagte ich. »Tut mir leid, Martin. Dann gehe ich wieder. Äh, ich habe etwas zu Essen mitgebracht. Kann ich es hierlassen? Es ist mehr, als ich selbst brauche.«

Seine Miene wurde etwas freundlicher. Er kam langsam heraus, um mich zu begrüßen. Als er vor mir stand, sagte er leise: »Es ist wegen Shaq. Tonyas Bruder. Er kommt nicht mehr zurück. Eine Überdosis. Sie nimmt es nicht gut auf.«

»Oh verdammt«, sagte ich. »Mein Gott, das ist schrecklich. Es tut mir wirklich sehr leid. Bitte sag ihr, dass mir ihr Verlust sehr leidtut.«

Er setzte ein kleines Lächeln auf, das die Augen nicht erreichte. »Ich sag es ihr.«

»Hier ist etwas zu essen.« Ich gab ihm das in Folie gewickelte Tablett mit Empanadas, das auf meinem Trolley lag, und dann den Beutel mit dem Hähnchen und den Beilagen.

»Willst du nichts für dich behalten?«

»Ich kann mir noch etwas besorgen«, antwortete ich.

Er schüttelte den Kopf. »Ja, so sieht es wohl aus. Sag mal, Milt, was ist los mit dir? Ich erkenne, dass du nicht hierhergehörst und nicht hier sein musst. Du kannst dir jeden Abend ein Hähnchen leisten, was?«

Ich überlegte, ob ich ihm sagen sollte, wie viele Hähnchen ich mir leisten konnte, aber das wäre sinnlos gewesen. »Ja, Martin, du hast recht. Ich muss nicht hier sein. Jedenfalls wenn man es rein vom Geld her betrachtet. Aber aus verschiedenen Gründen muss ich trotzdem hier sein. Ich meine, es gibt keinen anderen Ort, an dem ich sein kann. Aber ich hoffe, ich kann das bald wieder ändern.«

Er stellte das Essen vorsichtig auf den Boden und gab mir die Hand. »Also gut, Mann, ich glaube dir. Danke für das Essen und die freundlichen Worte. Ich sage es Tonya. Pass auf dich auf, ja?«

»Ich bemühe mich«, antwortete ich. »Hast du einen Tipp, wo ich schlafen könnte?«

Er schnaubte. »Mann, du bist wirklich ein Baby. Ja, ich kenne eine Stelle.« Er gab mir klare und knappe Anweisungen, wie ich seinen Ausweichplatz finden konnte. Es war ein verwaistes Bürogebäude, dessen Eingangstür mit

Folie verkleidet war. Den Riegel konnte man leicht aufdrücken. »Pass nur auf, dass dich niemand sieht, damit ich es bei Gelegenheit noch einmal benutzen kann.«

»Verstanden«, sagte ich. »Danke, Martin.«

»Pass auf dich auf, Milt.«

Die Lobby des verlassenen Bürogebäudes war trocken und staubig, aber immerhin war es dort warm und ruhig. Außerdem war ich hier gut abgeschirmt. Nachdem ich ein paar Tage gleichzeitig unsichtbar und trotzdem wie entblößt gelebt hatte, spürte ich erst jetzt, welche Last von meinen Schultern genommen wurde, als ich wirklich allein war. Ich konnte mich ausziehen und mich feucht abwischen, mir mit Wasser aus der Flasche die Zähne putzen und zum Abendessen eine Pizza und ein Donut verdrücken, die mir dann wie Steine im Magen lagen. Das alles tat ich im Dunklen, nur das auf Flugmodus geschaltete Handy spendete ein wenig Licht, das ich zusätzlich aber gedämpft hatte.

In der Lobby gab es sogar eine funktionierende Steckdose. Ich schloss den Laptop an, um ihn aufzuladen.

Dann blies ich meine Isomatte auf und entrollte den Schlafsack. Einem Impuls folgend kaute ich sogar einen Gummi. Noch bevor ich ihn verschluckt hatte, spürte ich, wie sich meine Muskeln entspannten, weil sie auf den tiefen, ungestörten Schlaf hofften, den die Droge mir schenken würde. Ich schlüpfte in den Schlafsack, schaltete das Handy aus und versank an einem namenlosen Ort, wo nichts geschah und nichts wichtig war.

20

Ich erwachte und sah sofort, dass mein Gepäck bei den Dingen, die ich tagsüber erledigen wollte, mehr als hinderlich wäre. Zuerst überlegte ich, ob ich die Sachen wegwerfen sollte, um am Abend mit einem Taxi zum Walmart zu fahren und alles noch einmal zu kaufen, aber allmählich ging mir das Bargeld aus. Ich hatte mit fünftausend begonnen, überwiegend Hunderter, und besaß jetzt nur noch weniger als zweitausend. Es war nicht abzusehen, wie lange ich damit auskommen musste. Einen Moment lang spielte mit dem Gedanken, Martin zu fragen, ob ich die Sachen vorläufig in seinem Lager lassen durfte, fand dann aber, dass dies für die trauernde Gruppe eine zu große Zumutung gewesen wäre.

Also verstaute ich die Sachen in einer Ecke der Lobby und wickelte eine Plane darum, bis ein unauffälliges Häuflein entstanden war. Vor sieben Uhr am Morgen verließ ich das Gebäude, nachdem ich mich vergewissert hatte, dass niemand in der Nähe war.

Wenige Minuten später fuhr ich mit einem Muni-Bus zum Mission District. In der Sechzehnten Straße bezahlte ich fünfzig Dollar in bar für ein Zimmer in einer schlichten Unterkunft und stellte mich in der Schlange vor dem gemeinsamen Bad an. Zwei Stunden später hatte ich geduscht, mich rasiert und ein sauberes Hemd und die Jeans angezogen, die ich vorher im Walmart erstanden hatte. Als ich die Absteige verließ, sah ich aus wie jemand, der eine Wohnung und ein Bankkonto besaß. Ich lief die Mission Street hinauf, bis ich einen Pfandleiher fand, in dessen Schaufenster ein altes Android-Handy lag. Ich kaufte es für fünfzig Dollar in bar und legte in einem T-Mobile-Shop noch einmal dreißig Dollar für eine Einmal-SIM-Karte auf den Tisch, die sie gleich an Ort und Stelle für mich aktivierten.

Leider hatten alle Cafés auf der Valencia die Regel aufgestellt, dass vor elf Uhr morgens keine Laptops benutzt werden durften. Am anderen Ende der Mission Street hatte ich ein neues Starbucks bemerkt. Also wanderte ich fünfzehn Häuserblocks nach Norden und kaufte mir einen großen wenig ansprechenden Kaffee und zwei Stücke Gebäck. Dann hatte ich das Glück, einen Zweiertisch mit einer Steckdose zu ergattern, und machte mich an die Arbeit.

Zwanzig Minuten später hatte ich unter dem Namen @as4obBydrim einen neuen Instagram-Account eingerichtet. Ich fuhr das Handy herunter und nahm die SIM-Karte heraus. Noch einmal fünf Minuten später bekam @PojBu3swof eine Privatnachricht von mir.

> Theodore, ich muss Ihnen etwas Wichtiges über Jordan's Mill mitteilen. – Ein Freund

Auf einmal kam ich mir spürbar ungeschützt vor. Ich klappte den Laptop zu und ließ mir von dem Barista den Code für die Toilette geben. Dort spülte ich die SIM-Karte durch das Klo und ließ das Handy im Handtuchspender liegen.

Ich fühlte mich sehr alt. Und sehr müde. Ich wollte meinen Trolley holen, damit meine Sachen sicher wären, aber auf der Straße war zu viel Betrieb, sodass ich die Lobby des leer stehenden Gebäudes gar nicht betreten konnte, ohne Misstrauen zu erregen. Ich wollte aber nicht, dass Martin sein Ausweichquartier verlor. Also betrachtete ich mein inneres Bild von San Francisco. Früher hatte es in der Stadt viele öffentliche Plätze gegeben, auf denen sich Blumenkinder, Bohemiens und radikale Queer-Aktivisten niedergelassen hatten. Jetzt ähnelten die öffentlichen Plätze den Fußballfeldern drüben im Dolores Park. Man musste freie Plätze mit einer App buchen und konkurrierte dabei mit den Bots, die Tech-Bros geschrieben hatten, um sich die besten Zeiten für das Training ihrer Firmenteams zu sichern.

Ich setzte meinen Tagesrucksack auf, orientierte mich, wandte mich nach links und ging zum Golden Gate Park.

In der Haight Street entdeckte ich ein Café, das mir das W-LAN-Passwort gab, falls ich ein Mittagessen kaufte. Ich bestellte ein anständiges heißes Thunfischsandwich und knabberte daran, während ich mich wieder bei Instagram einloggte. Keine Antwort von @PojBu3swof.

Ich schickte ihm eine weitere Nachricht.

> Theodore Clare, ich weiß, dass dies Ihr zweiter Account ist. Den Betrug hat der ältere Bruder des Jungen veranlasst. Die Anwesenheit eines Preobrazhensky bei dem Betrug war kein Zufall. Sie werden bald herausfinden, wer Vergeltung geübt hat. Die Schlüssel sind längst

verloren. Jetzt geht es nur noch darum, die Rechnung zu begleichen. Die Preobrazhenskys sind auf Rache aus. Das sollten Sie wissen. Ich wollte nicht, dass Sie völlig blind bleiben.

Dann kehrte ich in den Park zurück.

Die Picasso-Ausstellung im De-Young-Museum war überfüllt, aber der afrikanische Flügel schien geradezu sträflich vernachlässigt. Dort trieb ich mich eine Weile herum.

In der Western Addition machte ich bei einem McDonalds Halt und benutzte deren WLAN. @PojBu3swof hatte sein Konto gelöscht. @TheodoreClare war auf »privat« umgestellt.

Über einen Reserveaccount, den ich vor zehn Jahren eingerichtet, aber nie benutzt hatte, schickte ich Raza eine Mail. Den Log-in-Namen und das Passwort holte ich aus einer verschlüsselten Datei auf einer Partition meiner Laptop-Festplatte.

> From: Fop7orn@gmail.com
> Subject: Wilma Razafimandimby
> Body: Wilma t.co/lebCon Wilma

Der übliche Spam aus einem Botnet. Der Link funktionierte nicht, aber »lebCon« war ein zufällig erzeugter Code, der Wilma veranlasste, eine von uns gemeinsam verfasste E-Mail an Maxim zu schicken, sofern sie seine Adresse gefunden hatte, während ich die Zetas erforscht hatte. Mein Job war viel einfacher als ihrer. Maxim war eine Persönlichkeit des öffentlichen Lebens, der Manager einer global operierenden Bank.

Ihre E-Mail war nicht lang: »Zs wissen über Jordan's Mill Bescheid. Sie wissen auch von dir. Du hast nicht mehr viel Zeit.« Sie sendete einen Screenshot der Nachricht mit, die ich an Thomas Clares Instagram-Account geschickt hatte. Ich hatte sie nach dem Absenden auf eine vorher bestimmte willkürliche Webseite hochgeladen. Für sich selbst gesehen war die Nachricht für Maxim vielleicht nicht sehr beunruhigend, aber zusammen mit dem Screenshot wurde es ernst.

Die Lobby war verrammelt, an der Tür klebte ein neues »ZUTRITT VERBOTEN«-Schild. Ich ging nach hinten herum und entdeckte meinen Trolley. Er war verbogen und hatte keine Räder mehr. Ein paar meiner Sachen waren noch da – ehemals frische Unterwäsche und Socken, die jetzt zertrampelt auf dem Boden lagen. Mein Zelt, die Isomatte und der Schlafsack waren verschwunden.

Martin kam ein paar Minuten, nachdem ich seinen Namen gerufen hatte.

»Es tut mir leid«, sagte ich. »Ich weiß, es ist kein guter Augenblick, aber, äh ...« Er sah mich streng und ernst an. »Es ...« Was wollte ich eigentlich von ihm? »Ich habe alles verloren«, sagte ich. »Zelt, Schlafsack, Kleidung. Ich habe die Sachen in der Lobby gelassen, und jemand hat sie gefunden. Und was sie nicht gestohlen haben, das haben sie zerstört. Die Lobby ist jetzt abgesperrt.« Ich schluckte. »Es tut mir leid.«

Er schnaubte. »So was passiert eben«, erklärte er. Dann kam er näher. »Hör mal, Milt, du schaffst das nicht. Es passt nicht zu dir. Du bist nicht dafür gemacht. Ich habe den Eindruck, dass du dich für einen harten Burschen hältst. Wie nennt man das noch mal? Resilienz? Vielleicht stimmt das sogar. Aber hier haut das nicht hin, so geht das einfach nicht. Wenn du dich entscheiden kannst, es nicht zu tun, dann solltest du dich genau dazu entscheiden. Du wirst es hier draußen nicht lange schaffen.«

Ich schluckte wieder. »Ich fürchte, du hast recht«, sagte ich. »Glaub mir, ich unternehme alles, was ich nur kann, damit es aufhört, aber es wird noch ein bisschen dauern.«

Dann standen wir herum, anderthalb Schritte voneinander entfernt. Seine Missbilligung war fast körperlich spürbar. Er würde mir nichts anbieten. Ich musste ihn schon bitten.

»Morgen kann ich mir wahrscheinlich etwas überlegen, aber für heute bin ich aufgeschmissen.«

Wieder ein langes nachdenkliches Schweigen.

»Eine Nacht«, sagte er. »Eine.«

»Danke«, antwortete ich. Ich kam mir vor wie ein Idiot.

Er kroch bei Tonya unter. Ich fragte nicht, wie ihre internen Abmachungen aussahen, und es ging mich ja auch gar nichts an. Ich schlief in seinem Zelt auf einer einzelnen Matratze, die streng roch und durchgelegen war, unter einem Haufen Decken, die den Moschusgeruch von altem Schweiß und häufigem Gebrauch absonderten, fast wie im Bau eines wilden Tiers. Niemand bot mir etwas zu essen an, und als ich in dieser Nacht zum dritten Mal aufstand, um mir eine Ecke zu suchen, wo ich meine Blase entleeren konnte, fauchte Martin heiser: »Verdammt noch mal, kannst du nicht einfach liegen bleiben, du Arsch?«

Bis fünf Uhr morgens hielt ich es aus, dann packte ich die paar Sachen ein, die ich aus meinem Tagesrucksack genommen hatte, und huschte so leise, wie ich nur konnte, aus dem Zelt. Als ich wegschleichen wollte, steckte Martin den Kopf aus dem Zelt heraus.

»Hör mal«, zischelte er heiser. »Milt, es ist nichts Persönliches, aber du weißt ja, wenn du einen streunenden Hund fütterst, kommt er wieder und will mehr. Wir haben hier schon genug am Hals und müssen erst mal für uns selbst sorgen. Du bist ein anständiger Kerl, das kann ich sehen, aber wir sind nicht deine Straßenfamilie, Bro. Wir sind nicht einmal deine Freunde. Du kannst nicht einfach zu uns kommen und uns um Hilfe bitten, weil wir nichts zu geben haben, und wenn wir es hätten, dann würden wir es für jemanden aufsparen, der es wirklich braucht. Ich weiß nicht, in welchen Schwierigkeiten du steckst, aber wenn du glaubst, das hier sei einfacher, dann weißt du wirklich nicht, worum es hier geht.«

Ich zollte ihm Respekt, indem ich über seine Worte nachdachte, ehe ich antwortete. »Ich verstehe das völlig, und ich kann dir nicht widersprechen.«

»Trotzdem … du wolltest ›aber‹ sagen.«

Ich schnaubte. »Ja. Aber. Da draußen sind ein paar wirklich gemeine Leute unterwegs, die mich umbringen wollen. Nicht auf die schnelle und einfache Art und Weise. Vor denen verstecke ich mich.«

Jetzt war es an ihm zu schnauben. »Glaubst du nicht, dass es hier auch Leute gibt, Leute in schönen Häusern, die mich hübsch langsam umbringen würden? Damit Leute wie ich, die so leben wie ich, aus ihrem Viertel verschwinden? Wenn du glaubst, das hier sei weniger gefährlich, dann irrst du dich. Frag dich doch mal, was sich Tonyas kleiner Bruder gespritzt hat, um das hier alles zu vergessen, und warum er weitergespritzt hat, obwohl schon so viele seiner Leute daran gestorben sind.«

Wieder überlegte ich, ehe ich antwortete. »Gut«, sagte ich. »Du hast recht. Danke, Martin. Ehrlich.«

»Ja, schon gut. Pass auf dich auf, Milt. Ehrlich.«

Alles zu verlieren, hatte auch einen Vorteil: Kein Trolley mehr, keine Logistik für einen Trolley. Bis sieben Uhr trank ich in einem schicken rund um die Uhr geöffneten Mel's Diner im Tenderloin-Distrikt Kaffee. Meinen Rucksack nahm ich mit, wann immer ich die Toilette aufsuchte, um für noch mehr Kaffee Platz zu schaffen. Die Gäste des Lokals waren eine bunte Mischung: ein britischer Papa aus einem Hotel am Union Square, der seinen unter Jetlag leidenden kleinen Sohn mit Pfannkuchen fütterte. Ein paar müde Sexarbeiterinnen, zwei Streifenpolizisten, die Gehacktes aus Corned Beef aßen und alle anderen beobachteten.

Nach sieben Uhr wechselte ich zu einem Starbucks auf der Montgomery. Sie öffneten gerade, und ich bekam einen Fensterplatz mit Steckdose. Ich aß Muffins und Egg Bites und trank sehr, sehr langsam einen pechschwarzen Kaffee, der so bitter war, dass meine Nebenhöhlen schmerzten. Ich sah zu, wie die Putzkolonne der Montgomery Street 555 die Türklinken aus Messing polierte und die Scheiben wischte, um anschließend den Gehweg vor dem Bürogebäude mit einem Hochdruckreiniger zu säubern. Das Wasser fegten sie in die Kanalisation.

Um acht Uhr packte ich meinen Laptop und das Handy ein und stellte einen Fuß auf den Boden, um sofort losrennen zu können, sobald …

»Hallo, Sebo.«

Er zuckte heftig zusammen. Gedankenverloren hatte er einen Kaffee holen wollen, als sei er ein ganz normaler Wirtschaftsberater und kein Helfershelfer von Kriminellen, um den herum gerade ein tödlicher Bandenkrieg ausgebrochen war. Das bedeutete entweder, dass man Rezas und meine Nachrichten nicht ernst genommen hatte, oder dass er noch nichts davon gehört hatte.

Als er mich ansah, zuckte er gleich noch einmal zusammen. Es war furchtbar auffällig, und ich musste mich beherrschen, um nicht sofort loszurennen.

»Es dauert nicht lange«, sagte ich. »Keine Sorge. Nur eine Minute.«

»Gut«, antwortete er und musterte die anderen Gäste. Noch viel auffälliger. Er war ein vollkommen unfähiger Verschwörer. Offensichtlich arbeitete er meistens mit einem Füllfederhalter und nicht mit einem Revolver.

»Die Zetas wissen von den Preobrazhenskys. Und Maxim weiß, dass die Zetas es wissen. Das wird nicht schön. Ich dachte, ich bin so freundlich und sage es Ihnen. Vielleicht möchten Sie einige Leute warnen.«

»Bei allen verdammten …«, keuchte er und verdrehte die Augen, bis nur noch das Weiße zu sehen war. »Das kann doch nicht …« Er riss sich zusammen und holte tief Luft. »Das DHS …«

»Oh, Sie waren das?«, antwortete ich. »Ich habe mir schon so meine Gedanken gemacht. Die waren aber nicht kompetent genug, um das alles allein auf die Beine zu stellen. Offensichtlich hatten sie einen Hinweis bekommen. Sebo, das war gar nicht so dumm. In gewisser Weise war es wohl sogar umsichtig. Sie wollten dafür sorgen, dass alle, die noch nicht tot waren, am Leben blieben, was sogar mich einschloss.«

»Aber Sie haben es vermasselt.« Er keuchte immer noch leicht, obwohl er sich sehr bemühte, sich zu beruhigen. »Sie sind ein Idiot.«

»Das lag gar nicht an mir«, widersprach ich. »Das DHS hat Mist gebaut. Sie haben sich auf ein Wettpissen mit ihren Erzfeinden vom Finanzministerium eingelassen und verloren. Das hier ist Plan B. Warnen Sie alle, die es Ihrer Ansicht nach erfahren müssen. Das ist das Mindeste, was ich für Sie tun kann, nachdem Sie versucht haben, mir zu helfen.«

»Mistkerl«, fauchte er so heftig, dass die Speicheltröpfchen von den Lippen spritzten. »Sie wissen doch, dass diese Leute sofort zum Angriff übergehen, wenn ich sie warne.«

»Und wenn Sie es nicht tun, trifft es sie überraschend, und wenn sie es überleben und herausfinden, dass Sie es wussten und sie nicht gewarnt haben …«

»Arschloch …« Noch mehr Speicheltröpfchen.

»Das ist alles nicht meine Schuld«, erwiderte ich. »Nichts davon. Ich habe Sergey nicht überredet, mit seinen Rave-Freunden einen Raub zu planen. Ich habe Maxim nicht veranlasst, einen Betrug abzuziehen. Ich habe die Zetas nicht beauftragt, die jungen Leute zu töten. Ich habe Maxim nicht gebeten, mir die Schuld in die Schuhe zu schieben. Nichts davon habe ich getan. Ich bin all diesen Leuten überhaupt nichts schuldig. Nicht einmal Ihnen. Diese freundliche Warnung ist als Gegenleistung für den Zserbó mehr als genug, so köstlich er auch war.«

Jetzt setzte Mr. Szarka ein kleines verschlagenes Lächeln auf. Er sah mich berechnend an und war einen Augenblick lang wieder der Mann, der gut für sich selbst und seine Mandanten gesorgt hatte. »Also gut, Mr. Hench, ich muss einige Leute anrufen. Passen Sie auf sich auf.«

»Neuerdings liegt so vielen Menschen an meiner Sicherheit«, antwortete ich.

»Möglicherweise wissen die etwas mehr als Sie«, meinte er. »Vielleicht sollten Sie auf die Betreffenden hören.«

Razas Freund in Muir Beach war nicht da, als mich das Taxi mit meinen Einkäufen aus dem Walmart absetzte. Ich klappte meinen neuen Campinghocker auf – die Plastikfolie konnte ich gerade noch einfangen, ehe der Wind sie fortwehte –, und holte einen der dicken Hardcover-Bestseller hervor, die ich im Walmart an der Resterampe gekauft hatte. Während ich auf den Mann wartete, las ich.

Er kam um kurz nach neunzehn Uhr und bemerkte mich sofort, als ich unter seiner Verandalampe las. Ich saß inmitten einer Wolke von Insekten, gegen deren Attacken ich mich mehrmals mit eher mäßigem Erfolg eingesprüht hatte.

Vorsichtig kam er näher. Ich konnte es ihm nicht verdenken. Raza hatte uns einander vorgestellt, und ich war einige Nächte auf seinem Grundstück geblieben, aber im Grunde waren wir immer noch Fremde. Ich war einfach nur Razas verrückter platonischer männlicher Freund. Razas Wort hatte bei den Leuten, die sie kannte, viel Gewicht, aber ein Fremder auf der Türschwelle war schon eine erhebliche Zumutung.

»Mr. Flaherty«, sagte ich und stand auf. »Es tut mir leid, dass ich hier unangemeldet aufgetaucht bin.«

»Äh, schon gut, äh …«

»Martin Hench. Razas Freund.«

»Richtig, Marty! Entschuldigung, mir waren der Kontext und der Bezug entfallen.« Er war groß und gut in Form, hatte aber einen kleinen Schmerbauch. Die Haare waren zu einem Pferdeschwanz zusammengebunden, und er trug einen verknitterten marineblauen Blazer und ein weißes Hemd über dem Hosenbund, das er mit irgendetwas bekleckert hatte. »Äh, Sie haben mich überrascht.«

»Tut mir leid«, sagte ich noch einmal. »Hören Sie, ich würde Sie gern um etwas bitten, das verrückt und möglicherweise sogar beunruhigend klingt, und Sie haben natürlich absolut das Recht, einfach nein zu sagen.«

»Na ja, also …« Er überlegte sich offenbar, ob er es unbehelligt zum Auto schaffen konnte. Es war dumm, dass ich zwischen seiner Einfahrt und der Eingangstür saß, das war eine eher bedrohliche Botschaft, aber ich hatte das Verandalicht gebraucht, um mein schreckliches Buch zu lesen.

»Im Augenblick sind recht komplizierte Dinge im Gange. Es hat mit meiner Arbeit zu tun. Ich glaube, Raza hat mit Ihnen schon darüber gesprochen. Ich hoffe, das wird sich bald alles beruhigen, aber ich brauche jetzt einen Ort, wo ich … wo ich für ein oder zwei Wochen in Deckung gehen kann. Ich hatte gehofft, Sie könnten mir vielleicht einen entlegenen Campingplatz vorschlagen und wären einverstanden, wenn ich ab und zu vorbeikomme, um meinen Laptop zu laden und Ihr WLAN zu nutzen.«

Er sah mich sehr lange und sehr nachdenklich an.

»Mr. Hench …«

»Marty.«

»Marty, ja. Raza hat mir tatsächlich etwas über Ihre Arbeit erzählt, und es klang ungeheuer spannend, doch allmählich glaube ich, dass diese wundervolle Tätigkeit auch mit gewissen Gefahren verbunden ist.«

»Ja, hin und wieder kommt das vor. Aber so wie jetzt ist es noch nie gewesen, und ich kann mir nicht vorstellen, dass sich so etwas wiederholt. Es bricht am Ende meines Berufslebens wie eine Springflut über mich herein. Genau genommen bin ich schon im Ruhestand, und dies hier sind die Nachwirkungen meines letzten Auftrags.«

Wieder einer dieser Blicke. Er kultivierte die Rolle des liebenswerten Trottels, dabei war er ein Pionier der Suchmaschinen gewesen, einer der frühen Visionäre im Internet, und er hatte viele Dinge kommen und vergehen sehen.

»Wie wäre es, wenn ich uns einen Drink hole?«, sagte er. »Scotch?«

»Gern«, antwortete ich einigermaßen erleichtert.

»Moment, Sie sind doch ein Bourbon-Typ, oder?«

»Was immer Sie haben.«

Er brachte zwei großzügig gefüllte Whiskygläser mit großen Eiswürfeln und holte noch einen Küchenstuhl, den er auf die Veranda stellte, damit er gleichzeitig mich und seine lange Zufahrt im Auge behalten konnte.

»Worum ging es bei diesem letzten Job, der so unschöne Folgen nach sich zieht?«, fragte er, nachdem wir angestoßen und etwas getrunken hatten.

»Darüber kann ich leider nicht sprechen«, erklärte ich.

»Das dachte ich mir schon fast«, räumte er ein. »Marty, hören Sie, ich mag Raza sehr, sie ist einzigartig, und ein Freund von ihr ist auch mein Freund. Sie hat immer nur Gutes über Sie erzählt, und ich weiß, dass sie große Stücke auf Sie hält. Aber dies hier ... na ja, es ist ein wenig viel auf einmal. Ich möchte nicht unhöflich sein, aber Sie verhalten sich wie jemand, der möglicherweise verhaftet oder auch umgebracht werden soll.«

Beides. Ich zuckte mit den Achseln.

»Wie auch immer, wir kennen uns nicht gut genug, um offen über solche Dinge zu sprechen, nicht einmal auf die indirekte Weise, die Sie bevorzugen. Sie können sicherlich einen Campingplatz finden, ich könnte sogar mehrere vorschlagen, aber was die Frage angeht, ob Sie mein Haus als eine Art Operationsbasis benutzen können …«

»Ja«, sagte ich. »Ja. Das ist verständlich. Wirklich. Ich stehe gerade an einem Wendepunkt und muss improvisieren, und dies hier war die letzte unwahrscheinliche Idee auf meiner schrumpfenden Liste mit noch unmöglicheren Ideen. Sie haben absolut recht damit, dass es nichts mit Ihnen zu tun hat, und angesichts unserer flüchtigen Bekanntschaft wäre es eine unerträgliche Zumutung. Ich nehme es Ihnen nicht übel, und ich wäre Ihnen dankbar, wenn Sie mir ein paar entlegene Campingplätze in der Nähe nennen könnten, wo ich mein Zelt aufbauen kann.« Ich hatte auch Angelzeug und eine Menge Trockennahrung eingekauft. Wenn nötig, konnte ich damit zwei Wochen auskommen.

Er grinste. »Raza hat mir erzählt, dass Sie genauso reden, wie Sie es jetzt tun. Bevor Sie aufbrechen, können Sie mir aber gern noch sagen, ob Sie etwas brauchen, damit ich nachsehen kann, was die Tiefkühltruhe und die Vorratskammer hergeben.«

»Das ist ein wirklich großzügiges Angebot, das ich nicht ablehnen will«, sagte ich und prostete ihm ein weiteres Mal zu.

Wir unterhielten uns noch eine Stunde oder etwas länger, er füllte zweimal seinen ausgezeichneten Bourbon nach und erzählte Geschichten über Raza und die Urzeit der Dotcom-Blase.

Schließlich gab ich ihm die Hand und plünderte sein Lager. Ich nahm auch einen Thermojumpsuit mit. Er sah mich lange und nachdenklich an. »Ich verstehe, warum Raza Sie so mag. Ich muss schon sagen, ich freue mich, dass dies Ihr letzter Job ist. Sie sind anscheinend einer von den Guten, und es wäre wirklich eine Schande, wenn Sie nicht noch eine Weile unterwegs wären.«

»Ich habe die feste Absicht, genau das zu sein.«

»Sie sagten ja, Sie können nicht über den Job reden, aber als unverbesserlicher Krimileser will ich immer und überall den Fall lösen. Darf ich Sie fragen – Sie können natürlich die Antwort verweigern –, ob es bei dieser Sache um Kryptowährungen ging?«

Ich schnaubte. »Das war leicht zu erraten.«

»Ich wusste es. Oh ja, ich wusste es. Um welche denn?«

Ich zuckte mit den Achseln.

»Ach, kommen Sie schon. Vorsicht ist gut und schön, aber Sie können doch sagen, welche es war?«

Ich wollte noch einmal mit den Achseln zucken, aber dann wurde mir klar, dass ich mich nur interessant machen wollte. »Trustlesscoin«, sagte ich.

Er schlug sich die Faust in die andere Handfläche. »Oh Mann! Danny Lazers Unternehmen?«

Ehe ich mich bremsen konnte, entfuhr es mir: »Ja, der Auftrag, der das alles ausgelöst hat, kam von Danny.«

»Oh«, machte er. »Oh. Also, das ändert alles. Danny Lazer war der liebenswürdigste, freundlichste und anständigste Mann, den ich je kennengelernt habe. Wäre Danny Lazer nicht gewesen, hätte ich meinen Job an den Nagel gehängt und wäre zurück nach Wyoming gegangen. Bruder, wenn du Probleme hast, weil du etwas für Danny Lazer getan hast, dann sag mir, wie ich dir helfen kann.«

»Ehrlich?«

»Das ist mir so ernst wie ein Herzanfall.« Es klang wie ein Scherz, aber ich glaubte es ihm.

»Also, ja …, wenn das so ist …«

Mein Campingplatz war eine Viertelmeile vom Redwood Creek und ungefähr eine Stunde zu Fuß von Flahertys Haus entfernt. Er half mir, die Campingvorräte zu schleppen, die er für mich aufgetrieben hatte. Ich bekam sogar eine Kühlbox für Lebensmittel und zwei Kanister mit Trinkwasser, ein faltbares Solarpanel mit Batterie und eine Schubkarre, um das Zeug zu bewegen. Er zeigte mir, wie ich eine Sichtverbindung zu seinem Haus bekam, ohne selbst bemerkt zu werden, und versprach mir, am nächsten Morgen an der betreffenden Ecke seines Dachs eine zusätzliche Antenne anzubringen. Er fragte mich, welches VPN ich benutzte, und ich sagte ihm, ich bevorzugte Tor. Für ihn war das in Ordnung.

So verwandelte sich mein wochenlanger Aufenthalt im Wald in einen äußerst angenehmen Campingausflug. Ich bekam regelmäßig Brennstoff für den Campingkocher und Frischwasser. Es war eine wundervolle Gelegenheit, am Ufer des Bachs im hohen Gras herumzuliegen und mich gelegentlich vor den Parkrangern und Wanderern in meinem Zelt zu verstecken. Ich holte Schlaf nach und machte Dehnübungen, um die Anspannung und die Schmerzen aus meinen alten Muskeln zu vertreiben. Zweimal ging ich am Strand schwimmen, angelte ohne großen Erfolg im Fluss und schlich zum Rand der Wildnis, um das WLAN-Signal empfangen zu können.

In Bernal Heights hatte jemand ein Haus zusammengeschossen. Es war ein sehr schönes Haus, das man nie und nimmer mit Verbrechern in Verbindung gebracht hätte. In weniger als fünf Minuten hatten die Menschen, die dort lebten, und die Menschen, die sie erschießen wollten, Hunderte Patronen aus teilweise extrem illegalen automatischen Gewehren abgefeuert. Mindestens einer der Schützen hatte Hochgeschwindigkeitsmunition benutzt, die bis ins Nachbarhaus durchgeschlagen war, das glücklicherweise aber gerade renoviert wurde und deshalb unbewohnt war.

Acht Menschen starben.

Am nächsten Tag wurde ein alter Mann – ein allseits beliebter Restaurantbesitzer – in Little Russia buchstäblich vor seiner Haustür niedergestochen. Seine Angehörigen waren verzweifelt, die Nachbarn hatten Angst. Niemand hatte den Mörder gesehen.

Zwei Tage später explodierte in Sacramento ein E-Auto, ein Kia. Das war schon für sich genommen bemerkenswert, weil solche Explosionen äußerst selten vorkamen. Noch auffälliger war die Tatsache, dass die beiden Insassen ein umfangreiches Strafregister aufzuweisen hatten. Sie waren als Gewalttäter bekannt und diesseits und jenseits der US-mexikanischen Grenze tätig gewesen.

Ich kehrte zu meinem Campingplatz zurück und verließ ihn zwei Tage lang nicht mehr. In der Zwischenzeit überlegte ich, welche digitalen Spuren ich hinterlassen würde, wenn ich mich über Flahertys WLAN und Tor in meinen Signal-Account einloggte. Noch mehr Zeit verbrachte ich damit, das große Kreuzworträtselbuch der *New York Times* durchzuarbeiten, das Flaherty mir geschenkt hatte. Er hatte annähernd das erste Drittel gelöst und die hinteren Seiten mit den Lösungen sauber herausgeschnitten. Offenbar hatte er dazu ein scharfes Messer und ein Richtlineal benutzt. Ich mochte ihn noch mehr als sowieso schon.

Bogdan Michailowitsch Maslennikow war ein vorsichtiger Mann. Er war 1986 als politischer Flüchtling in die USA gekommen, nachdem er aus einem Gulag geflohen und über die finnische Grenze entkommen war. Er hatte von dem gelebt, was das Land hergab, und mit einem improvisierten Speer und einer Schlinge Tiere gejagt. Er war eine Legende, und einige überraschend begabte Filmkunststudenten der USC hatten einen Dokumentarfilm über ihn gedreht, der gut aufgenommen wurde. Nach ihren Erfolgen bei mehreren Festivals fanden sie gute Jobs. Maslennikow hielt Vorträge über sein Leben im Gulag und seine Flucht.

Als die Polizei von San Francisco Meldungen über einen Schusswechsel in Maslennikows überraschend großem Haus auf den Twin Peaks bekam, rückten sie mit großem Aufgebot an und töteten beinahe Maslennikow und seinen »Sekretär«, ehe sie bemerkten, dass es ein falscher Alarm war. Als sie in der folgenden Nacht einen weiteren Notruf bekamen, waren sie schon erheblich gelassener und stellten fest, dass es sich abermals um einen falschen Alarm handelte – und niemand wurde umgebracht. In der nächsten Nacht schickten sie einen Streifenwagen und ließen es ausgesprochen ruhig angehen.

In der folgenden Nacht drang jemand in das Haus ein und metzelte Maslennikow, seinen Sekretär und vier sehr kräftige junge Männer nieder, die den Strafverfolgungsbehörden bekannt waren.

> Das wird erst noch schlimmer, ehe es besser wird.

Die Signal-Nachricht war nicht unterschrieben und kam von einer Nummer, die ich nicht kannte.

> Zieh weiter den Kopf ein. Die Leute sind ziemlich sauer, aber wie ich es sehe, hättest du nichts anderes tun können.

> Bandenkriege sind übel.

Ich benutzte eine weitere Adresse aus meinem schwindenden Vorrat an E-Mail-Accounts und schickte Raza eine »Spam«-Nachricht. Der vorher abgesprochene Code bedeutete: »Ich bin in Sicherheit.« Sie hatte an ein anderes meiner Konten eine »Spam«-Mail mit einem weiteren Code geschickt, der bedeutete: »Ich habe nach Ruth gesehen, und ihr und mir geht es gut.«

Ich kehrte in den Wald zurück.

Eine Woche später benutzte ich Flahertys Fahrrad, um an der Küste entlang zu einem Parkplatz am Strand zu fahren, wo ein Münztelefon stand. Ich stopfte Vierteldollarstücke hinein und rief Szarkas Büro an. Sein Assistent meldete sich. »Ist Sebo da? Ich bin ein alter Freund, der wegen Maxim P. anruft.«

Der Sekretär atmete scharf ein, als er meine Stimme erkannte. »Einen Moment, bitte.«

Ich starrte die Sekundenanzeige auf dem digitalen Wecker an, den ich für zwei Dollar im Walmart gekauft hatte, als ich mich das zweite Mal für einen Campingurlaub ausgerüstet hatte. Vorher hatte ich beschlossen, ihm neunzig Sekunden zu geben. Als die anderthalb Minuten verstrichen waren, gab ich ihm noch einmal dreißig Sekunden. Das Münztelefon bot einen schönen Ausblick auf die Wellen, und die Brandung war hübsch anzusehen. Diesen Anblick konnte ich problemlos weitere dreißig Sekunden lang genießen.

»Wie kann ich Ihnen helfen.« Es war keine Frage, und von dem Charme der alten Welt war nichts zu hören. Er klang niedergeschlagen.

»Ich wollte mich nur über den aktuellen Stand informieren.«

Er grunzte. »Die Situation ist … schlimm.«

»Die Situation ist immer für irgendjemanden schlimm.«

»Der ältere Bruder ist tot.«

»Das ist aber schade«, sagte ich. »Bitte übermitteln Sie meine Anteilnahme, falls Sie mit den Angehörigen sprechen.«

»Das will ich tun«, versprach er. »Hören Sie, ich muss jetzt …«

»Ich weiß, dass der Bruder etwas im Sinn hatte, das er mir selbst zu sagen hoffte«, unterbrach ich ihn sofort. »Ist Ihnen bekannt, ob eines der anderen Familienmitglieder eine Nachricht für mich hat?«

»Nein, Mr. Hench. Niemand sonst in der Familie hat das Bedürfnis, mit Ihnen über irgendetwas zu sprechen. Nie wieder, vermute ich.«

Ich frage mich, ob ich dir das glauben kann. »Ich frage mich, ob ich Ihnen das glauben kann.«

Er seufzte. »Um ehrlich zu sein, es ist mir ziemlich egal, ob Sie mir glauben oder nicht. Sie waren niemals mehr als ein unschuldiger Zuschauer. Ich weiß es, und inzwischen wissen es auch alle anderen. Aber leider gibt es da draußen viele unschuldige Zuschauer, die jetzt in erheblicher Gefahr schweben, auch wenn die Gefahr für Sie vorüber ist.«

»Da haben Sie sicherlich recht«, stimmte ich zu. »Aber trotzdem, falls Sie mit den Angehörigen sprechen …«

»Ich übermittle ihnen Ihr Beileid.«

»Ja. Vielen Dank.«

21

Ich pumpte die Reifen von Flahertys Fahrrad auf und ölte die Kette, bevor ich es in seiner Garage oder Werkstatt parkte. Mit der Schubkarre holte ich die Campingausrüstung zurück, reinigte alles und legte die Sachen auf die Arbeitsplatte und neben das Fahrrad.

Flaherty war nicht da, deshalb schloss ich ab und legte seine Reserveschlüssel in den versteckten kleinen Tresor hinter dem Haus. Anschließend holte ich mein Handy heraus und fuhr es das erste Mal seit einer halben Ewigkeit wieder hoch. Ich sah zu, wie es bootete, entsperrte es und betrachtete die Symbole in der Benachrichtigungsleiste, als das Gerät ein Signal fand und sich verband. Ich dachte an die vielen Menschen, die sofort bemerken würden, dass dieses Handy eingeschaltet war, und wo es sich gerade befand.

Unwillkürlich hielt ich den Atem an. Dann überwand ich mich und atmete tief durch. Ich tippte auf das Uber-Symbol. Der nächste Wagen war zweiundzwanzig Minuten entfernt. Während meines Campingurlaubs hatte ich manchmal stundenlang jedes Zeitgefühl verloren. In diesem Augenblick kamen mir zweiundzwanzig Minuten wie eine Ewigkeit vor. Ich bestellte den Wagen. Dann holte ich den Reserveschlüssel wieder heraus und nahm das Buch mit den Kreuzworträtseln, die jetzt zu drei Vierteln gelöst waren. Aus einem Becher auf der Arbeitsplatte lieh ich mir einen Stift und setzte mich auf der Veranda auf meinen Campinghocker. Den Tagesrucksack hatte ich mir zwischen die Beine gestellt. Ich riss mich zusammen und konzentrierte mich auf das Rätsel.

Nach neunzehn Minuten brachte ich das Buch und den Stift wieder weg, verschloss alles, verstaute den Schlüssel, klappte den Hocker zusammen und ging die Dreiviertelmeile bis zum Ende von Flahertys Zufahrt. Unterwegs kam mir der kleine graue Prius entgegen.

Die Fahrerin war eine ältere schwarze Frau mit einem Tuch über den Haaren, das mich an dasjenige erinnerte, das Sethu Balakrishnan Lazer getragen hatte, als sie aus dem Schlafzimmer gekommen war. Und auch an das Tuch, das Tonya getragen hatte, als wir uns zum ersten Mal begegnet waren. Laut App hieß die Fahrerin Jasmine.

»Hallo, Jasmine«, sagte ich.

»Hallo, Marty«, antwortete sie und blickte auf Ihren Bildschirm.

»Ich hoffe, es stört Sie nicht, dass es eine längere Fahrt wird. Ich muss in die Stadt.«

Sie schüttelte den Kopf. »Überhaupt nicht. Ich bin im Ruhestand, und es ist eine schöne Route. Manchmal ergeben sich mit den Fahrgästen auch interessante Unterhaltungen.«

»Das klingt wie ein Hinweis oder vielleicht wie eine Einladung?«

»Etwas in dieser Art, ja. Steigen Sie ein, wir haben einen weiten Weg vor uns.«

Zuerst war ich besorgt und schielte immer wieder heimlich auf ihr Handy, um zu sehen, ob sich das Ziel verändert hätte. Doch sie war witzig und hatte als Linotype-Setzerin für eine Tageszeitung der schwarzen Gemeinschaft in Pittsburgh ein interessantes Leben geführt. Ihre Geschichten waren spannend, und sie konnte gut erzählen. Fast vergaß ich meine Ängste, nur einige Male wallten sie plötzlich wie ein Anfall wieder empor und erinnerten mich daran, dass ich mit ziemlich großer Gewissheit bald sterben würde und diese liebenswürdige, witzige Frau mit in den Tod reißen könnte.

Eine Stunde später bogen wir in die Fairmont ein. Ich rief die Reservierungsnummer auf, die mir mein Betreuer bei KPMG per SMS geschickt hatte, aber das war gar nicht nötig. Der Türsteher begrüßte mich mit meinem Namen, sobald ich aus Jasmines Autos stieg. Ich gab ihm meinen großen Rucksack und den Tagesrucksack und bückte mich, um mich durch das offene Fenster von Jasmine zu verabschieden.

»Danke, Jasmine. Es war wirklich schön, mit Ihnen zu fahren.«

»Ich danke Ihnen, Marty. Die Freude war ganz meinerseits. Sie sehen so aus, als hätten Sie es im Augenblick recht gut.«

»Das hoffe ich doch«, antwortete ich. »Gute Fahrt.«

Ich wollte nicht baden. Ich wollte keinen Zimmerservice. KPMG und der Portier hatten mir einen anständigen Anzug, eine Jeans, eine Packung Unterwäsche, ein T-Shirt sowie

Sweatpants und graue T-Shirts als Schlafanzug besorgt. Ich wollte die Sachen nicht anziehen.

Es war eine klare Nacht. Auf der einen Seite der Suite bot der Balkon einen schönen Ausblick bis nach Treasure Island. Wenn ich dem Balkon um die Ecke folgte, sah ich den Leuchtturm von Alcatraz und die Golden Gate Bridge. Ganz am Ende dieser Balkonseite konnte ich sogar den Golden Gate Park und die eigenartige umgekehrte Pyramide des De-Young-Museums erkennen. Alles wie Miniaturen, weit entfernt und völlig unbedeutend, wenn man es aus großer Höhe betrachtete.

Ich fragte mich, ob schon einmal jemand vom Balkon des Fairmont gesprungen war.

Mein Handy klingelte. Plötzlich bekam ich so große Angst, dass mir fast übel wurde. Ich ging hinein, nahm das Handy vom Schreibtisch, wo ich es angeschlossen hatte, und sah auf den Bildschirm. Erleichtert atmete ich auf und ließ mich auf dem bequemen Bürosessel nieder.

»Hallo, Raza«, sagte ich.

»Flaherty hat mir erzählt, dass du weggefahren bist.«

Ich zuckte zusammen. »Er sollte dir doch nicht verraten, dass ich dort bin«, antwortete ich. »Um sich nicht selbst zu gefährden.«

»Er dachte wohl, es sei nicht mehr so wichtig, nachdem du weg warst.«

»Da hat er auch wieder recht.«

Wir schwiegen uns einen Moment an.

»Raza, es ist vorüber«, flüsterte ich. »Alles erledigt. Oder wenigstens mein Anteil. Ich habe allerdings das Gefühl, dass der andere Teil auch ohne mich noch eine Weile weitergehen wird.«

»Wie fühlst du dich, mein Freund?«

»Gut«, antwortete ich. »Oder jedenfalls nicht schlecht. Wie betäubt. Vielleicht habe ich auch Schuldgefühle. Und irgendwie fühle ich mich auch überwältigt.«

»Tja«, sagte sie, »du konntest deine innere Wetterlage schon immer gut beurteilen. Viele Menschen können das nicht.«

»Ja«, stimmte ich zu. »Ja.«

»Marty, hör mal, du hast gerade etwas ziemlich Beeindruckendes geschafft, und jetzt beginnt ein neuer Lebensabschnitt für dich. Der Ruhestand. Du hast jetzt die Möglichkeit, etwas Neues zu tun, und genügend Geld, um es dir zu leisten. Es ist kein Wunder, dass du dich so überwältigt fühlst. Eigenartig wäre es eher, wenn du es nicht wärst. Ich bin jetzt wieder in Missouri, ich habe hier ein paar Studierende, bei denen ich Händchen halten muss. Sie haben mich überredet, im nächsten Semester einen Einführungskurs in Wirtschaftswissenschaften zu halten.«

Darüber musste ich herzhaft lachen. »Wie haben die es geschafft, Wilma Razafimandimby zu überreden, sich in die Niederungen des normalen Universitätsbetriebs herabzulassen?«

Sie seufzte. »Sie haben es mit den Feynman-Vorlesungen verglichen und wollen die Veranstaltungen aufzeichnen und veröffentlichen.«

»Dann kann ich es verstehen. Es ist bestimmt eine gute Idee, wenn du eine Art Vermächtnis hinterlässt.«

»Das denke ich auch. Marty, du sagst doch schon seit Jahren, dass du auch etwas über die Wirtschaftstheorie lernen möchtest.«

»Raza, soll ich wirklich nach Missouri fahren und mich in deine Vorlesungen für Studenten setzen?«

»Natürlich nicht. Du kannst auch fliegen. Motte den *Unsalted Hash* ein, und dann helfe ich dir, hier eine passende Wohnung zu mieten. Du kannst es dir leisten.«

»Ich habe gerade den verrücktesten Monat meines Lebens hinter mir, und selbst vor diesem Hintergrund ist dein Vorschlag ausgesprochen abwegig.«

»Ist abwegig das Gleiche wie schlecht?«

»Nein, Raza. Es ist nicht das Gleiche.«

»Marty, du bist der beste Finanzforensiker, den ich kenne. Du durchschaust die Geldströme in einer Tiefe, die keiner meiner akademischen Kollegen auch nur annähernd nachvollziehen kann. Ich habe selbst eine Menge von dir gelernt. Aber ... ich will so ehrlich sein, wie es unserer langen und wichtigen Freundschaft entspricht: Ich bin andererseits auch immer wieder schockiert gewesen zu sehen, wie wenig du von der Wirtschaft verstehst.

Du bist wie ein Savant, du hast eine Inselbegabung. Du bist wie ein Mechaniker, der alles über das Innenleben von Verbrennungsmotoren weiß, aber absolut keine Ahnung hat, wie die Physik dahinter aussieht, und der so arbeitet, als steckten Feuerdämonen in den Kolben, die den Motor mit Phlogiston antreiben. Marty, nimm es nicht persönlich, aber was die Wirtschaft angeht, bist du völlig ahnungslos.«

»Schon gut, Raza, aber wie du gerade selbst gesagt hast, ich gehe ja in den Ruhestand. Das alles spielt für mich keine Rolle mehr. Warum sollte ich mich anstrengen und es jetzt noch lernen?«

»Ehrlich? Gerade eben hast du noch über Vermächtnisse gesprochen. Du bist siebenundsechzig und hast vier Jahrzehnte lang in deinem Beruf gearbeitet. Deine Arbeit hatte Auswirkungen auf Geldströme im Umfang von Hunderten Millionen oder sogar vielen Milliarden Dollar. Das ist doch bereits ein Vermächtnis. Willst du nicht wissen, was dies wirklich zu bedeuten hat?«

»Also, wenn du es so ausdrückst …«

»Ich drücke es so aus. Außerdem, Marty, kannst du sowieso nicht wirklich abschalten. Das mag ein Vorteil sein, wenn du ein viel beschäftigter Profi bist, aber im Ruhestand ist das eher nachteilig. Es läuft mir kalt über den Rücken, wenn ich mir vorstelle, was du tun könntest, wenn du nichts zu tun hast.«

»Du willst mich im Auge behalten.«

»Klar. Und wenn dies jetzt meine Feynman-Vorlesungen werden, die mich berühmt machen, dann soll mein ältester und liebster Freund auf der Welt mein Zeuge sein. Du würdest mir einen großen Gefallen tun.«

»Raza, du kannst wirklich sehr überzeugend sein. Ich muss hier noch einige Dinge zum Abschluss bringen, aber ich denke ernsthaft darüber nach.«

»Tu das, Marty. Und wenn du die losen Enden verknüpfst, geh es auf alle Fälle ruhig an und hör auf deinen inneren Wetterbericht.«

Mein KPMG-Betreuer fand meinen Leaf auf einem Sicherstellungsgelände und sorgte dafür, dass er aus dem Autogefängnis ausgelöst und gewaschen und aufgeladen im Fairmont abgeliefert wurde. Als ich nach der morgendlichen Schwimmrunde zum Frühstück ins Zimmer zurückkehrte, lag der Abholcoupon auf der Schreibtischunterlage.

Der Mitarbeiter suchte mir auch einen Anwalt, der einen Antrag einreichte, damit mein Guthaben wieder freigegeben wurde.

Ich schickte einige Nachrichten an die besten Fachleute für physische Sicherheit und elektronische Gegenmaßnahmen, die ich kannte, und als sie zurückriefen, fragte ich sie, wen sie anheuern würden, um den *Unsalted Hash* zu entwanzen und dafür zu sorgen, dass er keine Kameras, verborgenen Geräte, Mikrofone, Malware und andere hässliche Überraschungen mehr barg. Einschließlich der Dinge, die den namenlosen DHS-Abteilungen zur Verfügung standen.

Allgemeiner Konsens war, dass ich es am besten gar nicht erst versuchen sollte. Vielmehr wäre es das Beste, den Bus zu verkaufen oder sogar zu verschrotten. Jedenfalls konnte man ihm nicht mehr richtig trauen. Mindestens aber sollte ich ihn zu einem vertrauenswürdigen Sicherheitstechniker bringen und alle Geräte und Hilfsanlagen zurücksetzen lassen. Einschließlich der Reifendrucksensoren mit den integrierten Drahtlosschnittstellen. Und selbst dann …

Ich ging zum DHS-Gelände an der Golden Gate Avenue. Mein Anwalt hatte hart verhandelt, damit sie den *Hash* herausrückten. Die DHS-Mitarbeiterin, die ihn mir übergab, zeigte sich beeindruckt von meinem Fahrzeug.

Die Spiegel und die Windschutzscheibe hatten eine überzeugende Menge an Dreck angesammelt, und die Luft im Inneren wirkte – ebenso überzeugend – abgestanden. Trotzdem fand ich es etwas unheimlich und blieb nervös, während ich den Bus steuerte. An einer roten Ampel überzeugte mich ein Krachen auf einer Baustelle in der Nähe schon beinahe davon, dass im Bus eine Bombe hochgegangen sein müsse – und ich sterben würde.

Als mir nach einer Weile bewusst wurde, dass ich noch lebte, war die Ampel längst wieder grün, und hinter mir drückten sechs Fahrer auf ihre Hupen. Ich hielt am Straßenrand. Sobald meine Hände nicht mehr zitterten, fuhr ich weiter zum Fairmont. Der Valet nahm die Schlüssel entgegen, und der Portier bat mich in sein Büro, um meine Wünsche zu erfahren. Er versicherte mir, es sei kein Problem, einige Umzugshelfer zu engagieren, die sich an der Laderampe des Fairmont um den *Hash* kümmern konnten (für die Tiefgarage war er zu groß), und alles, was sich noch an Bord befand, in der Nähe einzulagern. Er bot mir an, drei Angebote von konkurrierenden Firmen einzuholen. Ich gab ihm tausend Dollar Trinkgeld und sagte, ich würde auf sein Urteil vertrauen, aber es müsse schnell gehen. Ohne mit der Wimper zu zucken, steckte er das Geld ein und bedankte sich äußerlich vollkommen ruhig. Ich bedankte mich ebenfalls.

22

Ich brauchte drei Tage, bis ich bereit war, Ruth anzurufen. Das sagte einiges über meine innere Wetterlage. Ich überlegte, was genau es bedeutete, konnte es aber nicht ganz fassen.

»Hallo, du«, sagte sie. Es klang kalt.

Ich war sehr verlegen, und das nicht nur wegen der Dinge, die ich ihr sagen wollte. Ich war ziemlich sicher, dass Waterman Bates und vielleicht auch seine Rivalen vom Finanzministerium zuhörten und alles aufzeichneten und analysierten. Im Verhältnis zu vielen anderen paranoiden Fantasien war dies sogar ganz plausibel.

»Diese Sache, über die ich nicht reden konnte, ist jetzt vorüber.«

»Verstehe«, sagte sie. »Dann bist du nun sicher sehr erleichtert.«

»Ja, das ist richtig. Es war nicht schön, und die Tatsache, dass ich dich nicht treffen oder anrufen konnte, hat es noch viel unangenehmer gemacht.«

»Du sagst immer so reizende Dinge.« Es klang nicht so, als freute sie sich.

»Es ist absolut verständlich, dass du sauer bist.«

»Ja, so ist es.«

»Genau.«

»Marty, ich bin gerade sehr beschäftigt. Gibt es sonst noch etwas?«

»Nein. Oder doch. Ich … ich werde eine Weile nicht in der Nähe sein, aber dieses Mal ist es kein Geheimnis. Ich, äh, ich werde an der UMKC einen Einführungskurs in Wirtschaftswissenschaften als Gasthörer belegen.«

Sie lachte. Das klang fröhlich, und es tat mir gut, es zu hören. »Entweder ist dies die verrückteste Lüge, die du dir je ausgedacht hast, oder die verrückteste Wahrheit.«

»Es ist Letzteres. Ich fliege übermorgen über O'Hare nach Kansas City.«

»Aber warum, Marty?«

»Ruth, das kann ich selbst nicht richtig erklären. Es ist das letzte Jahr, in dem eine liebe alte Freundin an der Universität lehren wird, und sie gibt sich besonders viel Mühe. Aber das ist noch nicht alles. Ich habe auch das Gefühl, vierzig Jahre lang mit einem Tunnelblick wie ein Wurm im Loch gelebt zu haben, und jetzt ist es vorbei – und da will ich den Blick des Vogels sehen. So, als würdest du nach einer langen Wanderung die Karte hervorholen und dir ansehen, wo du schon warst.«

»Wenn du es so ausdrückst, klingt es fast vernünftig.«

»Tja«, erwiderte ich. »An guten Tagen verstehe ich es beinahe selbst.« Ich holte tief Luft, und dann ließ ich es heraus. »Wie gesagt, mein letzter Job für Danny Lazer hat sich wirklich bezahlt gemacht. Jetzt beginnt ein neuer Lebensabschnitt, und nach allem, was ich gerade erlebt habe, brauche ich eine Art formellen Abschluss.«

»Das klingt ja fast, als wärst du in Trauer. Marty, du bist reich, du bist im Ruhestand, du siehst gut aus, du hast noch alle deine Zähne und Gelenke. Es gibt verdammt wenig Menschen, die das Gleiche über sich selbst sagen können.«

»Das ist eine schöne Art, es auszudrücken. Ehrlich gesagt, genau das hatte ich mir auch gewünscht. Und ich wusste, dass du die alte Freundin bist, die es mir geradeheraus sagen kann.«

Sie seufzte. »Mein lieber alter Freund Martin Hench, ich werde es dir immer geradeheraus sagen. Schick mir deine Adresse in Missouri, dann schicke ich dir eine Postkarte, und vielleicht schickst du eine zurück. Und wenn du im eiskalten Mittelwesten dein Studium der Wirtschaftswissenschaften abgeschlossen hast, können wir uns vielleicht wieder treffen und deine Befreiung von all den Mühen feiern.«

Das versetzte mir einen so scharfen Stich, dass ich einen Moment lang nichts mehr sagen konnte. Ich war völlig sicher, dass Ruth Schwartzburg, wenn ich von der UMKC zurückkehrte, längst wieder in festen Händen wäre. Wie konnte es auch anders sein? Beinahe hätte ich die Reise abgesagt. Doch ich tat es nicht. Stattdessen sagte ich ihr, wie sehr ich mich freute, bald wieder von ihr zu hören. Sobald ich aufgelegt hatte, schickte ich ihr die Adresse des Hauses, das Raza für mich gefunden und das der Betreuer von KPMG für mich gemietet hatte.

Der Mann, der den *Hash* entwanzte, hatte früher zur Hackergruppe Cult of the Dead Cow gehört. Danach hatte er eine Weile für die NSA gearbeitet und schließlich eine eigene Beratungsfirma gegründet. Dort hatte er ungefähr zwanzig der klügsten Leute eingestellt, die er bei DEFCON und HOPE hatte finden können. Er hieß Hamish, bestand aber darauf, sich Baron von Rijsttafel zu nennen und machte jeden zur Schnecke, der seinen Künstlernamen nicht richtig aussprechen konnte. Man sollte doch meinen, dass es ein fünfzig Jahre alter Mann irgendwann leid war, sich immer wieder den gleichen Spaß zu erlauben, aber weit gefehlt.

Barons Helfer hatten den *Hash* im NIMBY unter die Lupe genommen. Das NIMBY war ein Hackerspace an der East Bay, der im Winter als Heimat für Dutzende große Burning-Man-Mutantenfahrzeuge und Kunstwagen diente. Die Mitarbeiter schwärmten noch um den Bus herum, als ich mit dem Leaf vorfuhr. Widerstrebend rissen sie sich los, schoben die Montagerollbretter hervor und brachten die Zugangsluken mit Akkuschraubern wieder an. Vorher zogen sie eigenartig aussehende Kabel aus Netzwerk- und Diagnoseanschlüssen, deren Existenz ich bislang höchstens geahnt hatte.

Baron führte mich persönlich herum und erklärte mir all die Subsysteme, die sie dreifach überprüft und auf die Werkseinstellungen zurückgesetzt hatten. Sie hatten den Stromverbrauch aller Komponenten addiert und genau nachgerechnet, bis sie sicher waren, dass es für jedes Mikrowatt eine gute Erklärung gab, und dann hatten sie noch nach elektromagnetischen Feldern gesucht und den Bus auch physisch genau unter die Lupe genommen.

»Wenn es da drin noch etwas Schlimmes geben sollte, dann ist es klein, hat eine unabhängige Stromversorgung und kann nur sporadisch aktiv sein«, erklärte er.

Eine seiner jungen Helferinnen, ein schwarzes Mädchen mit Afro-Puffs und einem geklauten Palantir-T-Shirt, fügte hinzu: »Natürlich gibt es eine Menge gemeine Sachen, auf die diese Beschreibung passt.« Ich nahm an, das T-Shirt war ironisch gemeint.

Baron nickte feierlich. »In der Tat«, bestätigte er. »Die gibt es. Das ist das Problem im blauen Team. Du musst perfekt sein, während …«

»Während das rote Team nur einen einzigen Fehler zu finden braucht«, beendete ich den Satz. »Alles klar. Schickst du mir die Rechnung?«

»Sicher«, antwortete er. »Netto sechzigtausend, aber ich lasse zwei Prozent nach, wenn du in vierzehn Tagen bezahlst.«

»Ich bezahle sofort. Schick mir die Rechnung.«

»Geht klar.« Ich gab den beiden jungen Leuten, die am *Hash* gearbeitet hatten, die Hand und fuhr mit dem Bus über die Bay Bridge.

Am Fairmont koppelte ich den Leaf ab und gab dem Valet die Schlüssel. Dann steuerte ich den *Hash* ins Tenderloin-Viertel. Es war schwer, einen Parkplatz zu finden, aber nach einer Rundfahrt von einer halben Stunde entdeckte ich eine Lücke, die nur zwei Blocks von dem freien Grundstück an der Eddy entfernt war. Ehe ich ausstieg, ging ich noch einmal am Bus entlang. Leer, zerlegt und wieder zusammengesetzt zeigte er sich nun wieder als das lächerliche Rockstar-Zubehör, das er im Grunde immer gewesen war – ein überteuertes Spielzeug mit Flächen aus Marmor, Spiegeln und Tropenholz. Ich hätte ihn *Weißer Elefant* nennen sollen. Auf dem Papier war er sicherlich immer noch mehr als eine halbe Million wert, aber welcher Idiot würde schon so viel dafür bezahlen?

Am Rand des leeren Grundstücks blieb ich einen Augenblick stehen. Ich hatte schon fast befürchtet, die Zelte wären weg, und mich gefragt, ob ein Privatdetektiv die obdachlosen Menschen in den Straßen von San Francisco finden könnte, obwohl ich nicht mehr wusste als ihre Vornamen.

Doch die Zelte und Einkaufswagen waren noch da. Ich näherte mich den Zelten und rief: »Martin? Tonya? Laquan?«

»Einen Moment«, drang Martins heisere Stimme aus einem Zelt.

Er kam heraus und streckte sich unter Schmerzen, ehe er zu mir herüberhumpelte. Als er bemerkte, dass mir sein Humpeln nicht entgangen war, schnitt er eine Grimasse. »Hab mir das Bein verrenkt.« Er musterte mich von oben bis unten. »Sieht so aus, als wäre dein Ärger vorbei.«

Ich wollte schon sagen: *So würde ich es nicht ausdrücken*, aber dann besann ich mich. »Ja, es scheint so.«

»Glückwunsch.«

Tonya kam ebenfalls aus dem Zelt heraus, dann folgte auch Laquan. Seit unserer letzten Begegnung schien sie ein ganzes Jahrzehnt gealtert zu sein. Der Kummer hatte tiefe Falten in ihr Gesicht gemeißelt. Laquan wirkte noch nervöser als sonst, aber er war schon vorher sehr nervös gewesen.

»Hallo, Leute«, sagte ich.

»Hallo, Milt«, antwortete Tonya. Laquan nickte schüchtern.

»Hört mal, es ist so«, begann ich. »Ich verlasse die Stadt, und eine Sache, um die ich mich vorher noch kümmern muss, ist das Wohnmobil, in dem ich vorher gewohnt habe, es ist ein Bus. Und … ich dachte, ihr könntet vielleicht etwas damit anfangen, wenn ich ihn euch überlasse.«

»Willst du uns deinen Bus verkaufen?«, fragte Martin.

»Nein«, erwiderte ich. »Ich überschreibe ihn euch einfach.«

»Milt, warum willst du uns einen Bus schenken?« Martins Misstrauen war geradezu körperlich spürbar. Ich hatte nicht damit gerechnet, dass es sich so entwickeln könnte.

»Ich glaube, weil ihr mir einen Gefallen getan habt, und weil es für euch nicht gut gelaufen ist, und weil ich den Bus sowieso nicht mehr brauche.«

»Martin, sei nicht unhöflich«, schaltete sich Tonya ein. »Milt, das ist wirklich sehr nett von dir.«

»Schon gut«, antwortete ich. »Der Bus steht zwei Häuserblocks von hier.«

»Dann wollen wir ihn uns ansehen.« Tonya war hübsch, wenn sie lächelte. Sie sah sofort zehn Jahre jünger aus.

In andächtigem Schweigen sahen sie sich im *Hash* um. Ich ermunterte sie, alle Schränke zu öffnen und die Betten auszuklappen. »Er hat acht Schlafplätze, zu dritt kommt ihr sicher gut zurecht. Ihr könnt sie aufteilen, wie ihr …«

Mit einer Geste hieß Martin mich schweigen und starrte mich an. »Milt, verdammt, was machst du da?«

»Ich habe es doch schon erklärt«, antwortete ich. »Ich verlasse die Stadt und möchte mich von diesem Monstrum trennen. Ich habe mir überlegt, was ich damit tun könnte, und beschlossen, dass ich ihn euch geben will. Falls ihr ihn wollt. Ich, äh, das hier ist eine Guthabenkarte für Benzin, die für ein Jahr reichen müsste, je nachdem wie viel ihr fahrt.«

Ich gab ihm die Karte, aber er nahm sie nicht, also legte ich sie auf meinen – auf *seinen* – kleinen Küchentisch neben die Übertragungsurkunde, die ich schon vorher aufgesetzt hatte.

Die drei starrten mich an.

»Milt, bist du ein reicher Mann?«, fragte Martin.

»Ja, Martin. Ich glaube, das kann man jetzt so sagen. Ich musste ein paar üble Dinge klären, aber das ist nun erledigt, und jetzt bin ich reich.«

»Glückwunsch«, sagte Tonya. Sie sagte es so leise, als spräche sie eher mit sich selbst.

»Also, ich bin ein reicher Typ, der diesen Bus nicht mehr braucht. Es ist mir egal, was ihr damit macht. Ihr könnt darin leben, ihn verkaufen oder ihn einfach stehen lassen. Und wenn ihr ihn nicht haben wollt …«

»Wir nehmen ihn«, sagte Tonya. »Nicht wahr, Martin?«

Er schwieg eine ganze Weile.

»Wenn wir den Bus nehmen, wird dann jemand danach suchen?«

»Nein, bestimmt nicht. Hier sind die Papiere, und hier ist mein Ausweis.« Ich holte meinen Führerschein hervor.

»Martin Hench?«, fragte Martin.

Auch darüber hatte ich noch nicht richtig nachgedacht. »Ja«, antwortete ich. »Ich habe mich Milt genannt, damit ihr meinen Ärger nicht abbekommt. Jetzt bin ich aber wieder Martin.«

Er lachte. »Freut mich, Martin.« Er gab mir die Hand, ich schlug ein. Sein Händedruck war fest, er hatte viele Schwielen an der Hand.

»Freut mich ebenfalls, Martin.«

»Da gibt es nur ein Problem«, erklärte Martin. »Ich habe keinen Führerschein.«

»Ich schon«, warf Tonya ein.

»Und die Versicherung …«

»Ist für zwei Jahre im Voraus bezahlt. Danach …« Ich zuckte mit den Achseln.

Als Laquan zum ersten Mal das Wort ergriff, erschraken wir alle. »Kommt schon, unterschreibt. Der Bus gefällt mir.«

Also unterschrieben sie. Als ich mich von dem Bus abwenden und weggehen wollte, lehnte sich Martin noch einmal heraus. »He, Martin!«

»Ja?«

»Was, zum Teufel, ist ein *Unsalted Hash*? Hat das was mit Drogen zu tun?«

»Nein«, antwortete ich. »Mit Mathematik. Du kannst den Namen ändern, wenn er dir nicht gefällt.«

»Nö«, gab er zurück. »Er gefällt mir. Klingt wie eine dieser schrägen Yuppie-Eiscremesorten.«

23

Das Taxi, das ich am Flughafen von Kansas City genommen hatte, setzte mich an meinem gemieteten Haus ab. Raza hatte mich am Flughafen abholen wollen, doch ich hatte ihr gesagt, sie solle nicht albern sein, und wir würden uns zum Frühstück treffen.

In dieser Nacht schlief ich zwischen fremden Laken, ohne mir die Mühe zu machen, meine Zahnbürste auszupacken. Als ich am nächsten Morgen im Koffer danach wühlte, klingelte es. Ich zog die Hose vom Vortag und ein T-Shirt an und stieg die unvertraute Treppe hinunter.

Im Wohnzimmer zog ich den Vorhang zurück und vergewisserte mich, wer es war. Das Haus hatte jedoch einen vorgebauten Windfang, und die Vordertür war nur zwei Schritte entfernt, hatte aber beschlagene Scheiben. Also wagte ich mich barfuß auf die eiskalten Fliesen und öffnete.

Es war ein Bote, der einen großen Daunenparka und eine Wollmütze trug. Einen Handschuh hatte er sich unter die Achsel geklemmt. In der blau gefrorenen nackten Hand hielt er einen Stift. »Morgen«, sagte er und reichte mir sein Klemmbrett und einen Stift.

»Wofür unterschreibe ich jetzt?«, fragte ich.

»Dafür.« Er zeigte auf ein seltsam geformtes, in Papier gewickeltes Päckchen vor seinen Füßen. Ich gab ihm das Klemmbrett zurück, woraufhin er das Päckchen vorsichtig aufhob und mir übergab. Darin schwappte etwas. Es war eine Vase mit Blumen, wegen der Kälte sorgfältig eingepackt.

Ich bedankte mich, trug die Vase nach drinnen und nahm den Ordner mit Anweisungen, Regeln und Tipps für das Haus vom zerkratzten Kaffeehaustisch, um die Blumen abzustellen und auszupacken. Es waren zwei Dutzend sehr große sehr rote Rosen mit einer Karte:

»Jetzt hast du auf deiner ersten Postkarte etwas zu erzählen. – Ruth.« Dazu eine Adresse in der Half Moon Bay.

Irgendwann beim Frühstück fragte mich Raza nach den Blumen. Zuerst wich ich aus, aber dann brach es aus mir heraus. Danach nutzte sie während des ganzen Semesters jeden vertraulichen Moment, um sich eindringlich nach dem Fortgang der Postkartenromanze zu erkundigen. Am Ende waren es sechs Karten pro Woche.

Raza war übrigens brillant. Das hatte ich allerdings schon vorher gewusst. Wie oft hatte sie mir etwas erklärt, das ich bis dahin nie verstanden hatte, und sich dabei so klar ausgedrückt, dass ich es nun begriff und danach nie wieder vergaß. So klar, dass es mir im Rückblick völlig offensichtlich erschien.

Aber dies hier waren ihre Feynman-Vorlesungen. Die letzte große Aufgabe, auf die sie sich ihr ganzes Leben lang vorbereitet hatte. Sie begann mit dem Ursprung des

Geldes, mit römischen Imperatoren und ihren Eroberungszügen, und arbeitete sich weiter vor bis zur Gegenwart.

Zuerst waren die Studenten im Kurs, weil sie eben dort sein mussten. Die Einführung in die Wirtschaftswissenschaften galt als Voraussetzung für mehrere Abschlüsse an der UMKC. Doch als das Semester halb vorüber war, hatte es sich herumgesprochen, und ich erntete böse Blicke von den Studenten, die mit Schneestiefeln hereingetrampelt kamen und einen komischen alten Kerl sahen, der ganz vorn in der ersten Reihe einen Platz in Anspruch nahm. Sie verlegten Razas Veranstaltungen in einen größeren Saal. Dann öffneten sie einen zusätzlichen Raum. Wenn man von einer Ehrenrunde sprechen möchte, dann war diese hier ein riesiger Erfolg. Die Aufrufe der YouTube-Videos gingen in die Hunderttausende und dann in die Millionen.

Die letzte Vorlesung war eher eine Party zur Feier ihres Triumphs als ein Seminar. Es gab Kuchen und Tränen und ein Lied von ihren Studenten. Sie blieb die ganze Zeit äußerlich gefasst, aber am Ende strahlte sie. Es war das breiteste, strahlendste Lächeln, das ich je bei ihr gesehen hatte.

Und dann schleppten sie sie auch noch in eine Karaokebar. Obwohl es sehr spät wurde, fuhr sie mich am nächsten Morgen zum Flughafen. In meinem Handgepäck hatte ich einen Stapel Postkarten von Ruth. Ich wollte sie während des Fluges noch einmal lesen, und vor allem traute ich der Fluggesellschaft nicht, dass die Karten auch wirklich am Ziel ankämen, wenn ich sie ins normale Gepäck gab.

Nach dem langen Flug war ich nervös, aber die stundenlange Taxifahrt über die Halbinsel bis hinunter nach Menlo Park glich einer Art Meditation. Der Fahrer war ein älterer Schwarzer, der ganz in der Nähe aufgewachsen war, genauer gesagt in Oakland. Ich musste ihn ein wenig überreden, und dann erzählte er mir von den Geistern der Landmarken, die abgerissen worden waren, um Platz für etwas Neues, etwas noch Neueres und schließlich das ganz Neue zu schaffen.

Raymond kannte die Namen der untergegangenen Orte, und das tröstete mich. Wenn so viele Orte einfach in den trüben Tiefen der Geschichte verschwinden konnten, dann konnte all das, was ich jetzt sah, ebenfalls überspült werden und der menschlichen Erinnerung entschwinden.

Der Betreuer von KPMG buchte für mich ein Zimmer in einem Boutique-Hotel in der Nähe von Stanford. Das Haus war eine Mischung zwischen einem Bed & Breakfast und dem Aufenthalt bei einem alten Freund. Die Vermieterin gab mir das Gefühl, wirklich willkommen zu sein, und brachte mir einen kleinen Teller mit Käse aus dem Ort, knusprige Cracker und Portwein und wünschte mir eine gute Nacht.

Am nächsten Morgen um zehn Uhr klingelte ich bei Ira Hermann. Ich hatte ein köstliches Frühstück mit Beeren, Joghurt und einem sehr luftigen Croissant im Bauch. Dazu hatte ich in dem Lokal, das nur zwei Türen vom Hotel entfernt war, einen Kaffee für sechs Dollar getrunken, den sie in einer teuren, geradezu angeberischen Siphon-Maschine brauten.

Als Zoe die Tür öffnete, dauerte es einen Augenblick, bis sie mich erkannte, aber dann erinnerte sie sich und fischte mit einer Art mnemonischem Trick meinen Vornamen aus dem Speicher. »Mr. Hench! Marty! Was für eine schöne Überraschung. Kommen Sie doch herein, kommen Sie rein.« Das Büro hatte sich irgendwie verändert. Die Möbel waren umgestellt worden, und an den Wänden hingen andere Drucke. In einer Ecke stand eine ganz und gar abstrakte Bronzeplastik auf einem Sockel. Das entsprach meiner Ansicht nach überhaupt nicht Ira Hermanns Stil.

»Zoe, es tut mir leid, dass ich nicht vorher angerufen habe, aber ich bin gerade erst eingetroffen, und ich wollte unbedingt etwas mit Ira persönlich besprechen.«

Sie sah mich ernst an und faltete die Hände. »Ira hat sich schon vor einigen Monaten zurückgezogen«, erklärte sie. »Gesundheitlich geht es seit einiger Zeit leider bergab mit ihm, und es ist gerade jetzt noch schlimmer geworden.«

»Das tut mir wirklich leid.« Das entsprach der Wahrheit. Ich mochte Ira Hermann, und ich konnte erkennen, dass auch Zoe betroffen war. Es war mehr als eine Darstellung professioneller Anteilnahme.

»Es war längst abgemacht, dass ich Iras Mandanten übernehmen sollte, und dies hat die Übergabe nun beschleunigt. Wenn ich irgendetwas für Sie tun kann …«

»Ja, das können Sie.«

Sie bot mir im hinteren Büro, das vorher Ira gehört hatte, einen Platz auf dem Sofa an. Sie hatte den Raum umgestaltet und auch hier eine Bronzefigur aufgestellt, die offenbar von demselben Künstler stammte.

»Mein Ehemann«, erklärte sie, als sie meinen bewundernden Blick bemerkte.

»Nein!«, antwortete ich. »Wirklich? Das ist eine fantastische Arbeit.«

»Ja, das stimmt.« Offensichtlich war sie ungeheuer stolz auf ihn. »Er ist wirklich gut. Sein Atelier ist in Woodside, und er gießt die Figuren auch selbst.«

»Das sind wundervolle Arbeiten.«

»Er hat demnächst eine Ausstellung. Er hat eine Teilzeitstelle als Dozent in Stanford und wird zusammen mit einigen Studenten in Palo Alto in einer Galerie ausstellen. Ich habe sogar einen Flyer. Hier, bitte.« Sie gab mir einen fotokopierten Zettel mit der sachlich, aber hübsch aufgemachten Einladung. Ich steckte ihn sorgfältig ein. »Marty, was kann ich für Sie tun?«

»Erinnern Sie sich, dass Ira fragte, ob ich mein Honorar von Danny Lazer versteuern möchte?«

»Allerdings.« Sie lächelte, als sie zu erkennen glaubte, wohin sich das Gespräch bewegen würde.

»Ich möchte es versteuern.«

»Gut«, antwortete sie. »Das ist eine sehr lobenswerte Entscheidung. Ich kann mit Ihrem Finanzberater zusammen die Verlagerung der Guthaben auf entsprechende Inlandskonten veranlassen, die dann wiederum …«

»Nein«, unterbrach ich sie. »Es ist so: Ich möchte auch die Offshore-Guthaben versteuern. Ich will dem Finanzamt gegenüber alle Konten, alle Strukturen und alle Verstecke offenlegen. Alles.«

Erst wirkte sie verwirrt, dann schien sie zu erschrecken, und schließlich wurde sie neugierig. »Verstehe«, sagte sie. »Wenn Sie das tun, werden Sie vielen anderen Leuten Schwierigkeiten machen. Eben jenen, die auf die gleichen Strukturen und Systeme zurückgreifen.«

»Ja«, bestätigte ich. »Genau das habe ich auch vor.«

»In diesem Fall brauchen Sie meine Hilfe gar nicht«, erklärte sie.

»Nein, eigentlich nicht«, stimmte ich zu.

Sie musterte mich eine Weile. »Schadenfreude hätte ich Ihnen gar nicht zugetraut.«

»Ich bin nicht schadenfroh«, widersprach ich. »Ich halte mich für einen anständigen Mann. Mir war klar, dass Iras Mandanten – die jetzt Ihre sind – Schwierigkeiten bekommen werden, wenn ich so vorgehe, denn er hat die betreffenden Werkzeuge entwickelt. Darum wollte ich Sie vorher warnen. Ich werde mich in einem Monat an die Steuerbehörde wenden. Damit haben Sie genug Zeit, sich aufregende neue Methoden auszudenken, um das Geld vor Uncle Sam und allen anderen Regierungen zu verstecken, die sich dafür interessieren könnten.«

Sie legte den Kopf schief. »Das ist sicherlich genug Zeit.« Ihr Blick fiel auf die Bronzefigur, ich folgte ihrem Blick. Das Objekt wirkte wie halb geschmolzen, voller aufgestauter Energie.

»Aber warum, Marty?«

»Ich betrachte es als eine Art Lektion. Nicht für Sie, sondern für die Steuerbehörde. Sie haben mich einmal gefragt, ob es mir gelingen könnte, Ihre Verfahren zu durchschauen, und ich sagte, das könnte ich tun, aber das Finanzamt wäre nicht dazu imstande. Es ist aber so, dass sie es eigentlich durchschauen müssten. Sie sind gut in Ihrem Job, aber Sie spielen im blauen Team. Die Steuerfahndung hat den Vorteil des roten Teams, aber die Behörde verplempert ihren Vorteil. Ich will den Fahndern vom Finanzministerium unter die Nase reiben, wie fantasielos sie sind, und sie vielleicht dazu anregen, es in Zukunft besser zu machen. Ihr Job sollte eigentlich erheblich schwieriger sein.«

Darüber dachte sie eine Weile nach. »Dem wäre ich gewachsen, und das würde die Nieten unter meinen Konkurrenten aus dem Rennen werfen. Gar nicht so übel. Also gut, Marty, danke für die Warnung.«

»Es war das Mindeste, was ich tun konnte. Oh, und noch etwas, Zoe. Es gibt noch eine Kleinigkeit, um die ich Sie bitten möchte.«

»Ach ja?« Sie sah mich misstrauisch an.

»An der Kreuzung der Highways 128 und 101 ist ein kleines Restaurant. Ich will die Hypothek abbezahlen. Das Restaurant heißt *Graciela's*. Ich möchte dabei aber nicht in Erscheinung treten.«

»Das ist kein Problem«, erklärte sie. »Sie kaufen dem Inhaber den Titel ab, löschen die Restschuld und schicken den Schuldnern eine Endabrechnung. Ich habe einen Kollegen, der sich mit solchen Dingen auskennt.«

»Schicken Sie mir die Rechnung?«

»Gern.«

»Wenn Sie mit Ira sprechen …«

»Ich werde ihn von Ihnen grüßen. Marty, passen sie auf sich auf, und genießen Sie Ihren Ruhestand.«

»Ganz bestimmt.«

Der Wachmann im Camino Real hielt mich auf und ließ mich draußen warten, während er Sethu anrief. Neue Sicherheitsvorschriften, nachdem sich jemand als Kurier ausgegeben und versucht hatte, zu den Aufzügen zu stürmen.

Sobald Sethu bestätigt hatte, waren sie ausgesprochen höflich … und begleiteten mich trotzdem im Aufzug, um sicherzustellen, dass ich auch wirklich bis ganz nach oben fuhr. Für Sethu war ich froh, dass sie so gewissenhaft waren, und andererseits war ich traurig, weil sie es sein mussten.

Als sie öffnete, trug sie dieselbe weite Hose wie bei unserer letzten Begegnung, und darüber ein langes Oberteil aus Leinen. Eine geschäftlich aussehende Lesebrille steckte in den Haaren, die sie sich kurz geschnitten hatte. Die Spitzen waren auf interessante Weise nachbehandelt.

»Marty!« Das Lächeln war herzlich und erreichte auch die Augen. Sie umfing mich mit einer köstlich riechenden Umarmung, die nicht mehr aufhören wollte.

»Sethu«, sagte ich, sobald ich mich von ihr gelöst hatte. »Du siehst fantastisch aus.«

»Ach was«, wehrte sie ab und führte mich ins Wohnzimmer. Nun war es kein Anblick für Hochglanzmagazine mehr. Inzwischen waren hier Aktenschränke aufgestellt worden, in einer Ecke stand ein großer Drucker, in einer anderen ein Whiteboard. Dies war das private Befehlszentrum einer stark beschäftigen CEO. »Ich bin fix und fertig. Früher bin ich Danny auf die Nerven gegangen, weil er so viel gearbeitet hat. Jetzt frage ich mich ernsthaft, wie er sich überhaupt mal frei nehmen konnte.«

Ihre persönliche Assistentin – eine junge Frau, die offenbar frisch von Stanford gekommen war und eine hübsche Versammlung von Sommersprossen auf Stirn und Nase hatte – nahm meine Bestellung entgegen und brachte meinen Kaffee und Sethus Tee auf die Dachterrasse. Dann zog sie sich zurück.

»Na?«, sagte sie und betrachtete die leeren Straßen von Palo Alto.

»Tja«, antwortete ich. »Die Geschichte in Jordan's Mill ist für dich und mich nun ausgestanden. Vielleicht noch nicht für einige andere Leute, aber ich würde nicht damit rechnen, dass ihr euch jemals begegnet.« Ich überlegte kurz. »Einige von ihnen könnten sogar Kunden von Trustless sein, wenn ich es mir recht überlege.«

Betrübt schüttelte sie den Kopf. »Gut möglich. Ich habe drei leitende Compliance-Mitarbeiter gefeuert und jetzt wohl endlich jemanden gefunden, der begreift, dass ich wirklich sauber arbeiten will, und dass mir die Stufe der plausiblen Bestreitbarkeit nicht ausreicht.« Auf der Staffelei stand eine neue Leinwand, die noch völlig leer war. Als Sethu meinen Blick bemerkte, schüttelte sie noch einmal den Kopf. »Dafür habe ich jetzt keine Zeit mehr. Wie sieht es bei dir aus, Marty? Hast du auch zu viel zu tun für die guten Dinge des Lebens, oder bist du jetzt wirklich im Ruhestand?«

»Das werde ich hoffentlich bald herausfinden. Ich war eine Weile nicht da und bin gerade erst zurückgekehrt, und ich habe eine Idee, die mich in den nächsten Jahren vollauf beschäftigen dürfte.«

»Das hat nicht zufällig etwas mit Ruth Schwartzburg zu tun?«

Offenbar funktionierte mein Pokergesicht nicht mehr, denn was mit meiner Miene auch passierte, sie musste hemmungslos kichern und wirkte auf einmal viel jünger, als es ihrer Kleidung und der Frisur entsprach.

»Marty, das finde ich gut«, sagte sie. »Bei Keypairs war sie meine erste Chefin, und ich habe sie ziemlich gut kennengelernt. Wir stehen immer noch in Verbindung und haben darüber gesprochen. Du bist ein Glückspilz.«

»Bin ich«, stimmte ich zu. Mir war nicht wohl, als ich unwillkürlich daran denken musste, dass sie sich über mich ausgetauscht und ihre Bewertungen verglichen hatten. Ich riss mich aus diesen Gedanken, weil sich ein beinahe achtundsechzig Jahre alter Mann nicht mehr mit solchen Dummheiten beschäftigen sollte. Leider ließ mich meine Pokermiene schon wieder im Stich.

»Ich hielt es allerdings nicht für nötig, über den Gefallen zu sprechen, den du mir bei unserer letzten Begegnung erwiesen hast. Das war sehr freundlich, und ich weiß es zu schätzen.«

»Ich werde immer liebevoll daran zurückdenken.«

Sie schlug mir auf das Handgelenk. »Liebevoll, aber höchst selten, mein Herr. Ruth hat deine ungeteilte Aufmerksamkeit verdient.«

»Das ist wahr.« Ich blickte wieder zu der leeren Leinwand hinüber, zu den leeren Straßen, und dann zu der schönen und reifen Frau, die Sethu Lazer Balakrishnan geworden war. »Danke, Sethu.«

»Ich habe zu danken, Marty.«

Ruth hatte ein wunderschön restauriertes Craftsman-Haus mit einem großen Grundstück gekauft. Ich stellte den Leaf in der Einfahrt ab und blieb noch einen Augenblick sitzen, um das Buntglas in der Vordertür, die bunte Herbstwiese und die überkreuzten Kriegsäxte zu betrachten, die als Türklopfer dienten.

Endlich nahm ich das Geschenkkästchen vom Beifahrersitz, stieg aus und ging unsicher zum Haus. Bevor ich anklopfte, zögerte ich noch einmal. Dann öffnete sie. Sie trug eine blaue Seidenbluse, deren beide obersten Knöpfe offen standen, eine weite Pumphose und eine mit Edelsteinen besetzte Skarabäus-Haarspange, die ihr graues Haar über den Ohren festhielt.

»Hallo, du«, sagte sie. Ihr standen Tränen in den Augen. Sie drückte mich so fest, dass meine Rippen krachten. Sie roch wundervoll. Ich schmiegte das Gesicht in ihre Haare und erwiderte die Umarmung.

Von ihrem Haus, den Bücherregalen, den Fantasy-Bildern und der dicken grauen Katze bekam ich nur einen flüchtigen Eindruck. Im Handumdrehen war ich im Schlafzimmer, und dann setzte mein Bewusstsein aus und nahm außer sinnlicher Freude und warmer Zuneigung überhaupt nichts mehr wahr.

»Wie ich sehe, hast du mir ein Geschenk mitgebracht«, sagte sie und fuhr mir mit der einen Hand so träge über die Brust, dass ich erschauerte.

Ich blickte zum Nachttisch, auf dem die kleine Schachtel stand. »Ja, richtig«, sagte ich.

Sie nahm die Schachtel und dachte über Größe und Gewicht nach. »Ich hoffe, es ist kein Schmuck. Schmuck wäre auf jeden Fall voreilig.«

»Kein Schmuck.«

Sie löste das Band und holte vorsichtig den losen Stoff heraus, der als Polster diente, bis sie den kleinen, in Tücher gewickelten Gegenstand in der Hand hielt. Sie wickelte ihn behutsam aus.

Dann sah sie ihn lange an. »Das ist, äh …«

»Aus zuverlässiger Quelle weiß ich, dass es sich um eine Paladin-Halbelfin mit dem Level siebenundzwanzig handeln soll. Der Bildhauer, bei dem ich die Figur in Auftrag gab, kennt sich mit solchen Dingen gut aus. Und die Bemalung ist …«

»Ist das Venphira Ghostbane?«

»Das ist Venphira Ghostbane.«

»Martin Harold Hench, du bist ja wirklich ein verrückter Typ.«

»Das beruht ganz auf Gegenseitigkeit.«

Als die letzten Umzugshelfer fort waren und die ausgeräumten Kisten und das Verpackungsmaterial mitgenommen hatten, betrachtete ich den kleinen Stapel der Dinge, die aus dem Lager in der Nähe des Fairmont stammten. Das waren die Gegenstände, die sich bis zum Schluss im *Hash* befunden hatten.

Die Männer hatten ausgepackt, und ich hatte mir alles angesehen. Einige Dinge, die ich nicht mehr brauchte, hatte ich an die Seite gestellt, damit sie die Sachen mitnehmen und verkaufen konnten. Wie sich nun zeigte, brauchte ich sehr viele jener Dinge nicht mehr, die ich in meinen Lagerräumen aufbewahrt hatte. Jahrelang hatten sie in fensterlosen anonymen Räumen über das ganze Land verteilt gelegen. Alles auf einem Haufen zusammen zu sehen, glich einer Art buddhistischer Offenbarung, die mir vor Augen führte, wie unwichtig die materielle Welt eigentlich war.

Aber nicht alles war bedeutungslos. Das Selbstbildnis, das Sethu mir geschenkt hatte, starrte mich streng und grimmig und ungeheuer selbstkritisch an. Ich hatte es zwischenzeitlich völlig vergessen. Im Wohnzimmer wollte ich es nicht aufhängen. Ich konnte mir nicht vorstellen, mich bei einem Kreuzworträtsel zu entspannen, während sie mich anstarrte.

Ins Schlafzimmer passte es auch nicht. Ebenso wenig ins Bad oder in die Küche. In das kleine Gästezimmer, das ich im Geiste als »das Büro« bezeichnete? Vielleicht dorthin. Ich nahm das Bild und ging die Treppe hinauf, um es auszuprobieren, doch da klingelte es an der Tür.

»Agent Bates«, sagte ich und machte Platz, damit er eintreten konnte. Er trug wieder die Kostümierung des verirrten Touristen mit den altmodischen Jeans, doch sein Blick hinter der Zweistärkenbrille war hart.

»Mr. Hench«, sagte er.

»Etwas zu trinken?«

»Nein, danke.« Er betrachtete das Gemälde. »Eine schöne Frau«, sagte er. »Mit ihr würde ich mich nicht anlegen.«

»Nein, das sollte man lieber vermeiden.«

»Gestern ist Sebo Szarka gestorben. Er ist auf der San Mateo Bridge über die Leitplanke gegangen.«

»Ah, das kommt mir bekannt vor«, erwiderte ich.

»Und ob, und ob. Falls es noch irgendeinen Zweifel gegeben hätte, es war nur wenige Meter von der Stelle entfernt, wo Jim Hannahs Bugatti verunglückt ist.« Er sah mir tief in die Augen. »Wir glauben, damit könnte es vorüber sein. Wir glauben, dies war das letzte lose Ende, das nun abgeschnitten wurde. Es hat viele Tote gegeben, aber wir sind der Ansicht, dass es ihnen allmählich reicht.«

»Tja, das ist doch was.«

»Marty, was Sie getan haben, war leichtsinnig, und es hat vielen Menschen wehgetan.«

»Ja«, stimmte ich zu. »Das weiß ich.«

»Aber ich verstehe auch, warum Sie es getan haben.« Er schluckte. »Das wollte ich Ihnen sagen.« Er schluckte noch einmal. »Und meine Kollegen vom Finanzministerium hatten dank Ihrer äußerst umfangreichen Steuererklärung auch etwas davon.«

»Das war das Mindeste, was ich tun konnte, nachdem es mir so leichtfiel, all die Konten zu entsperren und meinen Bus auszulösen.«

»Möglicherweise habe ich dabei ein wenig geholfen.«

»Das dachte ich mir schon fast. Danke, Waterman.«

Er lächelte. »Gern geschehen.«

Das Treffen mit den Hilfsorganisationen für Obdachlose zog sich hin, und ich brachte es nicht übers Herz, sie anzutreiben. Sie gaben eine Menge von meinem Geld aus und wollten mir zeigen, was sie damit taten. Das führte dazu, dass ich erst spät zu Ruths Craftsman-Haus zurückkehrte.

»Einen schönen Jahrestag wünsche ich dir«, sagte ich und gab ihr den Blumenstrauß. Zwei Dutzend dicke rote Rosen, wie es zwischen uns zur Gewohnheit geworden war.

Sie nahm sie entgegen, stellte sie ins Wasser und schenkte mir einen langen Kuss und eine noch längere Umarmung, während uns ihre dicke graue Katze Smeagol um die Waden strich.

Dann brachte sie mir einen Bourbon in einem breiten Glas und ein kleines eingewickeltes Geschenk.

»Wir wollten uns doch nichts schenken«, sagte ich.

»Das ist nicht von mir, es ist von Sethu.«

»Sethu?«

»Sie hat es heute geschickt.«

Ich öffnete es: eine flache Schachtel, unter deren geöffnetem Deckel eine Menge Polsterpapier zum Vorschein kam. Ich räumte das Füllmaterial weg und entdeckte einen schönen dicken gestreiften Pyjama aus dichter Baumwolle. Er hatte ein Monogramm über der Brusttasche: DML.

»Der Schlafanzug eines Toten?« Ruth rümpfte die Nase.

»Er hat ihn mit großer Würde getragen«, erklärte ich, »und er konnte ihn nicht so lange tragen, wie er es verdient gehabt hätte.«

»Nein ganz sicher nicht«, räumte sie ein.

»Aber ich habe die Absicht, genau das zu tun«, erklärte ich.

»Das will ich doch hoffen.«